CW01084547

UNION GÉNÉRALE D'ÉDITIONS
8, rue Garancière - PARIS VIe

Du même auteur
chez Christian Bourgois Éditeur

DEMANDE À LA POUSSIÈRE.
MON CHIEN STUPIDE.
RÊVES DE BUNKER HILL.
LA ROUTE DE LOS ANGELES.
LE VIN DE LA JEUNESSE.
L'ORGIE.

BANDINI

PAR

JOHN FANTE

Traduit de l'américain
par Brice MATTHIEUSSENT

Postface de Philippe Garnier

CHRISTIAN BOURGOIS ÉDITEUR

Titre original :

Wait Until Spring, Bandini

© John Fante 1938, 1983.
© Christian Bourgois Éditeur 1985
pour la traduction française

ISBN-2-264-01098-3

Ce livre est dédié à ma mère,
Mary Fante, avec amour et dévotion ;
et à mon père, Nick Fante, avec amour
et admiration.

PRÉFACE

Le vieil homme que je suis ne peut aujourd'hui évoquer ce livre sans perdre sa trace dans le passé. Parfois, avant de m'endormir, une phrase, un paragraphe, un personnage de cette œuvre de jeunesse m'obsède ; alors, dans une sorte de rêve les mots émergent et tissent autour de cette vision le souvenir mélodieux d'une lointaine chambre à coucher du Colorado, de ma mère, de mon père, ou de mes frères et sœur. Je ne peux imaginer que ce que j'ai écrit il y a si longtemps réussisse à m'apaiser dans ce rêve éveillé, mais je ne peux pas davantage retourner aussi loin en arrière, ouvrir ce premier roman pour le relire. Je redoute d'être mis à nu par mes propres œuvres. Je suis certain de ne jamais relire ce livre. Mais tout aussi certain que les personnages de mes romans ultérieurs trouvent leur origine dans ce texte de jeunesse. Pourtant, il s'est définitivement détaché de moi, et seuls demeurent le souvenir des anciennes chambres à coucher, le bruit des pantoufles de ma mère qui entre dans la cuisine.

John FANTE.

1

Il avançait en donnant des coups de pied dans la neige épaisse. Un homme dégoûté. Il s'appelait Svevo Bandini et habitait à trois blocs de là. Il avait froid, ses chaussures étaient trouées. Ce matin-là, il avait bouché les trous avec des bouts de carton déchirés dans une boîte de macaroni. Les macaroni de la boîte n'étaient pas payés. Il y avait pensé en plaçant les bouts de carton dans ses chaussures.

Il détestait la neige. Il était maçon, et la neige figeait le mortier entre les briques qu'il posait. Il rentrait chez lui en se disant que c'était absurde. Petit garçon élevé dans les Abruzzes, en Italie, il avait aussi détesté la neige. Pas de soleil, pas de travail. Maintenant, il habitait l'Amérique, la ville de Rocklin, Colorado. Il venait de quitter la salle de jeu Imperial. En Italie il y avait aussi des montagnes, semblables aux montagnes blanches qui, à quelques milles à l'ouest de sa rue, tombaient verticalement jusqu'à terre comme une gigantesque robe blanche.

Vingt ans plus tôt, quand il avait vingt ans, il était resté bloqué une semaine entière, sans manger, dans les replis sauvages de cette robe blanche. Il construisait une cheminée dans un chalet. C'était dangereux de travailler là-haut en hiver. Au diable le danger, avait-il décidé, car il n'avait que vingt ans et une fille l'attendait à Rocklin ; il avait besoin d'argent. Le toit du chalet s'était incurvé sous le poids terrifiant de la neige.

Chaque hiver, toute cette belle neige le tourmentait. Il ne parvenait pas à comprendre pourquoi il ne partait pas en Californie. Et il restait dans le Colorado, sous une épaisse couche de neige, parce que désormais c'était trop tard. Cette belle neige blanchie ressemblait à la belle femme blanche de Svevo Bandini, si blanche et fertile, allongée dans un lit blanc au bout de la rue. 456, Walnut Street, Rocklin, Colorado.

Les yeux de Svevo Bandini pleuraient au contact de l'air glacé. Marron et doux, comme des yeux de femme. A sa naissance, il les avait volés à sa mère — car après la mise au monde de Svevo Bandini, sa mère ne fut plus jamais la même, toujours malade, ses yeux perdant peu à peu leur éclat après sa naissance ; et quand elle mourut, elle avait transmis à Svevo ses doux yeux bruns.

Svevo Bandini pesait soixante-quinze kilos ; il avait un fils, Arturo, qui aimait toucher la rondeur de ses épaules, sentir les couleuvres qui couraient sous la peau. Il était bel homme, Svevo Bandini, tout en muscles, et il avait une femme nommée Maria dont le corps et l'esprit fondaient comme neige au printemps dès qu'elle pensait au muscle tendu à l'entrejambe de son mari. Elle était si blanche, cette

Maria ; quand on la regardait, on croyait la voir à travers une fine pellicule d'huile d'olive.

Dio cane. Dio cane. Dieu est un chien. Svevo Bandini adressait cette injure à la neige. Pourquoi ce soir avait-il perdu dix dollars au poker dans la salle de jeu Imperial ? Il était pauvre, il avait trois enfants, les macaroni restaient impayés, comme la maison qui abritait les trois enfants et les macaroni. Dieu est un chien.

Svevo Bandini avait une femme qui ne disait jamais : donne-moi de l'argent pour nourrir les enfants, — non, il avait une femme aux grands yeux noirs que l'amour illuminait presque maladivement, des yeux qui avaient une façon bien à eux de scruter discrètement sa bouche à lui, ses oreilles, son estomac et ses poches. Des yeux très intelligents et un peu tristes, car ils savaient toujours quand la salle de jeu Imperial avait fait une bonne affaire. Quels yeux pour une épouse ! Ils voyaient tout ce qu'il était, tout ce qu'il espérait être, mais ils ne voyaient jamais son âme.

Cela avait de quoi surprendre, car Maria Bandini considérait tous les vivants et les morts comme des âmes. Maria savait ce qu'est une âme. Une âme est une chose immortelle qu'elle connaissait. Une âme est une chose immortelle dont elle ne discutait pas. Une âme est une chose immortelle. Bref, quelle que soit sa nature, l'âme est immortelle.

Maria possédait un rosaire blanc, si blanc que, lâché dans la neige, on n'avait aucune chance de le retrouver ; elle priait pour les âmes de Svevo Bandini et de ses enfants. Et vu qu'elle n'avait plus le temps, elle espérait que quelque part en ce monde quelqu'un, une nonne retirée dans un couvent, quelqu'un, n'importe qui, trouvait le temps de prier pour l'âme de Maria Bandini.

Il avait un lit blanc qui l'attendait, où reposait sa femme, chaude et impatiente ; il donnait des coups de pied dans la neige en pensant à la chose qu'un jour il inventerait. Une idée qui trottait dans sa tête : un chasse-neige. Il avait construit une maquette avec des boîtes de cigares. Il tenait une bonne idée. Alors il frissonna comme si son ventre avait touché un métal froid ; il se rappela brusquement la chaleur du lit où depuis longtemps il retrouvait Maria, la minuscule croix glacée de son rosaire qui touchait sa chair par les nuits d'hiver comme un petit serpent frétillant au sang froid, alors il se retirait vivement dans une région du lit encore plus froide ; puis il songea à leur chambre à coucher, à la maison impayée, à cette épouse blanche qui attendait indéfiniment la passion ; il ne put supporter tout cela, et pris d'un soudain accès de fureur, il quitta le trottoir pour s'enfoncer dans la neige vierge et profonde défouler sa colère sur la neige. *Dio cane. Dio cane.*

Il avait un fils nommé Arturo, qui avait quatorze ans et possédait une luge. Quand il s'engagea dans la cour de sa maison qui n'était pas payée, ses pieds filèrent brusquement vers la cime des arbres, il se retrouva sur le dos, et la luge d'Arturo glissait encore vers un massif de lilas ployant sous la neige. *Dio cane !* Il avait pourtant dit au garçon, à ce petit salopard, de ne jamais laisser sa luge dans l'allée. Svevo Bandini sentit le froid de la neige piquer ses mains comme des fourmis voraces. Il se remit debout, leva les yeux vers le ciel, brandit son poing vers Dieu et faillit s'écrouler de rage. Cet Arturo. Petit salopard ! Il tira la luge de sous le massif de lilas, et avec une méchanceté consciencieuse, en arracha les patins. Après qu'il eut terminé son œuvre de destruction, mais seulement après, il se rappela que la luge avait coûté sept dollars cinquante. Il épousseta la neige de ses vêtements et remarqua une étrange impression de brûlure aux chevilles, où la neige avait pénétré par le haut de ses chaussures. Sept dollars et cinquante *cents* pour assouvir sa rage. *Diavolo !* Que le gamin s'achète lui-même sa prochaine luge. D'ailleurs, il en voulait une neuve.

La maison était impayée. Elle était devenue son ennemie, cette maison. Elle possédait une voix, elle lui parlait sans arrêt, comme un perroquet ressassant la même litanie. Chaque fois que ses pieds faisaient grincer les planches du porche, la maison lui disait avec insolence : je ne t'appartiens pas, Svevo Bandini, je ne t'appartiendrai jamais. Chaque fois que sa main touchait le bouton de la porte d'entrée, c'était la même chose. Depuis quinze ans, cette maison l'injuriait et l'exaspérait de son indépendance imbécile. Parfois, il décidait de placer de la dynamite dans ses fondations et de la faire sauter. Jadis, cette maison lui avait lancé un défi, exactement comme une femme qui l'aurait provoqué à la posséder. Mais treize années de lutte l'avaient affaibli, épuisé ; la maison s'était affirmée avec arrogance et Svevo Bandini n'y prenait même plus garde.

Le banquier qui possédait cette maison était l'un de ses pires ennemis. L'image mentale du visage de ce banquier lui donnait des envies de violence et des bouffées de chaleur. Helmer le banquier. La lie de l'humanité. Plusieurs fois il avait dû se présenter devant Helmer et lui dire qu'il n'avait pas assez d'argent pour nourrir sa famille. Helmer, ses cheveux gris à la raie impeccable, ses mains fines, ses yeux de banquier comme des huîtres quand Svevo Bandini lui avait dit qu'il ne pouvait pas payer l'acompte de sa maison. Il avait souvent vécu cette humiliation ; chaque fois, les fines mains d'Helmer l'avaient agacé. Impossible de parler avec ce genre de type. Il détestait Helmer. Il aurait aimé lui briser la nuque, arracher le cœur d'Helmer et sauter dessus à pieds joints. D'Helmer, il pensait et marmonnait : mon jour viendra ! Mon jour viendra ! En attendant, ce n'était pas sa maison et il lui suffisait de toucher le bouton de la porte pour se rappeler qu'elle ne lui appartenait pas.

Elle s'appelait Maria, et devant ses yeux noirs l'obscurité devenait lumière. Il avança sur la pointe des pieds jusqu'à la chaise, près de la fenêtre aux stores verts baissés. Quand il s'assit, ses genoux craquèrent. Pour Maria, cela évoquait le tintement de deux cloches, et il songea qu'une femme était stupide d'aimer autant un homme. Il faisait très froid dans la chambre. Des nuages de vapeur s'échappaient de ses lèvres. Il grognait comme un lutteur en se battant contre ses lacets de chaussures. Ses lacets lui faisaient toujours problème. *Diavolo !* Vieillard agonisant sur son lit de mort, saurait-il enfin nouer ses lacets comme les autres hommes ?

— Svevo ?
— Oui.
— Ne les casse pas, Svevo. Allume la lumière, je vais te les défaire. Ne t'énerve pas, ne les casse pas.

Dieu du ciel ! Sainte Mère ! Voilà bien les fem-

mes ! M'énerver ? Y avait-il la moindre raison de
s'énerver ? Bon sang, il eut envie de lancer son
poing à travers la vitre ! Ses ongles tiraient sur le
nœud des lacets. Les lacets ! Pourquoi avait-on
inventé pareille bêtise ? Umph, umph, umph.

— Svevo.

— Oui.

— Je m'en occupe. Allume la lumière.

Quand le froid engourdit les doigts, un nœud est
aussi récalcitrant que du fil de fer barbelé. Bandant
les muscles de son bras et de son épaule, il s'abandonna à son impatience. Le lacet se brisa avec un
bruit mat et Svevo Bandini faillit tomber de sa
chaise. Il soupira, sa femme aussi.

— Ah, Svevo. Tu les as encore cassés.

— Bah, fit-il. Tu croyais que j'allais me coucher avec mes chaussures ?

Il dormait nu, méprisait les sous-vêtements, mais
une fois l'an, aux premières chutes de neige, il trouvait toujours un caleçon long qui l'attendait sur la
chaise. Une année, il s'était moqué de cette protection : il avait attrapé une grippe doublée d'une
pneumonie qui avaient mis sa vie en danger ; ce
fut l'hiver où il se leva de son lit de mort en déli-
rant de fièvre, écœuré de sirops et de médicaments,
pour tituber jusqu'au garde-manger et avaler une
demi-douzaine de gousses d'ail, avant de retourner
au lit et de chasser la mort avec la sueur qui ruisselait sur son corps. Maria crut que ses propres prières l'avaient guéri. L'ail devint dorénavant la pana-
cée de Svevo quand il était malade ; Maria maintint
que l'ail venait de Dieu, argument trop absurde
pour que Svevo Bandini se donnât le mal de le
réfuter.

C'était un homme, et il détestait se voir en caleçon long. Elle était Maria, et la moindre tache sur ses sous-vêtements à lui, le moindre bouton, chaque odeur et chaque contact gonflaient ses seins d'une joie douloureuse qui montait du centre de la terre. Ils étaient mariés depuis quinze ans, il avait la langue bien pendue, parlait bien et souvent de mille choses, mais disait rarement « Je t'aime ». Elle était sa femme, elle parlait rarement, mais elle le fatiguait souvent de ses constants « Je t'aime ».

Il marcha vers le lit, avança les mains sous les couvertures et chercha le rosaire à tâtons. Puis il se glissa sous les draps et la saisit violemment, ses bras enserrèrent ceux de Maria, ses jambes se nouèrent autour des siennes. Non par passion, simplement à cause du froid de la nuit hivernale, et c'était un petit poêle de femme dont la tristesse et la chaleur l'avaient séduit dès le premier jour. Quinze hivers durant, nuit après nuit, une femme chaude et accueillante pour ses pieds glacés, pour ses mains et ses bras glacés ; songeant à son amour, il soupira.

Dire que quelques minutes plus tôt, l'Imperial lui avait raflé ses dix derniers dollars. Si seulement cette femme avait eu un défaut assez grave pour dissimuler sa propre faiblesse. Prenez Teresa De Renzo. Il aurait volontiers épousé Teresa De Renzo, eût-elle été moins extravagante, moins bavarde, et puis son haleine empestait comme un égout, et puis cette femme solide, musculeuse, aimait feindre une langueur humide entre ses bras ; impossible d'y repenser sans rire. Et puis, Teresa De Renzo était plus grande que lui ! Enfin, avec une femme comme Teresa, il aurait pris plaisir à donner dix dollars à l'Imperial. Il aurait pensé à son haleine, à sa bouche babillarde, il aurait remercié Dieu d'avoir eu la chance de gaspiller son argent durement gagné. Mais pas avec Maria.

— Arturo a brisé la fenêtre de la cuisine, dit-elle.

— Brisé ? Comment ?

— Il a poussé la tête de Federico à travers.

— Fils de pute.

— Il n'a pas fait exprès. C'était par jeu.

— Et toi, qu'as-tu fait ? Rien, j'imagine.

— J'ai mis de l'iode sur la tête de Federico. Une coupure sans gravité. Rien de sérieux.

— Rien de sérieux ! Ça veut dire quoi, rien de sérieux ! As-tu puni Arturo ?

— Il était furieux. Il voulait aller au spectacle.

— Et il y est allé.

— Les gosses adorent le spectacle.

— Ce sale petit fils de pute.

— Svevo, pourquoi parles-tu ainsi ? C'est ton fils.

— Tu l'as gâté. Tu les as tous gâtés.

— Il te ressemble, Svevo. Toi aussi, tu faisais les quatre cents coups.

— Tu te moques de moi ? M'as-tu déjà surpris à pousser la tête de mon frère à travers une fenêtre ?

— Tu n'as jamais eu de frère, Svevo. Mais tu as poussé ton père dans l'escalier, et il s'est cassé le bras.

— C'est pas de ma faute si mon père... Oh, laisse tomber.

Il s'approcha d'elle en se tortillant sous les couvertures et colla son visage contre ses nattes. Depuis la naissance d'August, leur troisième fils, l'oreille droite de sa femme sentait le chloroforme. Dix ans plus tôt, elle avait ramené cette odeur de l'hôpital. A moins que ce ne fût son imagination ? Depuis des années, il se disputait avec elle à ce sujet, car elle avait toujours nié que son oreille droite sentît le chloroforme. Elle avait été jusqu'à solliciter l'avis de ses enfants, qui n'avaient strictement rien senti. Pourtant l'odeur était là, comme d'habitude, depuis la nuit dans la salle d'hôpital où il s'était penché pour l'embrasser, après qu'elle eut frôlé la mort et survécu miraculeusement.

— Et alors ? Bien sûr que j'ai poussé mon père dans l'escalier, mais pourquoi me parles-tu de ça ?

— Est-ce qu'il te gâtait ? Es-tu gâté ?

— Comment veux-tu que je sache ?

— Tu n'es pas gâté.

Quel ramassis d'absurdités ! Evidemment qu'il était gâté ! Teresa De Renzo lui disait toujours qu'il était vicieux, égoïste et gâté. Il en était ravi. Et cette fille — comment s'appelait-elle ? — Carmela, Carmela Ricci, l'amie de Rocco Saccone, elle le considérait comme un démon, et elle était cultivée, diplômée de l'université du Colorado et elle avait parlé de lui comme d'une merveilleuse canaille, cruel, dangereux, une menace pour toutes les jeunes femmes. Mais Maria — oh, Maria le prenait pour un ange, un parangon de vertu, un modèle de bonté. Bah. Maria n'y connaissait rien, elle n'avait jamais été à l'université, elle n'avait même pas fini le lycée.

Même pas fini le lycée. Elle s'appelait Maria Bandini, mais avant son mariage, son nom était Maria Toscana, qui n'acheva jamais ses études secondaires. C'était la benjamine d'une famille composée de deux filles et d'un garçon. Tony et Teresa — qui avaient tous deux terminé le lycée. Mais Maria ? Sa famille la maudit, elle, la lie des Toscana, qui n'en fit qu'à sa tête et refusa de continuer ses études. La brebis galeuse des Toscana. La seule à ne pas avoir son diplôme de fin d'études — trois ans et demi de lycée, mais pas de diplôme. Tony et Teresa avaient le leur, et Carmela Ricci, l'amie de Rocco, était même allée à l'université du Colorado. Dieu était contre lui. De toutes ces femmes, pourquoi était-il tombé amoureux de celle qui reposait contre lui, de cette femme qui n'avait même pas son diplôme de fin d'études ?

— Noël sera bientôt là, Svevo, dit-elle. Fais une prière. Demande à Dieu de nous accorder un joyeux Noël.

Elle s'appelait Maria, et elle répétait sans arrêt des choses qu'il connaissait déjà. Ne savait-il pas à l'évidence que Noël approchait ? A quoi bon le lui rappeler ? C'était la nuit du 5 décembre. Quand un homme s'endort à côté de sa femme un jeudi soir, doit-elle vraiment lui rappeler que demain sera un vendredi ? Et ce salopard d'Arturo — pourquoi était-il affligé d'un fils qui aimait la luge ? *Ah, povera America !* Et il devrait prier pour avoir un joyeux Noël ! Bah !

— Tu as assez chaud, Svevo ?

Ça recommençait, pour la millième fois elle voulait savoir s'il avait assez chaud. Elle mesurait un peu plus d'un mètre cinquante et était si paisible qu'il ne savait jamais si elle dormait ou si elle était éveillée. Une femme-fantôme, qui se satisfaisait de sa petite moitié de lit, disait son rosaire et priait pour avoir un joyeux Noël. Dans ces conditions, comment s'étonner qu'il ne puisse pas payer pour cette maison, cet asile de fous occupé par une épouse fanatique religieuse ? Un homme a besoin d'une femme pour l'aiguillonner, l'inspirer, le pousser à travailler. Mais Maria ? *Ah, povera America !*

Elle glissa à bas du lit ; avec une précision infaillible et malgré l'obscurité, ses orteils trouvèrent les pantoufles sur le tapis, et il sut qu'elle irait d'abord aux toilettes, puis chez les garçons pour voir si tout allait bien avant de réintégrer le lit et de s'endormir jusqu'au matin. Une femme qui se relevait tous les soirs pour voir si ses trois fils dormaient bien. Ah, chienne de vie ! *Io sono fregato !*

Comment un homme pouvait-il trouver le sommeil dans cette maison en perpétuelle ébullition, avec une femme qui se levait sans arrêt de son lit sans dire un mot ? Au diable l'Imperial ! Un full plus deux reines, et il avait perdu. *Madonna !* Et maintenant il devrait prier pour avoir un joyeux Noël ! Avec la chance qu'il tenait, il devrait causer à Dieu ! *Jesu Christi,* si Dieu existait, eh bien qu'Il lui explique donc ce qui se passait !

Elle revint à pas de loup et se recoucha en silence à côté de lui.

— Federico a pris froid, dit-elle.

Mais lui aussi avait froid — dans son âme. Dès que son fils Federico avait le nez qui coulait, Maria lui frottait la poitrine au menthol et passait la moitié de la nuit à parler de son rhume, mais Svevo Bandini souffrait seul — la douleur n'était pas dans son corps, mais dans son âme, et c'était bien pis. Seigneur, les plus grandes souffrances ne sont-elles pas celles de l'âme ! Et Maria l'aidait-elle ? Lui avait-elle jamais demandé s'il souffrait quand il traversait une mauvaise passe ? Lui avait-elle jamais dit : Svevo, mon chéri, comment va ton âme en ce moment ? Es-tu heureux, Svevo ? Pourras-tu travailler cet hiver, Svevo ? *Dio Maledetto !* Et elle désirait passer un joyeux Noël ! Comment passer un joyeux Noël quand on est seul avec trois fils et une femme ? Des chaussures trouées, la poisse aux cartes, pas de travail, une chute à cause d'une saleté de luge — et joyeux Noël par-dessus le marché ! Etait-il millionnaire ? Il aurait pu le devenir s'il avait épousé la femme adéquate. Hé, il était tout simplement trop stupide pour ça.

Elle s'appelait Maria, et il sentit la douceur du lit se creuser près de lui ; il fut contraint de sourire car il savait qu'elle s'approchait, et ses lèvres s'entrouvrirent pour les accueillir — trois doigts d'une main menue touchant ses lèvres, le soulevant vers le cœur incandescent du soleil. Puis, sur son nez, il sentit l'haleine chaude de ses lèvres retroussées.

— *Cara sposa,* dit-il. Chère épouse.

Elle frotta ses lèvres humides contre ses yeux. Il rit doucement.

— Je vais te tuer, chuchota-t-il.

Elle rit, puis se figea brusquement : elle avait entendu un bruit dans la chambre des garçons.

— *Che sera, sera,* dit-elle.

Elle s'appelait Maria, elle était si patiente, elle l'attendait, caressait ses reins, si patiente, elle l'embrassait çà et là, puis la grande bouffée de chaleur qu'il aimait tant le consumait, et elle s'éloignait de lui.

— Ah, Svevo. C'est tellement merveilleux !

. Il l'aimait avec une tendre violence. Plein de fierté, il se disait sans cesse : elle n'est pas si bête que ça, cette Maria, elle sait apprécier les bonnes choses. L'énorme bulle qu'ils chassaient vers le soleil explosa entre eux, et il grogna de joie, grogna comme un homme heureux d'avoir pu oublier tant de choses l'espace d'un instant, et Maria, toute tranquille dans sa petite moitié de lit, écoutait les battements sourds de son cœur en se demandant combien d'argent Svevo avait perdu à l'Imperial. Beaucoup, certainement ; peut-être dix dollars, car si Maria n'avait pas de diplôme de fin d'études, elle savait mesurer le désespoir de son homme à l'étalon de sa passion.

— Svevo, chuchota-t-elle.

Mais il dormait profondément.

Bandini, ennemi de la neige. Le lendemain matin, il bondit de son lit à cinq heures comme un missile hors de son silo, adressa des grimaces hideuses au petit matin glacé, se moqua de lui : bah, ce Colorado, le trou du cul du monde, toujours gelé, drôle d'endroit pour un maçon italien ; ah, il était condamné à cette existence. Marchant sur l'extérieur de ses pieds, il rejoignit la chaise, prit son pantalon et enfila ses jambes dedans en songeant qu'il perdait douze dollars par jour au tarif syndical, huit heures de labeur, et tout ça à cause du temps ! Il secoua le cordon des stores, qui remontèrent brusquement avec un bruit saccadé de mitraillette ; l'aube nue et blanche s'engouffra dans la pièce, l'éclaboussant de lumière. Il grogna. *Sporca chone* : face de crasse. *Sporcaccione ubriaco* : face de crasse pourrie.

Maria dormait avec la somnolence attentive des chatons. Le crépitement des stores l'éveilla en sursaut, les yeux remplis d'une soudaine terreur.

— Svevo. Il est trop tôt.

— Rendors-toi. Je t'ai rien demandé. Dors.

— Quelle heure est-il ?

— Pour un homme, l'heure de se lever. Pour une femme, l'heure de dormir. Et boucle-la.

Elle ne s'était jamais habituée aux levers matinaux de Svevo. D'habitude, elle se levait à sept heures, sauf quand elle était à l'hôpital ; une fois, elle était restée au lit jusqu'à neuf heures, ce qui lui avait donné la migraine, mais cet homme qu'elle avait épousé bondissait toujours du lit à cinq heures en hiver, et six en été. Elle savait son tourment dans la blanche prison de l'hiver ; elle savait qu'à son réveil, dans deux heures, il aurait déblayé la neige dans toutes les allées de la cour et environnantes, sur un demi-bloc dans la rue, sous les cordes à linge, dans tout le passage, l'amoncelant en gros tas, la déplaçant, la découpant furieusement de sa pelle plate.

Elle ne s'était pas trompée. Quand elle se leva et glissa ses pieds dans ses pantoufles qui bâillaient aux orteils comme des fleurs éraillées, elle jeta un coup d'œil par la fenêtre de la cuisine et l'aperçut dans le passage, derrière la haute clôture. Son géant d'homme, son géant pourtant invisible derrière la clôture haute d'un mètre quatre-vingts, sa pelle surgissant parfois au-dessus pour relancer vers le ciel des nuages de neige.

Il n'avait pas allumé le feu dans le poêle de la cuisine. Oh non, il n'allumait jamais le feu dans le poêle de la cuisine. Cette tâche, qui revenait aux femmes, n'était pas digne d'un homme. Cependant, il s'en occupait parfois. Un jour, il les avait emmenés dans les montagnes pour un barbecue ; et personne d'autre que lui n'avait pu s'occuper du feu.

25

Mais un poêle de cuisine ! Il n'était tout de même pas une femme !

Il faisait si froid ce matin, si froid. Maria ne put maîtriser ses dents qui claquaient. Le linoleum vert foncé semblait une dalle de glace sous ses pieds, le poêle un bloc de glace. Et quel poêle ! Un despote insoumis et fantasque. Elle le flattait, le cajolait, le caressait sans cesse, ce gros ours noir de poêle, sujet à des accès de révolte et qui défiait Maria de le réchauffer ; un poêle acariâtre qui, lorsqu'il dégageait une douce chaleur, devenait brusquement fou furieux, s'emballait, virait à un jaune brûlant et menaçait de détruire toute la maison. Seule Maria savait s'occuper de ce bloc trapu de fonte noire ; elle commençait par des brindilles, nourrissait la flamme timide, ajoutait une planche de bois, puis une autre et une autre, jusqu'à ce que le monstre ronronnât de plaisir, la fonte chauffait, le four se dilatait, la chaleur se diffusait ; enfin, la bête grognait et grommelait de contentement, comme un imbécile. C'était Maria, le poêle n'aimait qu'elle. Quand Arturo ou August lâchait un morceau de charbon dans sa gueule vorace, il était pris de folie et de fièvre, il brûlait et cloquait la peinture des murs, virait à un jaune inquiétant ; tel un démon de l'enfer, il sifflait Maria, qui arrivait en fronçant les sourcils, un torchon à la main ; elle examinait le malade, lui reprochait ses excès, fermait adroitement les entrées d'air, secouait ses entrailles jusqu'à ce que l'engin eût retrouvé son régime normal d'abruti. Maria et ses petites mains comme des roses effrangées, mais le diable noir était son esclave, et elle en était parfaitement satisfaite. Elle le briquait, le lustrait, le métamorphosait en bête vicieuse et clinquante ; la plaque de nickel portant le nom de la marque souriait diaboliquement comme une bouche trop fière de ses belles dents.

Quand les flammes s'élevèrent enfin et que le monstre grommela son bonjour, elle posa dessus une casserole d'eau pour le café, puis retourna à la fenêtre. Dans le poulailler, Svevo pantelait à chaque coup de pelle. Les poules, sorties de leur abri, caquetaient dès qu'elles le voyaient, cet homme capable de soulever les cieux blancs tombés à terre pour les lancer par-dessus la clôture. A sa fenêtre, Maria remarqua que les poules ne s'aventuraient pas trop près de lui. Elle savait pourquoi. C'étaient ses poules à elle ; elles mangeaient dans sa main, mais lui, elles le détestaient ; dans leur souvenir, il était celui qui arrivait parfois le samedi soir pour tuer. Aujourd'hui, il n'y avait pas lieu de se plaindre : elles lui étaient reconnaissantes d'avoir déblayé la neige pour qu'elles puissent gratter la terre, elles appréciaient le geste, mais jamais elles ne lui feraient autant confiance qu'à la femme qui avançait vers elles, ses petites mains débordantes de maïs. Elle leur donnait aussi des spaghetti, dans un plat ; elles l'embrassaient avec leur bec quand elle leur servait des spaghetti ; mais attention à cet homme.

Ils s'appelaient Arturo, August et Federico. Maintenant ils étaient réveillés, leurs yeux marron baignaient encore dans le fleuve noir du sommeil. Ils dormaient ensemble dans un seul lit, Arturo, quatorze ans ; August, dix ; et Federico, huit. De jeunes Italiens qui s'amusent à trois dans un lit, riant du rire bref des obscénités. Arturo savait beaucoup de choses. Il leur racontait ce qu'il savait et dans la pièce glacée les mots sortaient de sa bouche comme des bulles brûlantes de vapeur blanche. Il savait des tas de choses. Il avait vu et il savait des tas de choses. Vous savez même pas ce que j'ai vu, les gars. Elle était assise sur les marches du porche. J'étais à peu près à ça d'elle. J'ai tout vu.

Federico, huit ans.

— T'as vu quoi, Arturo ?

— Boucle-la, petit morveux. C'est pas à toi qu'on parle !

— J'dirai rien, Arturo.

— Ah, ferme-la. T'es trop petit pour ça !

— Alors je vais tout raconter.

Joignant leurs forces, ils le firent tomber du lit. Il rebondit sur le plancher en poussant un cri. L'air froid se rua brusquement sur lui et piqua son corps de dix mille aiguilles. Il hurla, essaya de retourner sous les couvertures, mais ils étaient plus forts que lui ; il contourna le lit et fila dans la chambre de sa mère. Elle mettait ses bas en coton. Il criait de rage.

— Ils m'ont viré de la chambre ! Arturo ! Et August !

— Cafteur ! hurlèrent les autres dans la chambre voisine.

Maria le trouvait tellement beau, ce Federico ; sa peau était tellement belle. Elle le prit dans ses bras, passa ses mains dans son dos, pinça ses belles petites fesses, le serra fort contre elle, lui insufflant toute sa chaleur tandis qu'il pensait à l'odeur de sa mère, s'émerveillait de la sentir, de la reconnaître.

— Glisse-toi dans le lit de Maman, dit-elle.

Il monta rapidement, et elle serra les couvertures autour de lui, incapable de résister au plaisir de secouer son corps menu. Il était si content de repo-

ser du côté de maman, la tête nichée dans le trou
creusé par les cheveux de maman ; il n'aimait pas
l'oreiller de papa ; ça sentait fort et rance — rien
à voir avec le parfum doux de maman qui lui procurait une sensation de chaleur immédiate.

— Je sais autre chose, disait Arturo. Mais je le
garde pour moi.

August avait dix ans ; il était assez ignorant.
Bien sûr, il en savait davantage que son vaurien de
frère Federico, mais moitié moins qu'Arturo, allongé
à côté de lui et qui savait des tas de choses sur les
femmes.

— Tu me donnes quoi si je te dis ? demanda
Arturo.

— Je te donne un hameçon.

— Un hameçon ! Et puis quoi encore ? Que
veux-tu que je fasse d'un hameçon en hiver ?

— Je te le donnerai au printemps.

— Je marche pas. Trouve autre chose.

— Je te donnerai tout ce que j'ai.

— D'accord. Qu'est-ce que t'as ?

— Rien.

— Très bien. Dans ces conditions, je dis rien.

— En fait, t'as rien à me dire.

— Et comment que si !

— Allez, dis-moi.

— Rien à faire.

— Tu mens, t'as rien à dire. T'es un menteur.

— Ne me traite pas de menteur !

— T'es un menteur si tu me dis rien. Menteur !

Arturo avait quatorze ans. C'était un modèle
réduit de son père, la moustache en moins. Sa lèvre
supérieure se retroussait en une moue de tendre
cruauté. Les taches de rousseur recouvraient son

visage comme des fourmis un morceau de gâteau. Il était l'aîné, se prenait pour un dur, et aucun de ses morveux de frères ne pouvait le traiter impunément de menteur. Cinq secondes après, August se tortillait en grimaçant. Arturo avait rejoint les pieds de son frère sous les couvertures.

— J'appelle ça la prise du gros orteil, dit-il.

— Oh ! Lâche-moi !

— Qui a dit que j'étais un menteur ?

— Personne !

Maria était leur mère, mais ils l'appelaient maman. Maintenant, elle était à côté d'eux, toujours effrayée par ses devoirs maternels, toujours fascinée. Il y avait August ; être sa mère était aisé. Il avait les cheveux jaunes, et cent fois par jour elle se surprenait à penser que son fils cadet avait les cheveux jaunes. Elle pouvait embrasser August quand elle le voulait, se pencher et enfouir ses lèvres dans ses cheveux jaunes, presser sa bouche contre son visage et ses yeux. C'était un bon garçon, cet August. Evidemment, il lui avait causé bien des problèmes. Déficience rénale, avait diagnostiqué le Dr Hewson, mais tout cela était de l'histoire ancienne, et son matelas n'était plus jamais mouillé le matin. August grandissait, il deviendrait un bel homme ; il ne mouillait plus jamais son lit. Elle avait passé des dizaines de nuits agenouillée à son chevet pendant qu'il dormait, les perles de son rosaire s'entrechoquaient dans l'obscurité comme elle priait : Seigneur, s'il Vous plaît, Seigneur Tout-Puissant, faites que mon fils ne mouille plus jamais son lit. Elle avait passé cent nuits ainsi, deux cents nuits. Le médecin avait diagnostiqué une déficience rénale ; pour elle c'était la volonté de Dieu ; pour Svevo Bandini, c'était la sacrée négligence du gamin, et il était d'avis d'envoyer August dormir dans le poulailler, cheveux jaunes ou pas. Pour venir à bout de cette incontinence, chacun y était allé de sa suggestion. Le médecin prescrivait des pilules. Svevo préconisait le martinet, mais elle avait réussi à l'en dissuader. Quant à la mère de Maria, Donna Toscana, elle avait dit qu'August devait boire sa propre urine. Mais elle s'appelait Maria, comme la mère du Sauveur, et elle avait égrené des kilomètres de rosaire pour intercéder auprès de cette autre Maria. Et August avait fini par se retenir au lit, non ? Quand, aux petites heures du jour, elle glissait la main sous lui, n'était-il pas sec et tout chaud ? Pourquoi ? Maria savait pourquoi. Personne d'autre ne pouvait l'expliquer. Bandini avait dit : bon Dieu, ce n'est pas trop tôt ! Le médecin avait dit que c'étaient les pilules, et Donna Toscana soutenait que le problème d'August aurait été réglé depuis longtemps s'ils avaient suivi ses conseils. Jusqu'à August qui était stupéfait et ravi quand il se réveillait au sec. Il se rappelait parfaitement des nuits où il avait surpris sa mère agenouillée à côté de lui, son visage tout près du sien, les perles cliquetant, l'haleine de Maria dans ses narines, et les petits mots chuchotés, Je Vous Salue Marie, Je Vous Salue Marie, qui s'accumulaient sur ses yeux et finissaient par le plonger dans une étrange mélancolie, tandis qu'il se sentait pris entre ces deux femmes, en proie à un désespoir qui l'étouffait et le poussait à plaire aux deux. Il ne ferait plus jamais pipi au lit.

Etre la mère d'August était aisé. Elle pouvait jouer avec ses cheveux jaunes chaque fois qu'elle le désirait, car August ressentait un mystérieux émerveillement devant sa mère. Elle avait tant fait pour lui, cette Maria. Elle l'avait fait grandir. Elle lui avait donné le sentiment d'être un vrai garçon, et Arturo ne pouvait plus le taquiner et le blesser à cause de sa déficience rénale. Chaque fois qu'elle arrivait à pas de loup près de son lit pour ne pas le réveiller, il lui suffisait de sentir la caresse des doigts tièdes sur ses cheveux pour se rappeler que sa mère et une autre Maria avaient réussi à transformer la mauviette qu'il était en un type digne de ce nom. Rien d'étonnant à ce qu'elle sentît si bon. Et Maria n'oubliait jamais ces merveilleux cheveux jaunes. Dieu seul aurait pu expliquer leur origine, mais elle en était très fière.

Le petit déjeuner pour trois garçons et un homme. Il s'appelait Arturo, mais détestait ce prénom ; il aurait aimé s'appeler John. Son nom de famille était Bandini, mais il aurait préféré Jones. Sa mère et son père étaient italiens, il les aurait voulus américains. Son père était poseur de briques, il l'eût préféré lanceur pour les Chicago Cubs. Ils habitaient Rocklin, Colorado, dix mille habitants, et il voulait habiter Denver, à trente milles de là. Son visage était couvert de taches de rousseur qu'il haïssait. Il fréquentait une école catholique, il aurait préféré une école publique. Sa petite amie s'appelait Rosa, mais elle le détestait. Enfant de chœur, il était un vrai diable et haïssait les enfants de chœur. Il voulait être bon garçon, mais il redoutait d'être bon garçon, car il craignait que ses amis ne le traitent de bon garçon. Il s'appelait Arturo et il aimait son père, mais il vivait dans la hantise du jour où il serait assez costaud pour rosser son père. Il adorait son père, mais prenait sa mère pour une mijaurée doublée d'une idiote.

Pourquoi sa mère ne ressemblait-elle pas aux autres mères ? C'était ainsi, il le constatait chaque jour. La mère de Jack Hawley l'excitait : elle avait une façon de lui donner des petits gâteaux qui accélérait le rythme de son cœur. La mère de Jim Toland avait des jambes sublimes. La mère de Carl Molla portait en tout et pour tout une robe légère ; quand elle balayait la cuisine des Molla, il se campait sur le porche de derrière pour regarder Mme Molla balayer, ses yeux écarquillés dévorant les ondulations de ses hanches. Il avait douze ans à l'époque, et quand il comprit que sa mère ne l'excitait pas, il se mit à la haïr en secret. Il surveillait toujours sa mère du coin de l'œil. Il aimait sa mère, mais il la détestait.

Pourquoi sa mère permettait-elle à Bandini de jouer au patron avec elle ? Pourquoi le craignait-elle ? Quand ils étaient couchés et qu'il les écoutait, suant de rage, pourquoi sa mère permettait-elle à Bandini de lui faire cela ? Quand elle sortait de la salle de bains et entrait dans la chambre des garçons, pourquoi ce sourire dans les ténèbres ? Il ne la voyait pas sourire, mais il sentait un sourire sur ses lèvres, le ravissement de la nuit, complice des ténèbres et des lumières voilées, illuminant le visage de sa mère. Puis il les détesta tous les deux, mais sa mère plus que son père. Il avait envie de lui cracher au visage, et longtemps après qu'elle fut retournée se coucher, la haine tordait toujours le visage d'Arturo, crispant ses muscles fatigués.

Le petit déjeuner était servi. Il entendit son père demander le café. Pourquoi fallait-il que son père criât tout le temps ? Il ne pouvait donc pas parler à voix basse ? Les gens du quartier savaient tout ce qui se passait dans leur maison à cause des hurlements constants de son père. Les Morey qui habitaient juste à côté, — on ne les entendait jamais, absolument jamais ; des Américains tranquilles, civilisés. Etre italien ne suffisait pas à son père ; il voulait être un Italien bruyant.

— Arturo ! appela sa mère. Le petit déjeuner !

Comme s'il ne savait pas que le petit déjeuner était prêt ! Comme si tous les habitants du Colorado ne savaient pas qu'à cette heure-ci la famille Bandini prenait son petit déjeuner !

Il détestait l'eau et le savon ; d'ailleurs, il n'avait jamais compris pourquoi il fallait se débarbouiller tous les matins. Il détestait la salle de bains parce qu'aucune baignoire n'y était installée. Il détestait les brosses à dents. Il détestait le dentifrice qu'achetait sa mère. Il détestait le peigne familial, toujours empâté de mortier à cause des cheveux de son père, et il détestait ses propres cheveux à cause de leurs épis. Par-dessus tout, il détestait son propre visage parsemé de taches de rousseur comme dix mille pièces de cuivre essaimées sur un tapis. La seule chose qui lui plaisait dans la salle de bains, c'étaient les planches amovibles du coin. Car il y cachait *Scarlet Crime* et *Terror Tales*.

— Arturo ! Tes œufs refroidissent.

Des œufs. Oh, Seigneur, comme il détestait les œufs.

Ils étaient froids, d'accord ; mais pas plus froids que les yeux de son père, qui le dévisagèrent quand il s'assit. Alors il se souvint, et un simple coup d'œil lui suffit pour comprendre que sa mère avait cafté. Oh, bon Dieu ! Songer que sa propre mère le balançait ! Bandini hochait la tête vers la fenêtre aux

huit vitres, de l'autre côté de la pièce ; l'une manquait, remplacée par un torchon de cuisine.

— Alors tu as poussé la tête de ton frère à travers la vitre ?

C'en fut trop pour Federico. Il revécut toute la
scène : Arturo furieux, Arturo le poussant dans la
fenêtre, le fracas du verre brisé. Brusquement, Federico fondit en larmes. Il n'avait pas pleuré hier soir,
mais maintenant il se rappelait : le sang coulant dans
ses cheveux, sa mère lavant la plaie, lui disant d'être
courageux. C'était terrible. Pourquoi n'avait-il pas
pleuré hier soir ? Il ne le savait plus, mais maintenant il pleurait ; derrière ses poings plaqués sur ses
yeux, les larmes jaillissaient.

— La ferme ! dit Bandini.

— Attends un peu que quelqu'un te pousse à
travers une fenêtre, sanglota Federico. On verra si tu
pleures pas !

Arturo le méprisait. Pourquoi devait-il avoir un
petit frère ? Et puis pourquoi s'était-il collé devant
la fenêtre ? Ces ritals étaient vraiment des ploucs.
Suffisait de voir son père qui hachait ses œufs avec
sa fourchette pour bien montrer sa colère. Il y avait
même du jaune d'œuf sur le menton de son père !
Et sur sa moustache. En vrai métèque, il se devait
de porter la moustache, mais était-il vraiment obligé
de se coller du jaune d'œuf plein le menton ? Il ne
savait donc pas où était sa bouche ? Seigneur, ces
Italiens !

Federico s'était calmé. Son martyre de la veille
au soir ne l'intéressait plus ; il avait repéré une
miette de pain dans son lait, qui devint aussitôt un
bateau naviguant sur l'océan ; *Drrrrrr*, faisait le
bateau à moteur, *drrrrrr*. Et s'il y avait du vrai lait

dans l'océan — le Pôle Nord deviendrait-il de la crème glacée ? *Drrrrrr, drrrrrr.* Soudain, il repensa à la scène de la veille. Les larmes inondèrent ses yeux, il se mit à sangloter. Mais la miette de pain coulait. *Drrrrrr, drrrrrr.* Ne coule pas, bateau à moteur ! Ne coule pas ! Bandini l'observait.

— Pour l'amour du Christ ! dit-il. Arrête de faire l'imbécile et bois ton lait !

Chaque fois qu'on prononçait le nom du Christ irrespectueusement, Maria avait l'impression qu'on la giflait. Au début de son mariage, elle n'avait pas remarqué que Bandini jurait. Mais ensuite, elle ne s'y habitua jamais. Bandini jurait pour un rien. Les premiers mots d'anglais qu'il apprit furent nom de Dieu. Il était très fier de ses jurons. Furieux, il se soulageait toujours dans les deux langues qu'il connaissait.

— Bon, dit-il. Pourquoi as-tu poussé la tête de ton frère à travers le carreau ?

— Je sais plus, dit Arturo. Je l'ai fait, voilà tout.

Bandini roula des yeux scandalisés.

— Et sais-tu, par hasard, si je ne vais pas te flanquer une raclée dont tu te souviendras longtemps ?

— Svevo, intervint Maria. Svevo, s'il te plaît.

— De quoi tu te mêles ? demanda-t-il.

— Il n'a pas fait exprès, Svevo, dit-elle en souriant. C'était un accident. Les garçons sont les garçons.

Il abattit sa serviette sur la table, serra les dents et se prit la tête entre les mains. Il se balançait sur sa chaise, d'avant en arrière, d'arrière en avant.

— Les garçons sont les garçons ! railla-t-il. Ce petit salopard pousse son frère à travers un carreau, et les garçons sont les garçons ! Qui va payer pour remplacer ce carreau ? Qui va payer les honoraires du médecin quand il poussera son frère du haut d'une falaise ? Qui va payer les frais d'avocat quand il aura tué son frère et qu'on le flanquera en prison ? Un assassin dans la famille ! *Oh Deo uta me !* Oh Dieu aidez-moi !

Maria secoua la tête en souriant. Arturo tordit sa bouche en une moue meurtrière : ainsi, son propre père était aussi contre lui, l'accusait déjà de tentative d'assassinat. August se morfondait, pourtant il était très content de ne pas avoir une vocation d'assassin et d'échapper au sort de son frère Arturo ; August allait devenir prêtre : peut-être serait-il disponible pour donner les derniers sacrements avant qu'Arturo ne passe à la chaise électrique ? Quant à Federico, il s'imaginait déjà en victime de la passion funeste de son frère, il se voyait allongé dans son cercueil pour ses propres funérailles ; tous ses amis de Sainte-Catherine étaient là, agenouillés, en pleurs ; oh, c'était terrible. Ses yeux se brouillèrent une fois encore, et il sanglota amèrement en se demandant s'il pourrait demander un autre verre de lait.

— J'pourrais avoir un bateau à moteur pour Noël ? dit-il.

Bandini le regarda, médusé.

— Il ne manquerait plus que ça dans la famille, dit-il, avant d'ajouter sarcastiquement : Tu veux un vrai bateau à moteur, Federico ? Ou un bateau qui fait *put put put ?*

— C'est ça que je veux ! s'écria Federico, hilare. Un bateau qui fait *putiti putiti putiti !*

Il était déjà dans la cabine, dirigeant l'embarcation sur la table de la cuisine, puis dans les montagnes sur le Lac Bleu. Quand Bandini ricana, il coupa le moteur et jeta l'ancre. Il était parfaitement calme. Les ricanements de Bandini le frappèrent de plein fouet. Federico voulut recommencer à pleurer, mais il n'osait pas. Il baissa les yeux vers son verre vide, remarqua une goutte de lait ou deux au fond, qu'il aspira méticuleusement en regardant son père à la dérobée par-dessus le rebord du verre. Svevo Bandini, en pleine forme, ricanait. Federico eut la chair de poule.

— Zut alors, dit-il. J'ai rien fait, moi.

Cela suffit à briser la glace. Tous se détendirent, même Bandini, qui estimait avoir bien joué son rôle de vedette. Il parla calmement.

— Plus jamais question de bateaux à moteur, compris ? Absolument plus jamais.

Etait-ce terminé ? Federico soupira joyeusement. Tout le temps, il avait cru que son père savait qu'il avait volé les pennies dans son pantalon de travail, cassé l'ampoule du lampadaire au coin de la rue, dessiné au tableau noir le portrait de sœur Mary Constance, lancé une boule de neige dans l'œil de Stella Colombo, et craché dans le bénitier de Sainte-Catherine.

D'une voix soumise, il dit :

— Je veux pas de bateau à moteur, Papa. Si tu veux pas que j'en aie un, alors j'en veux pas, Papa.

Bandini adressa un hochement de tête satisfait à sa femme : voilà comment on élevait les enfants. Si tu veux qu'un gamin fasse quelque chose, regarde-le droit dans les yeux ; voilà comment on éduque un gosse.

Arturo mangea le restant de son œuf et fit une

grimace dégoûtée : bon Dieu, son vieux était une vraie cloche ! Lui, Arturo, il le connaissait, le petit Federico ; il savait que c'était un sale hypocrite ; sa face enfarinée ne le dupait pas une seconde, et soudain Arturo regretta d'avoir seulement poussé la tête de Federico à travers le carreau — il aurait dû faire passer le tout de l'autre côté de la fenêtre.

— Quand j'étais gosse, commença Bandini. Quand j'étais gosse, au pays, là d'où je viens...

Federico et Arturo quittèrent aussitôt la table. La vieille ritournelle recommençait. Ils savaient que, pour la énième fois, leur père allait leur raconter qu'il gagnait quatre *cents* par jour, là-bas, au pays, à porter une pierre sur le dos, quand il était gosse. Cette histoire hypnotisait Svevo Bandini comme un pan de rêve qui effaçait magiquement Helmer le banquier, les chaussures trouées, la maison impayée, les enfants à nourrir. Quand j'étais gosse : pan de rêve. L'écoulement des ans, la traversée de l'océan, l'accumulation des bouches à nourrir, les soucis incessants qui semblaient faire la trame du temps — il y avait de quoi se vanter de tout cela comme d'une fortune durement gagnée. Il ne pouvait pas se payer une paire de chaussures avec ça, mais il s'en sentait plus riche. Quand j'étais gosse — Maria, qui l'écoutait une fois encore, se demanda pourquoi il prenait ce ton de patriarche, pourquoi il se soumettait au temps et se vieillissait ainsi.

Une lettre de Donna Toscana arriva, la mère de Maria. Donna Toscana et sa grosse langue rouge, pas assez grosse cependant pour endiguer le flot furieux de salive qui lui montait à la bouche dès qu'elle pensait que sa fille avait épousé Svevo Bandini. Maria retournait la lettre en tous sens. Il y avait une épaisse couche de colle sur le bord du rabat, qu'avait humecté la grosse langue de Donna. Maria Toscana, 345 Walnut Street, Rocklin, Colorado. Car Donna refusait d'utiliser le nom de mariage de sa fille. L'écriture lourde et sauvage évoquait les coups de bec d'un faucon blessé, la fruste calligraphie d'une paysanne venant d'égorger une chèvre. Maria n'ouvrit pas la lettre ; elle en connaissait déjà le contenu.

Bandini arriva de l'arrière-cour. Dans ses mains, il portait un lourd bloc de charbon brillant. Il le fit tomber dans le seau à charbon à côté du poêle. Ses mains étaient couvertes de poussière noire. Il grimaça ; transporter du charbon le dégoûtait ; c'était un travail de femme. Il adressa un regard irrité à Maria. Du menton, elle désigna la lettre posée contre la salière bosselée sur la toile cirée jaune. L'écriture maladroite de sa belle-mère se tortillait sous ses yeux comme un nœud de serpents. Il haïssait Donna Toscana avec une fureur qui confinait à la peur. A chacune de leurs rencontres, ils s'affrontaient comme un mâle et une femelle. Il prit plaisir à saisir cette lettre dans ses mains sales maculées de poussière de charbon. Il se délecta en déchirant rageusement l'enveloppe sans prendre garde à son contenu. Avant de lire la lettre, il lança un regard perçant à sa femme pour lui montrer qu'il détestait toujours aussi violemment la femme qui avait donné la vie à son épouse. Maria était désespérée ; elle se sentait étrangère à cette querelle dont elle ne s'était jamais mêlée, et elle aurait volontiers détruit cette lettre, car Bandini lui avait interdit d'ouvrir les lettres de sa mère. Le plaisir vicieux qu'il prenait aux lettres de sa mère horrifiait Maria ; cela avait quelque chose de sordide et de terrible, comme d'aller regarder sous une pierre humide. Cela ressemblait au plaisir malsain du martyre, d'un homme qui se délecte des flagellations d'une belle-mère ravie de le savoir malheureux, plongé dans des problèmes financiers inextricables. Bandini adorait cette persécution, elle provoquait en lui une violente envie d'alcool. Il faisait rarement des excès de boisson, car cela le rendait malade, mais une lettre de Donna Toscana l'aveuglait littéralement. Cela servait de prétexte à son désir d'oubli, car saoul, il pouvait haïr hystériquement sa belle-mère, et il pouvait oublier, oublier sa maison impayée, ses dettes, l'écrasante monotonie du mariage. C'était une échappée : un jour, deux jours, une semaine d'hypnose — Maria se rappelait certaines époques où il avait bu sans interruption pendant deux semaines. Personne n'aurait pu lui cacher une lettre de Donna Toscana. Elles étaient rares, mais signifiaient une seule chose — à savoir que Donna passerait bientôt une après-midi avec eux. Quand elle arrivait sans qu'il ait vu la lettre annonciatrice, Bandini savait que sa femme l'avait cachée. La dernière fois où elle avait osé, Svevo avait perdu la tête et battu Arturo comme plâtre sous prétexte qu'il avait mis trop de sel sur ses macaroni, une faute sans gravité qu'il n'aurait même pas remarquée en temps ordinaire. Mais elle avait osé cacher la lettre, et quelqu'un devait payer.

Cette dernière lettre était datée de la veille, le 8 décembre, fête de l'Immaculée Conception. Quand Bandini parcourut son contenu, son visage blêmit et son sang se retira comme le ressac aspiré par le sable :

41

Ma chère Maria,

Nous fêtons aujourd'hui la glorieuse fête de notre Sainte Mère, et je suis allée à l'église prier pour toi afin qu'elle soulage ta misère. Mon cœur est avec toi et tes malheureux enfants, condamnés à l'existence tragique qui est la vôtre. J'ai demandé à notre Mère Bénie de vous prendre en pitié et d'accorder un peu de bonheur aux tout-petits qui méritent mieux que cette misère. Je serai à Rocklin dimanche après-midi, et je repartirai par le car de 8 heures. A toi et tes enfants, tout mon amour et ma sympathie.

Donna TOSCANA.

Sans regarder sa femme, Bandini posa la lettre et entreprit de ronger un ongle de pouce déjà bien entamé. Ses doigts tiraient sur sa lèvre inférieure. Sa rage naissait toujours quelque part hors de lui. Maria la sentait suinter dans les angles de la pièce, sur les murs et le plancher, une odeur qui tourbillonnait en se renforçant inéluctablement. Afin de chasser cette pensée, elle rajusta machinalement son corsage.

Elle dit faiblement : « Svevo... »

Il se leva, saisit le menton de sa femme, avec un sourire méchant pour lui montrer que ce geste affectueux n'était pas sincère, puis sortit de la pièce.

« Oh Marie ! » chantait-il d'une voix atone. Seule la haine forçait cette chanson d'amour à travers sa gorge. « Oh Marie ! Oh Marie ! *Quanto sonna perdato per te ! Fa me dor me ! Fa me dor me !* Oh Marie ! Oh Marie ! Combien de nuits sans sommeil ai-je passées à cause de toi ! Oh laisse-moi dormir, Marie que j'aime ! »

Il était insatiable. Elle écouta les fines semelles de ses chaussures tapoter le sol comme des gouttes d'eau tombant sur un poêle. Elle entendit le chuintement de son manteau rapiécé quand il jeta ses bras dans les manches. Puis une plage de silence, puis une allumette qu'on frotte, elle sut qu'il fumait un cigare. La colère de Bandini était trop vaste pour elle. Intervenir l'aurait seulement poussé à la frapper. Lorsque ses pas se dirigèrent vers la porte d'entrée, elle retint son souffle : la porte d'entrée était vitrée. Mais non — il la ferma doucement, puis s'éloigna. Dans quelques minutes, il retrouverait son ami Rocco Saccone, le tailleur de pierre, le seul être humain qu'elle haïssait vraiment. Rocco Saccone, le copain d'enfance de Svevo Bandini, le célibataire buveur de whisky qui avait tenté d'empêcher le mariage de Bandini ; Rocco Saccone, qui portait des costumes de flanelle blanche en toute saison et se vantait odieusement de séduire, le samedi soir, des Américaines mariées aux bals de l'Odd Fellows Hall. Elle faisait confiance à Svevo. Son esprit flotterait sur une mer de whisky, mais jamais il ne la tromperait. Elle le savait. Mais pouvait-elle en être certaine ? Elle s'effondra sur une chaise devant la table, enfouit son visage dans ses mains et pleura.

2

Il était trois heures moins le quart dans la classe de seconde du collège Sainte-Catherine. Sœur Mary Celia, dont l'œil de verre irritait l'orbite, était dangereusement énervée. Elle avait perdu le contrôle de sa paupière gauche, qui se contractait sans arrêt. Vingt élèves de seconde, onze garçons et neuf filles, observaient les contractions de la paupière. Trois heures moins le quart : encore quinze minutes. Nellie Doyle, dont la mince robe s'était coincée entre les fesses, récitait les répercussions économiques de l'invention de la machine à égrener le coton par Eli Whitney, pendant que ses deux voisins de derrière, Jim Lacey et Eddie Holm, riaient comme des malades en étouffant leur rire, à cause du tissu coincé entre les fesses de Nellie. On leur avait dit cent fois de se tenir à carreau quand la paupière recouvrant l'œil de verre de la vieille Celia commençait à papillonner, mais ils ne pouvaient résister au spectacle offert par Doyle...

— Les répercussions économiques de l'invention

de la machine à égrener le coton par Eli Whitney furent sans précédent dans toute l'histoire de la culture du coton, dit Nellie.

Sœur Mary Celia se leva.

— Holm et Lacey ! s'écria-t-elle. Debout !

Confuse, Nellie s'assit et les deux garçons se levèrent. Les genoux de Lacey craquèrent, les élèves pouffèrent, Lacey se mit à rire, puis rougit. Holm toussa, gardant la tête baissée pour lire le nom de la marque gravé sur son crayon. Pour la première fois, il s'intéressait à ce genre d'information, et il découvrit avec surprise que son crayon portait simplement ces mots : Walter Pencil Co.

— Holm et Lacey, dit sœur Celia. Je suis lasse de vos grimaces de clown. Asseyez-vous ! Puis elle s'adressa à l'ensemble des élèves, mais en fait seulement aux garçons, car les filles lui donnaient rarement du fil à retordre : le prochain vaurien que je surprends à ne pas écouter la récitation restera ici jusqu'à 6 heures. Continue, Nellie.

Nellie se releva. Lacey et Holm, stupéfaits de s'en tirer aussi facilement, s'obligèrent à regarder à l'autre bout de la classe, car ils redoutaient une nouvelle crise de fou rire si la robe de Nellie était encore coincée entre ses fesses.

— Les répercussions économiques de l'invention de la machine à égrener le coton furent sans précédent dans toute l'histoire de la culture du coton, récita Nellie.

Lacey appela à voix basse son voisin de devant :

— Hé, Holm. Vise un peu ce crétin de Bandini.

Arturo était assis de l'autre côté de la classe, au troisième rang. Il baissait la tête, collait son torse à sa table et cachait derrière son encrier un petit miroir de poche dans lequel il s'observait tout en déplaçant la pointe d'un crayon contre l'arête de son nez. Il comptait ses taches de rousseur. La veille au soir, avant de se coucher, il avait enduit son visage avec du jus de citron : c'était, paraît-il, radical pour éliminer les taches de rousseur. Il les comptait, quatre-vingt-treize, quatre-vingt-quatorze, quatre-vingt-quinze... Une impression de futilité générale le submergeait. Il était là, au cœur de l'hiver, avec le soleil qui n'apparaissait que brièvement en fin d'après-midi, à compter les taches de rousseur sur son nez et ses joues — il y en avait quatre-vingt-quinze, cinq de plus que la dernière fois. A quoi bon vivre ? Et hier au soir, il avait utilisé du jus de citron. Quelle menteuse avait écrit dans les pages pratiques du *Denver Post* d'hier qu'avec le jus de citron, les taches de rousseur « s'envolaient comme par magie » ? C'était déjà un handicap d'avoir des taches de rousseur, mais à sa connaissance, il était le seul Rital affligé de taches de rousseur. Qui donc lui avait refilé ces horribles taches ? De quelle branche de la famille avait-il hérité ces petites marques cuivrées et dégradantes ? Morose, il entreprit d'examiner son oreille gauche.

Les répercussions économiques de l'invention de l'égreneuse par Eli Whitney étaient une rumeur confuse et lointaine. Josephine Perlotta récitait : qui diable s'intéressait aux considérations de Perlotta sur l'égreneuse à coton ? Comme lui, c'était une métèque — que pouvait-elle bien connaître à la culture du coton ? En juin, Dieu merci, il en aurait fini avec cette saleté d'école catholique, et il s'inscrirait dans un lycée où il y aurait moins de Ritals. Sur son oreille gauche, il en avait déjà compté dix-sept, deux de plus que la veille. Saletés de taches de rousseur ! Une voix nouvelle parlait maintenant de l'égreneuse à coton, une voix aussi mélodieuse qu'un violon, qui faisait vibrer sa chair, ralentissait sa respiration. Il posa son crayon et resta bouche bée. Elle était debout devant lui — sa merveilleuse Rosa Pinelli, son amour, sa bien-aimée. Oh rutilante égreneuse à coton ! Oh inoubliable Eli Whitney ! Oh Rosa, comme tu es belle. Je t'aime, Rosa, je t'aime, je t'aime, je t'aime !

Elle était italienne, bien sûr ; mais pouvait-on le lui reprocher ? Ni elle ni lui n'étaient responsables de leurs origines. Oh, quels cheveux ! Quelles épaules ! Et regardez cette jolie robe verte ! Ecoutez cette voix ! Oh, Rosa mon amour ! Dis-leur, Rosa. Dis-leur tout sur l'égreneuse à coton ! Je sais que tu me détestes, Rosa. Mais moi je t'aime, Rosa. Je t'aime, et un jour tu me verras jouer au centre du terrain pour les New York Yankees, Rosa. Je serai tout là-bas, dans le feu de l'action, Chérie, et tu seras ma régulière, assise juste derrière la troisième base, je mettrai la gomme, ce sera la fin du match, les Yankees auront trois points de retard. Mais ne t'inquiète pas, Rosa ! Je me préparerai avec trois hommes sur la base, je te regarderai, tu m'enverras un baiser et je balancerai la bonne vieille pomme par-dessus le mur du centre. Un coup fabuleux, mon amour. Tu m'embrasseras, je serai célèbre !

— *Arturo Bandini !*

Et puis je n'aurai plus une seule tache de rousseur, Rosa. Elles auront toutes disparu — d'ailleurs elles s'en vont quand on grandit.

— *Arturo Bandini !*

Et puis je changerai de nom, Rosa. Tout le monde

m'appellera Banning, the Banning Bambino ; Art, le Bandit batailleur...

— *Arturo Bandini !*

Cette fois, il entendit. Les applaudissements du public acclamant son héros s'évanouirent. Il leva les yeux et découvrit sœur Mary Celia penchée au-dessus de son bureau, le poing serré, la paupière gauche frémissante. Ils le regardaient tous, même sa Rosa se moquait de lui, et son cœur remonta dans sa gorge quand il comprit qu'il avait rêvé à voix haute. Les autres pouvaient bien rire, il n'en avait cure, mais Rosa — Ah, Rosa, le rire de Rosa le blessa plus que tous les autres réunis, et il la détesta : cette petite métèque, fille d'un mineur rital qui bossait dans cette ville pourrie de Louisville : une vraie raclure de mineur de charbon. Il s'appelait Salvatore ; Salvatore Pinelli, si médiocre qu'il devait travailler dans une mine de charbon. Savait-il élever un mur qui durerait des années et des années, un siècle, deux siècles ? Bien sûr que non — ce crétin de rital avait une pioche à la main, une lampe vissée au front et il devait descendre sous terre pour gagner sa croûte, comme un rat puant. Il s'appelait Arturo Bandini, et si dans cette école quelqu'un avait envie de se payer sa tête, qu'il le dise franchement avant de se retrouver à l'infirmerie avec le nez cassé.

— *Arturo Bandini !*

— O.K., grommela-t-il. O.K., sœur Celia. Je vous ai entendue.

Alors il se leva. Toute la classe le regardait. Rosa chuchota quelque chose à sa voisine en cachant sa bouche qui souriait. Il vit le geste et faillit l'insulter, car il croyait qu'elle s'était moquée de ses taches de rousseur, ou de ses pantalons rapiécés aux genoux, ou de ses cheveux trop longs, ou de la chemise retaillée qui avait appartenu à son père et ne lui allait pas bien.

— Bandini, commença sœur Celia. Vous êtes indiscutablement un cancre. Je vous avais prévenu, je vous ai demandé d'écouter. Je dois punir votre stupidité : vous êtes en retenue jusqu'à 6 heures.

Il s'assit, et la cloche sonna hystériquement dans tous les couloirs, annonçant 3 heures.

Il était seul, avec sœur Celia qui corrigeait des copies à son bureau. Elle travaillait sans faire attention à lui, sa paupière gauche tressautait. Au sud-ouest, un soleil pâle et maladif apparut, telle une lune diaphane par cet après-midi d'hiver. Assis, le menton dans la paume, il regardait le soleil froid. Derrière les fenêtres, la rangée de sapins semblait frigorifiée sous son épais fardeau blanc. Dans la rue, il entendit le cri d'un garçon, puis le claquement métallique des chaînes de pneus. Il détestait l'hiver. Il s'imaginait parfaitement le terrain de baseball derrière l'école, enfoui sous la neige, les grillages de protection couverts d'une lourde chape de glace — paysage de mort. Que pouvait-on faire l'hiver ? Il était presque content d'être dans la classe, sa punition l'amusait. Après tout, c'était un endroit comme un autre pour passer la fin de l'après-midi.

— Voulez-vous que je fasse quelque chose, ma sœur ? demanda-t-il.

Elle lui répondit sans lever le nez de son travail :

— Je veux que vous restiez tranquille — si ce n'est pas trop vous demander.

Il sourit et grommela :

— O.K., ma sœur.

Il resta tranquille pendant dix bonnes minutes.

— Ma sœur, dit-il. Je pourrais essuyer le tableau noir ?

— Nous payons quelqu'un pour cela, répondit-elle. D'ailleurs, nous le payons beaucoup trop cher.

— Ma sœur, aimez-vous le baseball ?

— Je préfère le football, dit-elle. Je déteste le baseball. Ce sport m'ennuie.

— C'est parce que vous ne comprenez pas les finesses du jeu.

— Taisez-vous, Bandini, dit-elle. S'il vous plaît.

Il changea de position, cala son menton contre ses bras et observa la religieuse. La paupière gauche tremblait sans arrêt. Il se demanda pourquoi elle avait un œil de verre. Il s'était toujours douté que quelqu'un l'avait frappée avec une batte de baseball ; maintenant il en était presque sûr. Avant de venir à Sainte-Catherine, elle avait habité Fort Dodge, dans l'Iowa. Il se demanda quel genre de baseball on jouait dans l'Iowa, et s'il y avait beaucoup d'Italiens dans cet Etat.

— Comment va votre mère ? dit-elle.

— Je sais pas. Bien, je crois.

Pour la première fois, les yeux de sœur Celia quittèrent ses copies et se posèrent sur Arturo.

— Pourquoi dites-vous « je crois » ? Vous ne savez pas si votre mère va bien ? Votre mère est une personne admirable, un être de qualité. Elle possède une âme d'ange.

A sa connaissance, Arturo et ses frères étaient les seuls élèves non payants de cette école catholique. Les frais de scolarité s'élevaient à deux dollars par mois et par élève, soit six dollars par mois pour lui et ses deux frères, mais cette somme n'était jamais payée. Ce statut exceptionnel le tourmentait beaucoup : les autres payaient, tous les autres sauf lui. De temps à autre, sa mère glissait un dollar ou deux dans une enveloppe, et lui demandait de la remettre à la sœur supérieure, en acompte de ses dettes. Pour lui, c'était pire encore. Chaque fois, il refusait avec véhémence. Par contre, August remettait volontiers ces enveloppes épisodiques ; à vrai dire, il adorait se charger de cette tâche. Voilà pourquoi Arturo détestait August, qui se faisait le porte-parole de leur pauvreté, et ne manquait pas une occasion de rappeler aux nonnes qu'ils étaient pauvres. De toute façon, il n'avait jamais désiré aller dans une école religieuse. Seul le baseball rendait la chose supportable. Quand sœur Celia lui disait que sa mère était une belle âme, il savait qu'elle voulait dire que sa mère était courageuse de se sacrifier et de se priver pour les modestes enveloppes. Mais pour Arturo, cela ne témoignait d'aucun courage. Il haïssait cette situation, car il sentait ses frères et lui différents des autres élèves. Il ne l'aurait pas juré, mais il avait la nette impression, d'ailleurs difficilement explicable, d'être différent des autres élèves. Cette impression s'inscrivait dans le schéma global incluant ses taches de rousseur, ses cheveux trop longs, son genou rapiécé et ses origines italiennes.

— Votre père va-t-il à la messe le dimanche, Arturo ?

— Bien sûr, dit-il.

Il faillit s'étrangler. Pourquoi devait-il mentir ? Son père allait uniquement à la messe le dimanche de Noël et parfois le dimanche de Pâques. En tout cas, il était ravi que son père méprisât la messe. Il ne savait pas pourquoi, mais cela lui plaisait. Il se souvint des arguments de son père. Svevo avait dit : si Dieu est partout, pourquoi devrais-je aller à la messe le dimanche ? Pourquoi n'irais-je pas à la salle de jeu Imperial ? Dieu est aussi là-bas, non ? Ce morceau de théologie horrifiait sa mère, mais Arturo se rappela la faiblesse de la réponse maternelle, la réponse que lui-même avait apprise au catéchisme, et que sa mère aussi avait apprise au catéchisme des années auparavant. Tel était notre devoir de chrétiens, expliquait le catéchisme. Quant à lui, Arturo, il allait parfois à la messe, parfois pas. Quand il n'y allait pas, une grande peur l'étreignait et il se sentait désespéré tant qu'il n'avait pas vidé son sac au confessionnal.

A 4 heures et demie, sœur Celia acheva la correction de ses copies. Arturo restait assis, épuisé et comme blessé par sa propre impuissance à agir. Il faisait maintenant très sombre dans la salle de classe. A l'est, la lune apparut timidement hors des nuages lugubres ; ce serait une lune blanche si elle réussissait à se libérer. La salle plongée dans les ténèbres désespérait Arturo. C'était une salle pour les nonnes, pour leurs chaussures silencieuses à semelles épaisses. Les tables vides évoquaient tristement les enfants disparus ; sa propre table sympathisait avec lui, sa chaude intimité le conviait à rentrer chez lui afin qu'elle fût seule avec les autres. Grattée, gravée à ses initiales, souillée de taches d'encre, elle était aussi lasse de lui que lui d'elle. Maintenant, Arturo et sa table se détestaient presque, malgré la patience qu'ils montraient l'un pour l'autre.

Sœur Celia se leva et réunit ses papiers.

— Je vous autorise à partir à 5 heures, dit-elle. Mais à une condition.

Sa léthargie l'emporta sur sa curiosité de connaître cette condition. Vautré sur sa chaise, les chevilles serrées autour du pied de la table de devant, il mijotait passivement dans le dégoût de soi.

— J'aimerais que vous partiez à 5 heures, que vous alliez devant le Saint-Sacrement, et que vous demandiez à la Vierge Marie de bénir votre mère et de lui accorder tout le bonheur qu'elle mérite — cette pauvre créature.

Après quoi elle partit. Pauvre créature. Sa mère — une pauvre créature. Soudain il fut submergé de désespoir et ses yeux s'emplirent de larmes. Partout c'était pareil, toujours sa mère — la pauvre créature, invariablement pauvre, toujours ce mot qui le harcelait, l'obsédait, et brusquement il s'abandonna entre chien et loup, sanglota pour chasser cet adjectif, secoué de hoquets, pas à cause de cela, pas à cause de sa mère, mais pour son père, pour Svevo Bandini, pour les soucis de son père, pour les mains noueuses de son père, pour les outils de maçon de son père, pour les murs construits par son père, les escaliers, les corniches, les cheminées et les cathédrales, tout cela tellement beau, et pour l'émotion qui l'étreignait quand son père chantait l'Italie, le ciel d'Italie, la baie de Naples.

A 5 heures moins le quart, toute sa douleur s'était consumée. Il faisait presque nuit dans la salle de classe. Il essuya son nez avec sa manche et sentit son cœur s'apaiser, s'emplir d'une chaleur et d'un calme qui réduisirent presque le dernier quart d'heure d'attente à néant. Il voulait allumer les lumières, mais la maison de Rosa se dressait de l'autre côté de la rue au-delà du terrain vague, et du porche de derrière on pouvait voir les fenêtres de l'école. Si elle remarquait de la lumière dans la classe, elle se souviendrait peut-être qu'il était en retenue.

Rosa, mon amour. Elle le détestait, mais elle était sa bien-aimée. Savait-elle qu'il l'aimait ? Le haïssait-elle précisément pour cette raison ? Percevait-elle les bouleversements mystérieux qui se produisaient en lui ? Etait-ce pour cela qu'elle se moquait de lui ? Il traversa la salle vers la fenêtre et aperçut de la lumière dans la cuisine de la maison de Rosa. Quelque part dans cette lumière, Rosa marchait et respirait. Peut-être étudiait-elle ses leçons en ce moment même, car Rosa était très studieuse et obtenait les meilleures notes de toute la classe.

Arturo se détourna de la fenêtre et s'approcha de la table de Rosa. Elle ne ressemblait à aucune autre table de la classe : plus propre, plus féminine, mieux vernie, elle brillait davantage. Il s'assit à sa place et fut bouleversé. Ses mains saisirent le bois du plateau, s'aventurèrent dans le petit casier où elle rangeait ses livres. Ses doigts trouvèrent un crayon. Il l'examina attentivement : le bout du crayon portait l'empreinte des dents de Rosa. Il l'embrassa. Il embrassa les manuels qu'il trouva, tous soigneusement recouverts d'une toile cirée qui dégageait une odeur de propreté.

A 5 heures, ivre d'amour et de Rosa — ses lèvres scandant machinalement le prénom magique —, il descendit les marches de l'école et s'engouffra dans la soirée d'hiver. L'église Sainte-Catherine jouxtait l'école. Rosa, je t'aime !

Il avançait en somnambule dans la pénombre de la nef centrale, l'eau du bénitier glaçant encore le bout de ses doigts et son front, le bruit de ses pas se répercutait dans le chœur, l'odeur de l'encens, l'odeur de mille funérailles et de mille baptêmes, l'odeur douceâtre de la mort et celle, âcre, des vivants se mélangeaient dans ses narines, le grésillement étouffé des cierges allumés, l'écho de ses pas feutrés emplissant la nef immense, et dans son cœur, Rosa.

Il s'agenouilla devant l'autel, tenta de prier comme il l'avait promis, mais son esprit s'échappait pour papillonner autour du prénom chéri, et il réalisa aussitôt qu'il commettait un péché, un grave et terrible péché à quelques mètres seulement des saints sacrements, car il nourrissait des pensées coupables envers Rosa, des pensées que le catéchisme interdisait formellement. Il plissa les paupières pour essayer de repousser les forces du mal, mais les visions revenaient avec une force accrue, son esprit fut soudain envahi par une scène incroyablement impie, une vision qu'il n'avait même jamais imaginée, et il poussa un cri étouffé, horrifié par le spectacle de son âme devant Dieu, mais aussi éperdu d'extase. Il ne put supporter cela plus longtemps. Il risquait la mort pour ce blasphème : Dieu pouvait le foudroyer sur-le-champ. Il se releva, se signa et s'enfuit en courant hors de l'église, terrifié, assailli par les visions impies qui le suivaient comme son ombre. Quand il émergea dans la rue glacée, il fut stupéfait d'être encore vivant, car sa fuite dans la longue nef au-dessus de laquelle tant d'âmes s'étaient envolées, lui avait semblé interminable. Les visions impies s'évanouirent dès qu'il marcha dans la rue et aperçut les premières étoiles du soir. Le froid avait eu raison de ses blasphèmes.

Bientôt il frissonna, car bien que portant trois chandails, il ne possédait ni gants ni manteau. Il frappa dans ses mains pour les réchauffer. Cela ferait un léger détour, mais il tenait à passer devant la maison de Rosa. Le bungalow des Pinelli se dressait derrière une haie de peupliers, à une trentaine de mètres de la rue. Debout devant l'allée, les bras croisés, les mains coincées sous ses aisselles pour les réchauffer, il guetta un signe de Rosa, sa silhouette traversant son champ de vision entre les arbres. Ses pieds frappaient l'asphalte, des nuages blancs sortaient de sa bouche. Pas de Rosa. Alors, dans la neige vierge à l'écart de l'allée, il baissa son visage frigorifié pour examiner de menues empreintes de pas. Qui avait pu les laisser, sinon Rosa ? Ses doigts gourds ramassèrent la neige autour de l'empreinte, ses deux mains la rassemblèrent et l'emportèrent comme un trésor vers le bout de la rue...

Chez lui, il trouva ses deux frères qui dînaient dans la cuisine. Encore des œufs. Ses lèvres grimacèrent tandis qu'il réchauffait ses mains au-dessus du poêle. August avait la bouche pleine de pain quand il parla.

— J'ai été chercher le bois, Arturo. A toi de t'occuper du charbon.

— Où est maman ?

— Au lit, dit Federico. Grand-mère Donna va venir.

— Papa est déjà soûl ?

— Il est pas à la maison.

— Pourquoi Mamy vient-elle toujours ? demanda Federico. A chaque fois, papa est soûl.

— Ah, cette vieille peau ! fit Arturo.

Federico adorait les jurons. Il rit.

— Vieillasse de vieille peau, dit-il.

— C'est un péché, dit August. C'est deux péchés.
Arturo ricana.

— Pourquoi *deux* péchés ?

— Un, parce qu'il a dit un gros mot et deux parce qu'on doit respecter son père et sa mère.

— Grand-mère Donna n'est pas ma mère.

— C'est ta grand-mère.

— Qu'elle aille se faire foutre.

— Ça aussi, c'est un péché.

— Oh, ferme-la.

Quand il sentit des picotements dans ses mains, il prit le grand seau et le petit derrière le poêle, puis d'un coup de pied ouvrit la porte de derrière. Balançant doucement les seaux, il s'engagea dans le sentier nettement tracé qui aboutissait à la cabane à charbon. Il n'y avait plus beaucoup de charbon en réserve ; sa mère allait se faire houspiller par Bandini, qui ne comprenait jamais comment on pouvait consommer autant de charbon. Arturo savait que la Big 4 Coal Company refusait désormais tout crédit à Bandini. Il remplit les seaux en s'émerveillant du talent de son père pour obtenir ce qu'il voulait sans payer. Pas étonnant que son père fût souvent soûl. Lui aussi s'enivrerait s'il devait acheter des choses sans jamais les payer.

Le fracas du charbon percutant le fer-blanc des seaux réveilla les poules de Maria qui somnolaient dans le poulailler. Hagardes, elles sortirent dans la cour éclaboussée de lune et regardèrent d'un air hébété le garçon courbé en deux dans la porte de la cabane. Elles caquetèrent en signe de bienvenue, leurs têtes absurdes et affamées collées aux trous du grillage. Il les entendit, puis, se relevant, leur lança un regard haineux.

— Des œufs, dit-il. Des œufs au petit déjeuner, des œufs au déjeuner, des œufs au dîner.

Il trouva un morceau de charbon gros comme son poing, recula et calcula la distance. La vieille poule brune la plus proche de lui fut touchée au cou par le morceau de charbon qui faillit bien la décapiter avant d'atterrir dans le poulailler. L'animal vacilla, tomba, se releva avec peine, puis retomba tandis que les autres s'enfuyaient à l'abri en gloussant de terreur. La vieille poule brune se releva sur ses pattes, tituba dans la partie de la cour pleine de neige, laissant dans la neige de surprenantes traces zigzagantes de rouge écarlate. Elle mourut lentement, tirant derrière elle sa tête sanglante vers une congère qui escaladait la clôture. Avec une satisfaction froide, il observa les souffrances du volatile. Quand la poule frissonna pour la dernière fois, il grogna, souleva les seaux de charbon et partit vers la cuisine. Un peu plus tard, il ressortit pour ramasser la poule morte.

— Pourquoi as-tu fait ça ? lui demanda August. C'est un péché.

— Ah ! la ferme, dit-il en levant le poing.

3

Maria était malade. Federico et August entrèrent
à pas de loup dans la chambre obscure où elle reposait, une pièce glacée par l'hiver, mais réchauffée
par le parfum des objets posés sur la commode,
par l'odeur ténue des cheveux de leur mère, l'odeur
omniprésente de Bandini, de ses vêtements rangés
dans la chambre. Maria ouvrit les yeux. Federico
faillit pleurer. August dansait d'un pied sur l'autre.

— On a faim, dit-il. Où as-tu mal ?

— Je vais me lever, dit-elle.

Ils entendirent craquer ses articulations, virent
le sang affluer de nouveau à son visage, devinèrent
ses lèvres défraîchies et les tourments de son cœur.
August détestait cela. Soudain sa propre haleine lui
sembla viciée.

— Où as-tu mal, maman ?

Federico dit :

— Pourquoi cette enquiquineuse de grand-maman
Donna doit-elle venir chez nous ?

Elle s'assit dans son lit, nauséeuse, et serra les dents pour surmonter un brusque haut-le-cœur. Depuis toujours, elle était sujette à ce genre de crise, mais sa maladie était dépourvue du moindre symptôme ; aucune plaie, aucune blessure ne causait sa douleur. Son effroi faisait tanguer la chambre. Aussitôt, les deux frères voulurent s'enfuir dans la cuisine, retrouver sa chaleur et sa lumière. Ils sortirent d'un air coupable.

Arturo avait allongé ses pieds sur le poêle, coincé ses talons contre les cales de bois. La volaille morte gisait dans un coin, un filet de sang dégoulinant du bec. Quand elle entra dans la cuisine, Maria ne fut pas surprise de la voir. Arturo regardait Federico et August, qui regardaient leur mère. Ils étaient déçus : Maria ne s'était pas mise en colère à cause du volatile.

— Tout le monde prend un bain après le dîner, dit-elle. Grand-mère arrive demain.

Les frères se mirent à maugréer et pleurnicher. Il n'y avait pas de baignoire. Le bain était synonyme de seaux d'eau dans un baquet sur le sol de la cuisine, épreuve de plus en plus désagréable pour Arturo, qui avait trop grandi pour se sentir à l'aise dans le baquet.

Depuis plus de quatorze ans, Svevo Bandini promettait régulièrement d'installer une vraie baignoire. Maria se rappelait parfaitement le premier jour où elle était entrée dans cette maison avec lui. En lui montrant ce qu'il avait pompeusement appelé la salle de bains, il avait aussitôt ajouté que dès la semaine suivante il y ferait installer une baignoire. Quatorze ans après, son discours n'avait pas changé d'un iota.

— La semaine prochaine, disait-il. Je m'occupe de cette baignoire la semaine prochaine.

Cette promesse était devenue partie intégrante du folklore familial. Elle ravissait les garçons. D'année en année, Federico ou Arturo demandait :

— Papa, quand aurons-nous une baignoire ?

Et Bandini répondait toujours avec une profonde conviction :

— La semaine prochaine, ou : je m'en occupe dès lundi prochain.

Lorsqu'ils éclataient de rire en entendant leurs prévisions confirmées, il les dévisageait, exigeait le silence et hurlait :

— Qu'y a-t-il de si drôle ?

Mais lui aussi, quand il se lavait, maudissait et injuriait le baquet d'eau dans la cuisine. Les garçons écoutaient leur père se plaindre de son sort, se complaire dans de vibrants aveux :

— La semaine prochaine, nom de Dieu, la semaine prochaine !

Pendant que Maria préparait le poulet pour dîner, Federico hurla brusquement :

— Je prends le pilon !

Et il disparut derrière le poêle avec un couteau de poche. Accroupi sur la réserve de petit bois, il façonnait des bateaux qu'il faisait ensuite flotter dans son bain. Il les sculptait puis les empilait, une douzaine de bateaux, grands et petits, assez de bois pour remplir la moitié du baquet, sans parler du déplacement d'eau dû à son propre corps. Plus il en avait, plus il était content : il pourrait organiser une bataille navale, même si pour cela il devait s'asseoir sur certains navires.

Le dos voûté, August étudiait dans un coin le latin

liturgique de l'enfant de chœur. Le père Andrew lui avait donné un livre de prières pour le récompenser de sa piété irréprochable pendant le saint office, une piété qui lui avait permis de réaliser un véritable exploit physique, car contrairement à Arturo, lui aussi enfant de chœur, qui déplaçait constamment le poids de son corps d'un genou à l'autre pendant les interminables services de la grand-messe, qui se grattait, bâillait ou oubliait de répondre aux paroles du prêtre, August ne se rendait jamais coupable de telles impiétés. A dire vrai, August était fier de détenir un certain nombre de records plus ou moins officiels dans la Société des enfants de chœur. Ainsi, il pouvait rester agenouillé, les mains jointes, plus longtemps que n'importe quel acolyte. Les autres enfants de chœur reconnaissaient volontiers la suprématie d'August en ce domaine, et pas un des quarante membres de la Société ne désirait lui faire concurrence. D'ailleurs, le champion était souvent vexé de constater que personne ne voulait lui ravir son record d'endurance à genoux.

Les démonstrations de piété d'August, sa parfaite connaissance du rôle de l'enfant de chœur étaient pour Maria un constant sujet de satisfaction. Chaque fois que les nonnes ou les paroissiens mentionnaient les talents sacerdotaux d'August, elle rayonnait de joie. Elle ne manquait jamais la messe du dimanche où August servait. Agenouillée au premier rang, au pied du grand autel, le spectacle de son cadet en soutane et surplis la ravissait. Les ondoiements de ses amples vêtements quand il marchait, la précision de ses gestes, le silence de ses pieds sur le luxueux tapis rouge, tout cela était comme un rêve de paradis sur terre. Un jour, August deviendrait prêtre ; alors plus rien n'avait d'importance ; elle pouvait souffrir et s'humilier ; elle pouvait mourir et mourir encore — elle avait donné un prêtre à Dieu, et ce don la sanctifiait, faisait d'elle une élue, la mère d'un prêtre, une parente de la Vierge Marie...

Bandini voyait ça d'un autre œil. August était très pieux, il voulait devenir prêtre — *si*. Mais *Chi copro !* Bon sang, il surmonterait ça. Le spectacle de ses fils en enfants de chœur lui procurait davantage d'amusement que de satisfaction spirituelle. Les rares fois où il allait à la messe et les voyait, d'habitude le matin de Noël, quand la cérémonie grandiose du catholicisme s'entourait de tous ses fastes, il ne pouvait s'empêcher de pouffer en apercevant ses trois garnements dans la procession solennelle qui descendait la nef médiane. Il ne les voyait pas comme des enfants consacrés, revêtus d'une luxueuse dentelle, en profonde communion avec le Tout-Puissant ; pour lui, toute cette mise en scène accentuait le contraste élémentaire, il les voyait simplement et très clairement tels qu'ils étaient vraiment, non seulement ses fils mais aussi les autres garçons — des sauvages, des gamins insolents, mal à l'aise et engoncés dans leurs lourdes soutanes. Le spectacle d'Arturo, étranglé par un col dur en celluloïd qui lui montait jusqu'aux oreilles, le visage cramoisi et enflé, sa haine sourde de toute la cérémonie faisaient ricaner Bandini. Quant au petit Federico, malgré son déguisement et tout le saint-frusquin, on voyait bien que c'était un vrai diable. Les femmes avaient beau soupirer d'extase, Bandini devinait l'embarras, la gêne et le terrible ennui des garçons. August voulait devenir prêtre ; bah, ça lui passerait. Il grandirait et oublierait tout ça. Il grandi-

rait et deviendrait un homme, ou bien lui, Svevo
Bandini, lui remettrait les esprits en place à coups de
taloche.

Maria ramassa le poulet par les pattes. Les garçons
se bouchèrent le nez et disparurent de la cuisine
quand elle l'ouvrit pour le vider.

— Je prends le pilon, dit Federico.

— Ça va, on a entendu, dit Arturo.

Il était de mauvaise humeur, sa conscience le harcelait de questions à propos de l'animal assassiné.
Avait-il commis un péché mortel, ou bien le meurtre
du poulet était-il seulement un péché véniel ?
Allongé par terre dans le salon, la chaleur du poêle
ventru brûlait un côté de son corps, et il réfléchissait sombrement aux trois éléments qui, d'après le
catéchisme, constituaient un péché mortel. Un,
une affaire grave ; deux, la préméditation ; trois, le
plein acquiescement de la volonté.

Des pensées lugubres tourbillonnaient dans son
esprit. Il se souvint d'une histoire racontée par
sœur Justinus : un assassin voyait sans cesse devant
ses yeux le visage grimaçant de l'homme qu'il avait
tué ; l'apparition le poursuivait jour et nuit, l'accusait, jusqu'à ce que, terrifié, il allât se confesser et
avouer à Dieu son horrible forfait.

Peut-être lui aussi allait-il souffrir les mêmes tourments ? Cette volaille heureuse, confiante. Une heure
plus tôt, le volatile était vivant, en paix avec la terre
entière. Maintenant il était mort, tué de sang-froid
par sa propre main. Sa vie allait-elle désormais être
hantée par le faciès de ce poulet ? Il fixa le mur,
ferma à demi les paupières, et faillit hurler Il était
là — le poulet mort le regardait droit dans les yeux
en gloussant sardoniquement ! Il bondit sur ses pieds,

courut dans sa chambre, ferma la porte à clef :

— Oh Vierge Marie pleine de grâce, ne soyez pas trop dure avec moi ! Je n'ai pas fait exprès ! Je jure devant Dieu que je ne sais pas pourquoi j'ai fait ça ! Oh, s'il te plaît, cher poulet ! Cher poulet, je suis désolé de t'avoir tué !

Il se lança comme un fou dans une série haletante de Je Vous Salue Marie et de Notre Père ; bientôt il eut mal aux genoux ; bientôt, ayant tenu le compte exact de ses prières, il conclut que quarante-cinq Je Vous Salue Marie et dix-neuf Notre Père suffisaient à une contrition sincère. Mais une superstition inavouable touchant au chiffre dix-neuf le poussa à réciter encore un Notre Père pour arriver au compte rond de vingt. Puis son esprit se reprochant déjà une éventuelle pingrerie, il ajouta deux autres Je Vous Salue Marie et deux Notre Père pour prouver sans aucun doute possible qu'il n'était pas superstitieux et qu'il ne croyait pas au pouvoir occulte des nombres, car le catéchisme dénonçait avec emphase toute espèce de superstition.

Peut-être aurait-il poursuivi ses prières, mais sa mère l'appela pour dîner. Au milieu de la table de la cuisine, elle avait posé un plat où s'entassaient les morceaux bruns de poulet frit. Federico couina et planta sa fourchette dans son morceau préféré. Le pieux August inclina la tête et marmonna un bénédicité. Longtemps après qu'il eut terminé sa prière, il continua à incliner sa tête douloureuse en se demandant pourquoi sa mère ne disait rien. Federico donna un coup de coude à Arturo puis adressa un pied de nez au dévot. Maria s'affairait devant le poêle. Elle se retourna, la saucière à la main, et vit August, ses cheveux dorés religieusement inclinés.

— C'est bien, August, dit-elle en souriant. Très bien. Que Dieu te bénisse !

August releva la tête et se signa. Mais entre-temps, Federico avait déjà fait main basse sur le plat de poulet et les deux pilons avaient disparu. Federico en rongeait un ; l'autre, il l'avait caché entre ses jambes. Agacé, August parcourut la table des yeux. Il soupçonna Arturo, qui ne manifestait pas un appétit démesuré. Maria s'assit. Silencieuse, elle étala de la margarine sur une tranche de pain.

Les lèvres d'Arturo se figèrent en une grimace dégoûtée quand il regarda le poulet rôti et démembré. Une heure plus tôt, le poulet vivait heureux, inconscient du meurtre qui se préparait. Il regarda Federico, le jus dégoulinant sur son menton, la chair succulente qu'il mordait à belles dents. Arturo eut envie de vomir. Maria poussa le plat devant lui.

— Arturo, tu ne manges pas.

Le bout de sa fourchette explora le plat avec une perspicacité feinte. Il trouva un morceau solitaire, un bout de chair misérable qui lui parut encore pire quand il le mit dans son assiette — le gésier. Seigneur, s'il Vous plaît, faites qu'à l'avenir je sois toujours bon envers les animaux. Il grignota un petit morceau. Pas mauvais. Le goût était délicieux. Il prit une autre bouchée. Puis sourit. Puis se resservit. Bientôt il mangea avec fougue, cherchant les blancs. Il se rappela l'endroit où Federico avait caché l'autre pilon. Sa main glissa sous la table, s'aventura près des cuisses de Federico et saisit discrètement le pilon. Quand il eut terminé de le manger, il jeta l'os dans l'assiette de son petit frère. Federico le regarda puis, inquiet, explora sa chaise.

— Salopard, dit-il. Salopard, Arturo. T'es une crapule.

August lança un regard de reproche à son petit frère en secouant sa tête blonde. Salopard était un gros mot ; peut-être pas un péché mortel, simplement un péché véniel, mais en tout cas un péché. Cela le rendit très triste et très content de ne jamais dire de gros mots avec ses frères.

Ce n'était pas un gros poulet. Ils nettoyèrent le plat au centre de la table, et quand ils eurent seulement des os devant eux, Arturo et Federico les brisèrent avec leurs dents pour en sucer la moelle.

— C'est quand même bien que papa rentre pas à la maison, dit Federico. Y a plus à manger pour nous.

Maria leur sourit en voyant leurs visages couverts de gras, les petits morceaux de poulet jusque dans les cheveux de Federico. De la main, elle les fit tomber et avertit les garçons de bien se tenir en présence de grand-maman Donna.

— Si vous mangez aussi mal que ce soir, elle ne vous donnera pas de cadeau de Noël.

Menace superflue ! Comme si grand-maman Donna leur avait déjà offert des cadeaux de Noël ! Arturo grogna :

— Elle nous a jamais donné que des pyjamas. Tu parles d'un cadeau !

— J'parie que papa est soûl maintenant, dit Federico. Avec Rocco Saccone.

Maria serra le poing, ses phalanges blêmirent.

— Cette crapule, dit-elle. Je ne veux pas entendre son nom à cette table !

Arturo comprenait la haine de sa mère pour Rocco. Maria avait tellement peur de lui ; sa simple pré-

sence la révoltait. Elle éprouvait une haine sans borne
pour l'amitié qui liait Rocco et Bandini. Ils avaient
grandi ensemble dans les Abruzzes. Pendant leur
jeunesse, avant son mariage à elle, ils avaient connu
des femmes ensemble, et quand Rocco venait à la
maison, lui et Svevo avaient une façon bien à eux de
boire et de rire sans parler, de marmonner leur
dialecte italien puis d'éclater d'un rire gras, langage violent de grognements et de souvenirs, langage plein de sous-entendus, d'où elle était exclue,
car il évoquait toujours un univers qui n'était pas
le sien et qui ne le serait jamais. Elle feignait de
se désintéresser de la vie de Bandini avant son
mariage, mais ce Rocco Saccone avec son rire salace
que Bandini aimait et partageait, devenait un secret
issu d'un passé qu'elle désirait connaître, élucider
une bonne fois pour toutes, car elle croyait peut-
être qu'il lui suffirait d'apprendre ces secrets enfouis
dans le passé pour que le langage privé de Svevo
Bandini et Rocco Saccone disparût à jamais.

Bandini parti, la maison n'était plus la même.
Après le dîner, les garçons repus et comme hébétés
de nourriture s'allongèrent sur le sol du salon pour
goûter à la chaleur amicale du poêle. Arturo l'ali-
mentait en charbon ; le poêle sifflait et gloussait de
contentement, riait doucement quand ils se vau-
traient à ses pieds, gavés.

Dans la cuisine, Maria lavait la vaisselle, consciente de chaque assiette rincée, de chaque gobelet
nettoyé. Quand elle les rangea dans le garde-manger,
le lourd gobelet cabossé de Bandini, plus gros que
les autres, sembla lui reprocher d'être resté inutilisé
pendant tout le repas. Dans le tiroir où elle rangeait
les couverts, le couteau préféré de Bandini, le cou-

teau de table le plus pointu et le plus vicieux du lot, étincela dans la lumière.

La maison perdait maintenant son identité. Une poutre disjointe chuchotait et grinçait dans le vent ; les câbles électriques frottaient l'auvent du porche en ricanant. L'univers des choses inanimées se mettait à parler, conversait avec la vieille maison, et la maison ravie confiait à voix basse les malheurs de ses hôtes. Sous les pieds de Maria, les planches couinaient leur plaisir misérable.

Bandini ne dormirait pas chez lui ce soir.

Songer qu'il ne rentrerait pas à la maison, le savoir probablement soûl quelque part en ville, comprendre qu'il les avait volontairement abandonnés, tout cela était affolant. Toutes les forces de l'horreur et de la destruction semblaient connaître la nouvelle. Déjà Maria les sentait s'agglutiner autour d'elle en essaims noirs et terrifiants, converger sur la maison en formations macabres.

Quand la table du dîner fut nettoyée, l'évier vidé et le sol balayé, sa journée mourut brusquement. Maintenant, il ne restait plus rien pour l'occuper. Elle avait tellement cousu, reprisé, raccommodé depuis quatorze ans sous la lumière jaune, que ses yeux se rebellaient violemment chaque fois qu'elle essayait ; prise de migraines, elle devait attendre le lendemain et le grand jour.

Chaque fois qu'elle tombait sur un magazine féminin, elle ouvrait ses pages ; pages brillantes qui proclamaient l'existence d'un paradis américain pour les femmes : beaux meubles, belles robes ; blondes pulpeuses pâmées devant une levure de bière ; élégantes discutant papier toilette. Ces magazines, ces images représentaient la catégorie approximative des « femmes américaines ». Elle parlait toujours avec un respect craintif de ce que faisaient les « femmes américaines ».

Elle prêtait foi à ces images. Elle passait des heures assise dans le vieux rocking-chair du salon près de la fenêtre, à tourner les pages d'un magazine féminin, léchant méthodiquement le bout de son doigt pour passer à la suivante. De cette hypnose, elle sortait convaincue qu'elle n'appartenait pas au monde des « femmes américaines ».

Cette fascination mêlée de terreur, Bandini ne manquait pas une occasion de la ridiculiser. Lui, par exemple, était cent pour cent italien, d'une race de paysans dont on suivait la lignée depuis maintes générations. Pourtant, depuis qu'il était citoyen américain, il ne se considérait jamais comme un Italien. Non, il était américain ; parfois une bouffée de nationalisme lui montait à la tête, et il clamait bien haut la noblesse de son patrimoine ; mais en pratique il était américain, et quand Maria lui parlait des activités ou des vêtements des « femmes américaines », ou quand elle mentionnait une voisine, « cette femme américaine au bout de la rue », il entrait dans une rage folle. Car il était extrêmement sensible aux distinctions de classe et de race, aux souffrances qu'elles impliquaient et qu'il jugeait inadmissibles.

Il était poseur de briques ; pour lui, il n'y avait pas dans tout l'univers vocation plus sacrée. On pouvait être roi, on pouvait être conquérant, mais quels que soient le métier ou les activités, on avait besoin d'une maison. Et si on possédait un tant soit peu de jugeote, on choisissait une maison en brique ; et, naturellement, construite par un artisan syndiqué, payé au tarif syndical. Le détail avait son importance.

Mais Maria, perdue dans le pays de conte de fées d'un magazine féminin, poussant des soupirs extasiés devant les fers à repasser électriques, les aspirateurs, les machines à laver automatiques et les cuisinières électriques, Maria devait clore les pages de cette contrée imaginaire et retrouver son décor familier : chaises dures, tapis usés, pièces froides. Il lui suffisait de regarder la paume de ses mains, rendue calleuse par d'innombrables lessives, pour comprendre qu'après tout elle ne faisait pas partie des « femmes américaines ». Rien dans son apparence, ni son teint, ni ses mains, ni ses pieds ; ni la nourriture qu'elle mangeait, ni les dents qui la mâchaient — rien dans la maison où elle vivait, rien ne l'apparentait à la « femme américaine ».

Au fond de son cœur, elle n'avait nul besoin de livre ni de magazine. Elle avait une planche de salut bien à elle, une drogue qui lui procurait joie et oubli : son rosaire. Cette succession de perles blanches, ces minuscules chaînons usés en maints endroits, seulement retenus par des morceaux de fil blanc qui se brisaient régulièrement, voilà ce qui lui permettait de quitter ce monde à son gré. Je Vous Salue Marie pleine de grâce, le Seigneur est avec Vous. Et Maria commençait à monter. De perle en perle, la vie et les vivants s'évanouissaient. Je Vous Salue Marie, Je Vous Salue Marie. Peu à peu, le rêve éveillé s'emparait d'elle. Une passion désincarnée la possédait. L'amour sans la mort roucoulait la mélodie de la foi. Elle s'envolait ; elle était libre ; elle n'était plus Maria, américaine ou italienne, pauvre ou riche, avec ou sans machine à laver électrique ou aspira-

71

teur. Elle pénétrait au royaume de ceux qui n'ont besoin de rien. Je Vous Salue Marie, Je Vous Salue Marie, comme une litanie répétée mille fois, cent mille fois, prière après prière, le sommeil du corps, l'envol de l'esprit, la mort de la mémoire, la disparition de la souffrance, la profonde rêverie silencieuse de la foi. Je Vous Salue Marie, Je Vous Salue Marie. Telle était sa raison de vivre.

Ce soir-là, les perles de l'évasion et la joie l'obsédèrent bien avant qu'elle éteignît la lumière dans la cuisine et entrât dans le salon où ses fils gavés étaient vautrés par terre. Federico avait beaucoup trop mangé. Déjà il dormait à poings fermés. Il gisait là, le visage tourné sur le côté, la bouche grande ouverte. August, à plat ventre, regardait comme un idiot la bouche de Federico ; quand il serait prêtre, songeait-il, on lui donnerait certainement une riche paroisse et il mangerait du poulet tous les soirs.

Maria se laissa tomber dans le rocking-chair près de la fenêtre. Arturo grimaça en entendant le craquement habituel des articulations de sa mère. Elle prit son rosaire dans la poche de son tablier. Ses yeux sombres se fermèrent et les lèvres fatiguées se mirent en branle, émettant un chuchotement audible et intense.

Arturo se retourna pour observer le visage de sa mère. L'esprit du garçon fonctionnait rapidement ; devait-il l'interrompre et lui demander dix *cents* pour le cinéma, ou valait-il mieux s'éviter des ennuis et une perte de temps inutiles en allant voler une pièce dans la chambre de ses parents ? Il ne risquait pas de se faire surprendre, car lorsque sa mère commençait son rosaire, elle n'ouvrait jamais les yeux. Federico dormait ; quant à August, il était trop cul béni pour s'intéresser à ce qu'il se passait sous ses yeux. Arturo se leva et s'étira.

— Ho, hum. Je vais chercher un livre.

Dans l'obscurité glacée de la chambre de sa mère, il souleva le matelas au pied du lit. Ses doigts tâtèrent les rares pièces dans le porte-monnaie usé, des pennies, des nickels, mais pas de pièce de dix *cents*. Soudain, ils palpèrent la minceur et la petitesse familières d'une pièce de dix *cents*. Il remit le porte-monnaie fermé à sa place puis tendit l'oreille, à l'affût du moindre bruit suspect. Traînant bruyamment ses chaussures par terre et sifflant un air martial, il entra dans la chambre des enfants et prit le premier livre que sa main rencontra sur la commode.

Il retourna dans le salon et s'allongea par terre à côté d'August et de Federico. Quand il regarda le livre, il grimaça de dégoût. C'était la vie de sainte Thérèse de la Petite Fleur de l'Enfant-Jésus. Il lut la première phrase de la première page : « Au Ciel, je passerai tout mon temps à faire le bien sur Terre. » Il ferma le livre et le poussa vers August.

— Pfff, dit-il. J'ai pas envie de lire. J'vais faire un tour pour voir s'il y a des copains sur la colline.

Les yeux de Maria ne s'ouvrirent pas, mais elle plissa légèrement les lèvres pour montrer qu'elle avait entendu et permettait à Arturo de sortir. Puis elle secoua lentement la tête de droite et de gauche. C'était sa façon de demander au garçon de ne pas rentrer tard.

— D'accord, maman, dit-il.

Heureux et bien au chaud sous ses chandails serrés, il descendit Walnut Street, tantôt courant, tantôt marchant, traversa la voie de chemin de fer vers la Douzième Rue, où il coupa par la station-service du carrefour, traversa le pont, puis fila dans le parc en courant à cause des ombres des peupliers qui l'effrayaient, et moins de dix minutes après son départ, il haletait sous l'auvent du cinéma Isis. Comme toujours devant les petits cinémas, une foule de garçons oisifs et désargentés traînaient en attendant un geste magnanime du portier qui, selon son humeur, les laisserait ou non entrer gratuitement, mais en tout cas longtemps après le début du deuxième film. Arturo avait souvent fait le pied de grue sous l'auvent, mais ce soir il avait dix *cents*. Il adressa un large sourire à ses amis fauchés, acheta son billet, et entra.

Il méprisa le portier autoritaire qui le menaça du doigt, et trouva seul son chemin dans l'obscurité. Il choisit d'abord un fauteuil au tout dernier rang. Cinq minutes plus tard, il avança de deux rangs. Puis il bougea à nouveau. Peu à peu, par bonds de deux ou trois rangs, il se fraya un chemin jusqu'à l'écran brillant ; quand il fut installé au premier rang, il se cala confortablement dans son fauteuil. La gorge serrée, la pomme d'Adam saillante, il louchait presque vers le plafond en regardant Gloria Borden et Robert Powell dans *Love On The River*.

Il se retrouva aussitôt sous l'emprise de la drogue en celluloïd. Il était convaincu que son propre visage ressemblait de façon frappante à celui de Robert Powell, et tout aussi certain que le visage de Gloria Borden évoquait trait pour trait celui de sa merveilleuse Rosa : ainsi se retrouvait-il en terrain parfaitement connu, riant à gorge déployée à chaque plaisanterie de Robert Powell, frissonnant voluptueusement chaque fois que Gloria Borden prenait un air passionné. Progressivement, Robert Powell perdit son identité et devint Arturo Bandini ; progressivement, Gloria Borden se métamorphosa en Rosa Pinelli. Après le terrible accident d'avion, quand on allongea Rosa sur la table d'opération, et que le chirurgien, qui n'était autre qu'Arturo Bandini, se préparait à une intervention extrêmement difficile et dont dépendait la vie de Rosa, le garçon assis au premier rang se mit à trembler de tous ses membres. Pauvre Rosa ! Les larmes ruisselèrent sur son visage ; de la manche de son chandail il essuya son nez qui coulait.

Pourtant il sentait, il devinait, il savait que le jeune docteur Arturo Bandini réussirait un véritable exploit chirurgical ; et comme de bien entendu, ce fut le cas ! Avant qu'Arturo ne réalisât ce qu'il se passait, le beau chirurgien embrassait Rosa ; c'était le printemps, le monde était en fête. Soudain, sans un mot d'avertissement, le film fut terminé, et Arturo Bandini pleurnichait et reniflait au premier rang du cinéma Isis, horriblement gêné et totalement dégoûté de s'afficher ainsi en poule mouillée. Dans la salle, tout le monde le regardait. Il en était certain, puisqu'il ressemblait de façon si frappante à Robert Powell.

L'hallucination magique refluait peu à peu. Maintenant que les lumières étaient allumées et que la réalité reprenait le dessus, il se retourna. Il n'y avait personne à moins de dix rangs de lui. Par-dessus son épaule, il regarda la masse des visages blêmes et pâteux au centre et dans le fond de la salle. Brusquement, il sentit une décharge électrique dans son estomac. Saisi d'une terreur extatique, il retint son souffle. Dans ce modeste océan de morosité, une personne scintillait comme un diamant, les yeux illuminés de beauté. Le visage de Rosa ! Dire que quelques secondes plus tôt, il lui avait sauvé la vie sur une table d'opération ! Mais tout cela n'était qu'un misérable mensonge. Il était là, seul spectateur dans les dix premiers rangs. S'enfonçant dans son fauteuil pour cacher jusqu'au sommet de son crâne derrière le dossier, il eut l'impression d'être un voleur, un criminel quand il déroba une dernière vision du visage éblouissant. Rosa Pinelli ! Elle était assise entre son père et sa mère, deux Italiens obèses à double menton installés au fond de la salle. Elle ne pouvait le voir ; il était certain qu'à cette distance elle ne pouvait pas le reconnaître, pourtant ses propres yeux avalaient l'espace qui les séparait et la voyaient comme sous un microscope, les boucles ravissantes qui dépassaient de son bonnet, les perles noires autour de son cou, l'éclat nacré de ses dents. Elle aussi avait donc vu le film ! Les yeux noirs et rieurs de Rosa avaient donc tout vu. Peut-être avait-elle aussi remarqué la ressemblance frappante entre Robert Powell et lui-même ?

Mais non : en fait, il n'y avait pas la moindre ressemblance ; il avait tout imaginé. C'était seulement un film, il était assis au premier rang, il avait chaud, il transpirait sous ses chandails. Il craignait de toucher ses cheveux, il craignait de lever la main aussi haut pour aplatir ses épis. Il savait ses cheveux hirsutes, pleins d'épis réfractaires à toute coiffure. On le reconnaissait toujours à ses cheveux mal coiffés, hirsutes et qui avaient besoin d'une bonne coupe. Peut-être Rosa l'avait-elle déjà repéré ? Ah — pourquoi ne s'était-il pas coiffé avant d'aller au cinéma ?

Pourquoi oubliait-il toujours ce genre de détail ? Il s'enfonça encore dans son fauteuil en roulant des yeux fous pour voir si ses cheveux dépassaient du dossier. Centimètre par centimètre, avec mille précautions, il leva la main pour les lisser. Mais il arrêta son geste, car il craignait que Rosa ne vît sa main.

Quand les lumières s'éteignirent de nouveau, il poussa un énorme soupir de soulagement. Mais quand le deuxième film commença, il comprit qu'il devrait partir. Une honte diffuse l'étranglait, la conscience de ses vieux chandails, de ses vêtements, le souvenir de Rosa se moquant de lui, la crainte que, s'il ne partait pas tout de suite, il la croiserait peut-être au foyer quand elle sortirait du cinéma avec ses parents. Il ne supporta pas la perspective de les rencontrer. Leurs yeux se poseraient sur lui ; les yeux rieurs de Rosa danseraient. Rosa savait tout de lui ; elle connaissait toutes ses pensées, tous ses actes. Rosa savait qu'il avait volé dix *cents* à sa mère, laquelle en avait besoin. Elle le regarderait, et elle saurait.

Il devait se tirer de là ; il devait mettre les bouts ; n'importe quoi pouvait se passer ; si les lumières se rallumaient, elle le verrait ; un incendie pouvait se déclarer ; tout pouvait arriver ; il devait simplement se lever et quitter la salle. Il savait se comporter en classe avec Rosa, ou dans l'enceinte de l'école ; mais ceci s'appelait le cinéma Isis, et il ressemblait à une pauvre cloche avec ces pauvres vêtements, un type pas comme les autres, et qui avait volé de l'argent : il n'avait pas le droit d'être ici. Si Rosa le voyait, elle lirait immédiatement sur son visage qu'il avait volé de l'argent. Seulement dix *cents,* un péché véniel, mais un péché sans aucun doute.

Il se leva et remonta l'allée à grands pas silencieux, le visage tourné vers le mur, sa main cachant son nez et ses yeux. Lorsqu'il sortit dans la rue, le froid monstrueux de la nuit bondit sur lui, lacéra son visage, et il se mit à courir dans le vent piquant qui lui insuffla de nouvelles pensées.

Quand il s'engagea dans l'allée menant au porche de sa maison, la silhouette de sa mère qui se profilait à la fenêtre soulagea la tension de son esprit ; il sentit ses larmes déferler comme une vague, et la marée de son émotion l'inonda, le libéra de toute culpabilité. Il ouvrit la porte et se retrouva chez lui, dans la douce et merveilleuse chaleur de son foyer. Ses frères étaient partis se coucher, mais Maria n'avait pas bougé ; il sut que ses yeux ne s'étaient pas ouverts, car ses doigts couraient toujours avec une conviction aveugle le long du cercle interminable des perles. Elle était formidable, sa mère, elle était magnifique. Oh, tuez-moi, Seigneur, car je ne suis qu'un chien, et elle une beauté ; je mérite de mourir. Oh Maman, regarde-moi : je t'ai volé une pièce et tu continues de prier. Oh Maman, tue-moi de tes propres mains.

Il tomba à genoux et s'accrocha à ses jambes, submergé de terreur, de joie et de culpabilité. Ses sanglots secouaient le rocking-chair, les perles cliquetaient dans ses mains. Elle ouvrit les yeux et lui sourit, ses doigts minces caressèrent doucement ses cheveux, elle songea qu'il avait besoin d'une bonne coupe. Ses sanglots charmaient Maria, la rendaient tendre envers ses perles, la convainquaient que perles et sanglots étaient une seule et même chose.

— Maman, renifla-t-il, j'ai fait quelque chose.

— Ce n'est rien, dit-elle. Je sais.

La réponse de Maria le surprit. Comment diable pouvait-elle savoir ? Il avait volé cette pièce avec une habileté consommée. Il avait trompé Maria, August, tout le monde. Ils n'y avaient vu que du feu.

— Tu disais ton rosaire, mentit-il, je n'ai pas voulu te déranger. Je n'ai pas voulu t'interrompre en plein milieu de ton rosaire.

Elle sourit.

— Combien as-tu pris ?

— Dix *cents*. J'aurais pu tout prendre, mais j'ai seulement volé dix *cents*.

— Je sais.

Cela l'ennuya.

— Mais comment peux-tu savoir ? Tu m'as vu ?

— L'eau est chaude, dit-elle. Va prendre ton bain.

Il se leva et commença de retirer ses chandails.

— Comment peux-tu le savoir ? Tu as regardé ? Tu m'as vu ? Je croyais que tu fermais toujours les yeux quand tu récitais ton rosaire ?

— Comment pourrais-je l'ignorer ? dit-elle en souriant. Tu prends sans arrêt des pièces de dix *cents* dans mon porte-monnaie. Tu es le seul à faire ça. Et chaque fois, je m'en aperçois. C'est le bruit de tes pieds qui te trahit !

Il dénoua ses lacets et enleva ses chaussures. Tout compte fait, sa mère était une sacrée futée. Et si, la prochaine fois, il retirait ses chaussures et allait pieds nus dans la chambre de ses parents ? Quand il entra nu dans la cuisine pour prendre son bain, il réfléchissait à cette nouvelle tactique.

Il remarqua avec dégoût que le sol de la cuisine était froid et trempé. Ses deux frères avaient mis la pièce sens dessus dessous. Leurs vêtements traînaient partout ; un baquet était plein d'eau savonneuse grisâtre et de bouts de bois gorgés d'eau : les bateaux de guerre de Federico.

Il faisait un froid de canard : pas question de prendre un bain ce soir. Il décida de faire semblant. Il remplit un baquet, verrouilla la porte de la cuisine, sortit un exemplaire de *Scarlet Crime,* s'assit nu sur la porte chaude du poêle, ses pieds et chevilles barbottant dans le baquet, et entreprit de lire *Crime Gratuit.* Quand ce qu'il considérait comme le temps d'un bain normal se fut écoulé, il cacha l'exemplaire de *Scarlet Crime* sur le porche de derrière, mouilla soigneusement ses cheveux avec la paume de sa main, frotta vigoureusement son corps sec avec une serviette jusqu'à ce que la peau devînt rose vif, et courut en tremblant dans le salon. Maria le regarda s'accroupir près du poêle et se frotter les cheveux avec sa serviette, tout en grommelant et pestant contre l'obligation de prendre un bain en plein hiver. Puis il alla se coucher en se félicitant de son habileté à duper son monde. Maria souriait. Quand il disparut pour la nuit, Maria distingua autour du cou d'Arturo un anneau de crasse aussi visible qu'un col noir. Mais elle ne dit rien, car la nuit était vraiment trop froide pour obliger quiconque à prendre un bain.

Maintenant seule, elle éteignit la lumière et poursuivit ses prières. De temps à autre, elle écoutait la maison entre deux rêves éveillés. Le poêle toussait et quémandait un peu de combustible. Dans la rue, un homme fumant la pipe marchait. Elle l'observa en sachant qu'il ne pouvait la voir dans les ténèbres. Elle le compara à Bandini ; il était plus grand, mais sa démarche n'était pas aussi ferme et décidée que celle de Svevo. De la chambre arriva la voix de Federico qui parlait dans son sommeil. Puis Arturo, marmonnant faiblement : « Oh, la ferme ! » Un autre homme apparut dans la rue. Il était gros, son haleine fumait dans l'air glacé. Svevo était beaucoup plus séduisant que lui ; et puis, grâce à Dieu, Svevo n'était pas gros. Mais tout cela la distrayait. Laisser des pensées vagabondes interférer avec la prière constituait un sacrilège. Elle ferma les yeux et passa mentalement en revue toutes les faveurs qu'elle désirait demander à la Sainte Vierge.

Elle pria pour Svevo Bandini, pria pour qu'il ne bût pas trop et ne se fît pas arrêter par la police, ce qui était arrivé une fois avant leur mariage. Elle pria pour qu'il restât à l'écart de Rocco Saccone, et pour que Rocco Saccone restât à l'écart de lui. Elle pria pour que le temps passât plus vite, pour que la neige fondît et que le printemps s'établît dans le Colorado, pour que Svevo retrouve du travail. Elle pria pour un joyeux Noël et pour davantage d'argent. Elle pria pour Arturo, pour qu'il cesse de voler des pièces de dix *cents,* pour August, pour que sa vocation de prêtre se réalise, et pour Federico, afin qu'il soit un bon garçon. Elle demanda des vêtements pour toute la famille, de l'argent pour payer l'épicier, pria pour les âmes mortes et celles des vivants, pour le monde entier, pour les malades et les agonisants, pour les pauvres et les riches, pour le courage, la volonté de continuer, pour le pardon de ses propres fautes et manquements.

Elle récita une longue et fervente prière pour

que la visite de Donna Toscana soit brève, pour qu'elle ne crée pas trop de malheurs dans la maisonnée, et pour qu'un jour Svevo Bandini et sa mère aient une relation plus paisible. Ce dernier espoir était irréaliste, elle le savait. Obtenir une trêve entre Svevo Bandini et Donna Toscana était un exploit que même la mère du Christ n'aurait pu réaliser ; du Ciel seulement on pouvait espérer pareil miracle. Maria était toujours gênée d'aborder ce problème devant la Vierge Marie. Autant lui demander la lune. Après tout, la Vierge Marie lui avait déjà accordé un mari splendide, trois beaux enfants, un bon foyer, une santé durable et la foi en la compassion de Dieu. Mais la paix entre Svevo et sa belle-mère, eh bien il y avait des requêtes qui outrepassaient même la générosité du Tout-Puissant et de la Sainte Vierge Marie.

Donna Toscana arriva à midi le dimanche suivant. Maria et les enfants étaient dans la cuisine. Le gémissement déchirant du porche pliant sous son poids leur annonça l'arrivée de la grand-mère. Maria sentit comme une main glacée se refermer autour de sa gorge. Sans frapper, Donna ouvrit la porte et passa la tête à l'intérieur. Elle ne s'exprimait qu'en italien.

— Il est ici — le chien des Abruzzes ?

Maria sortit de la cuisine en courant et jeta ses bras autour du cou de sa mère. Donna Toscana était devenue une femme imposante, toujours vêtue de noir depuis la mort de son mari. Sous la soie noire extérieure, elle portait des jupons, quatre jupons aux couleurs vives. Ses chevilles enflées ressemblaient à des goitres. Ses minuscules chaussures paraissaient prêtes à éclater sous la pression de ses cent vingt-cinq kilos. Une douzaine de seins superposés semblaient s'écraser sur sa poitrine. Elle était bâtie comme une pyramide, sans hanches. Ses bras étaient si charnus qu'ils ne tombaient pas à la verticale, mais faisaient un angle avec son corps ; ses doigts enrobés de graisse évoquaient des saucisses. Elle n'avait quasiment pas de cou. Quand elle tournait la tête, les bourrelets de chair se déplaçaient avec la lenteur mélancolique de la cire molle. On voyait son crâne rose à travers ses cheveux blancs clairsemés. Son nez était mince et exquis, mais ses yeux évoquaient deux raisins noirs écrasés. Dès qu'elle parlait, ses fausses dents jacassaient dans l'idiome qui leur était propre.

Maria prit son manteau et Donna se campa au milieu de la pièce, humant l'air ; les bourrelets se figèrent sur son cou et elle donna à sa fille et à ses petits-fils l'impression que l'odeur qui emplissait ses narines était absolument infecte. Les garçons reniflèrent d'un air inquiet. Soudain, la maison se mit positivement à posséder une odeur qu'ils n'avaient jamais remarquée. August repensa à sa déficience rénale deux ans auparavant et se demanda si l'odeur existait encore.

— Bonjour, Grand-maman, dit Federico.

— Tes dents sont toutes noires, dit-elle. Les as-tu lavées ce matin ?

Le sourire de Federico disparut aussitôt, et il porta le dos de sa main à sa bouche en baissant les yeux. Il serra les lèvres et décida de s'éclipser dans la salle de bains à la première occasion pour examiner ses dents dans le miroir. Bizarre comme ses dents avaient en effet un goût noir.

Grand-maman reniflait toujours.

— Quelle est cette odeur répugnante ? demanda-t-elle. Votre père n'est évidemment pas à la maison.

Les garçons comprenaient l'italien, car Bandini et Maria le parlaient souvent.

— Non, Grand-maman, dit Arturo. Il n'est pas ici.

Donna Toscana plongea la main dans les replis de sa vaste poitrine et en sortit son porte-monnaie. Elle l'ouvrit, en tira une pièce de dix *cents,* qu'elle brandit devant les garçons.

— Bon, fit-elle en souriant. Lequel de mes trois petits-fils est le plus honnête ? A celui-là, je donnerai ces *dieci soldi.* Répondez-moi vite : votre père est-il soûl ?

— Ah, *mamma mia,* se plaignit Maria. Pourquoi leur demandes-tu ça ?

Sans la regarder, Donna Toscana répondit :

— Silence, femme. C'est un jeu pour les enfants.

Les garçons se consultaient du regard. Ils restaient muets, désireux de trahir leur père, mais pas aussi vilement. Grand-maman était une vraie garce, mais ils savaient son porte-monnaie rempli de pièces de dix *cents,* chacune devant récompenser une information sur leur père. Devaient-ils laisser passer cette question — par trop défavorable à papa — et attendre la suivante, ou l'un d'eux devait-il y répondre ? En tout cas, le problème n'était pas de répondre sincèrement : papa n'était peut-être pas soûl. Il n'y avait qu'une seule manière de gagner la pièce : répondre ce que Grand-maman voulait entendre.

Maria restait figée, impuissante. Donna Toscana

avait une langue de vipère toujours prête à frapper
en présence des enfants : épisodes à demi oubliés de
l'enfance et de la jeunesse de Maria, informations
que Maria préférait cacher à ses enfants, de peur
qu'elles n'entament sa crédibilité —, broutilles que
les garçons pourraient ensuite retourner contre elle.
Donna Toscana avait déjà eu recours à ce procédé.
Ainsi, les garçons savaient que leur mère avait été
mauvaise élève — Grand-maman ne s'était pas pri-
vée de le leur apprendre. Ils savaient que leur
maman avait joué avec des enfants de nègre et
s'était fait disputer à cause de ça. Que leur maman
avait vomi dans le chœur de l'église Saint-Domini-
que pendant la grand-messe. Que leur maman,
comme August, avait longtemps mouillé son lit,
mais que, contrairement à August, on l'avait obligée
à laver ses propres chemises de nuit. Que leur
Maman avait fait une fugue et que la police l'avait
ramenée (pas une vraie fugue en bonne et due forme,
elle s'était perdue, mais Grand-maman insistait sur
le mot fugue). Ils savaient d'autres choses concer-
nant leur maman. Petite fille, elle refusait de travailler et on avait dû l'enfermer dans la cave. Elle
n'avait jamais été et ne serait jamais bonne cuisinière. Elle avait hurlé comme une hyène à la naissance de ses enfants. Elle était stupide, sinon elle
n'aurait jamais épousé un vaurien comme Svevo Bandini... elle n'avait aucune dignité, sinon elle ne porterait pas des loques pareilles ! Ils savaient que leur
maman était une femmelette, dominée par son chien
de mari. Une trouillarde qui depuis belle lurette
aurait dû envoyer Svevo Bandini en prison. Il valait
donc mieux filer doux devant la mère de Maria. Et
surtout ne pas oublier le quatrième commandement :

respecter la mère de Maria pour qu'en retour, ses enfants soient respectueux envers elle.

— Alors ? répéta Grand-maman. Il est soûl ?

Long silence.

Puis Federico :

— Peut-être qu'il l'est, Grand-maman. Nous ne savons pas.

— *Mamma mia,* se plaignit Maria. Svevo n'est pas soûl. Il travaille à l'extérieur. Nous l'attendons d'une minute à l'autre.

— Ecoutez un peu votre mère, dit Donna. Elle ne tirait jamais la chasse d'eau, même quand elle a été en âge de le faire. Et voilà qu'elle essaie de me raconter que votre vagabond de père n'est pas soûl ! Mais je sais qu'il est *saoul !* Pas vrai, Arturo ? Vite — pour *dieci soldi !*

— J'sais pas, Grand-maman. Sincèrement.

— Bah ! maugréa-t-elle. Enfants débiles de parents débiles !

Elle lança quelques pièces à leurs pieds. Ils se précipitèrent comme des sauvages pour les ramasser, tombant l'un par-dessus l'autre, grognant et luttant de toutes leurs forces. Maria regardait la masse frétillante de bras et de jambes. Donna Toscana hochait la tête d'un air dégoûté.

— Et tu souris, dit-elle. Comme des animaux ils se griffent et se déchirent, mais leur mère sourit en approuvant. Ah, pauvre Amérique ! Ah, pauvre Amérique, tes enfants s'égorgent et s'étripent avant de mourir comme des bêtes assoiffées de sang !

— Mais, *mamma mia,* ce sont des garçons. Ils ne se font pas de mal.

— Ah, pauvre Amérique ! se lamenta Donna. Pauvre Amérique désespérée !

Elle commença son inspection de la maison. Maria avait pris ses précautions : balayé tapis et planchers, épousseté les meubles, astiqué les poêles. Mais le chiffon à poussière ne peut enlever les taches d'humidité au plafond ; le balai n'élimine pas les traces d'usure des tapis ; le savon et l'eau ne viennent pas à bout des marques laissées par les enfants : taches grises autour des boutons de porte, taches de graisse qu'on découvre soudain ; un prénom d'enfant marqué à la craie ; parties de morpion que personne ne gagne jamais ; traces de chaussures au bas des portes, calendriers illustrés aux personnages brusquement affligés de moustaches ; une chaussure que Maria avait rangée dans le placard il n'y avait pas dix minutes ; une chaussette ; une serviette ; une tartine de confiture posée sur le rocking-chair.

Pendant des heures Maria avait travaillé et averti les garçons — et voilà sa récompense. Donna Toscana passait de chambre en chambre, le visage figé en un masque méprisant. Elle inspecta la chambre des enfants : le lit impeccablement fait, un dessus de lit bleu qui sentait encore la naphtaline achevant de donner une image d'ordre et de propreté ; elle remarqua les rideaux fraîchement repassés, le miroir qui brillait au-dessus de la commode, la descente de lit placée avec précision sur le sol, une impression générale d'anonymat monacal, et brusquement sous la chaise dans l'angle de la pièce — un caleçon d'Arturo, poussé là et s'offrant au regard comme un fragment du corps du garçon.

La vieille femme leva les mains vers le plafond et se mit à gémir :

— C'est sans espoir, fit-elle. Ah, femme ! Ah, l'Amérique !

— Comment ce vêtement a-t-il pu atterrir sous cette chaise ? se demandait Maria. Mes garçons sont toujours tellement soigneux.

Elle ramassa le caleçon et le cacha vivement sous son tablier. Les yeux froids de Donna Toscana ne la quittèrent pas pendant une bonne minute.

— Femme perdue. Femme sans défense et perdue.

Tout l'après-midi, le cynisme impitoyable de Donna Toscana s'exerça sur sa fille. Les garçons s'étaient éclipsés pour dépenser leurs sous à la confiserie. Quand au bout d'une heure ils ne furent toujours pas de retour, Donna se lamenta sur le peu d'autorité de Maria avec ses enfants. Quand ils revinrent, le visage de Federico barbouillé de chocolat, elle se lamenta de nouveau. Une heure plus tard, elle se plaignit du bruit qu'ils faisaient, si bien que Maria les envoya jouer dehors. Quand ils furent partis, elle prophétisa qu'ils allaient probablement attraper une pneumonie fatale à jouer ainsi dans la neige. Maria prépara le thé. Donna fit claquer sa langue et déclara qu'il n'était pas assez fort. Patiemment, Maria regardait le réveil posé sur le poêle. Dans deux heures, à sept heures, sa mère partirait. Mais le temps s'arrêtait, le temps rampait comme une limace.

— Tu n'as pas l'air bien, dit Donna. Où sont passées tes bonnes couleurs ?

De la main, Maria lissa ses cheveux.

— Je suis en forme, dit-elle. Nous allons tous bien.

— Où est-il ? interrogea Donna. Ce vagabond.

— Svevo travaille, *Mamma mia*. Il commence un nouveau chantier.

— Le dimanche ? ricana l'autre. Comment sais-tu qu'il n'est pas en virée avec une *puttana* ?

— Pourquoi dis-tu des choses comme ça ? Svevo n'est pas comme tu l'imagines.

— L'homme que tu as épousé est une brute, un animal. Mais comme il a épousé une imbécile, j'imagine qu'il s'en tirera toujours. Ah, Amérique ! Des saletés pareilles ne peuvent se produire que sur cette terre corrompue.

Pendant que Maria préparait le dîner, elle resta assise, les coudes sur la table, le menton dans les mains. Il y avait des spaghetti et des boulettes de viande au menu. Elle obligea Maria à récurer la casserole des spaghetti à l'eau et au savon. Puis elle exigea de voir la longue boîte des spaghetti, qu'elle examina attentivement sous toutes les coutures à la recherche de traces de souris. Comme il n'y avait pas de glacière dans la maison, on rangeait la viande dans un garde-manger sur le porche de derrière. C'était une tranche de steak.

— Apporte-la-moi, dit Donna.

Maria la posa devant sa mère. Elle mit le bout de son doigt dessus, puis le porta à sa bouche.

— C'est bien ce que je pensais, se plaignit-elle. Cette viande est avariée.

— Mais c'est impossible ! protesta Maria. Je l'ai achetée hier soir.

— Les bouchers reconnaissent toujours les imbéciles, dit-elle sentencieusement.

Le dîner fut retardé d'une demi-heure, car Donna insista pour que Maria relave et essuie les assiettes déjà propres. Les enfants arrivèrent, morts de faim. Elle leur ordonna de se laver les mains et le visage, d'enfiler une chemise propre et de mettre une cravate. Ils grommelèrent et Arturo marmonna « Vieille peau », en nouant une cravate détestée. Quand tout fut en ordre, le dîner était froid. Les garçons ne se firent pas prier pour manger. La vieille femme jouait distraitement avec les quelques spaghetti servis dans son assiette. Même cela lui déplut, et elle repoussa son assiette au milieu de la table.

— Ce dîner est mal préparé, dit-elle. Les spaghetti ont un goût d'excrément.

Federico rit.

— Moi je les trouve bons.

— Veux-tu manger autre chose, *Mamma mia* ?

— Non !

Après le dîner, elle envoya Arturo appeler un taxi à la station-service. Puis elle s'en alla, prit à partie le chauffeur de taxi, essaya de faire descendre le prix de la course jusqu'au dépôt, de vingt-cinq *cents* à vingt. Quand elle fut partie, Arturo glissa un oreiller sous sa chemise, noua un tablier à sa taille et se dandina à travers la maison en reniflant avec mépris. Mais personne ne rit. Personne ne fit attention à lui.

4

Pas de Bandini, pas d'argent, pas de nourriture. Si Bandini avait été là, il aurait dit : « Mets ça sur l'ardoise. »

Lundi après-midi, toujours pas de Bandini, mais cette note chez l'épicier ! Elle y pensait sans arrêt. Comme un fantôme impitoyable, les dettes criblaient de terreur les jours d'hiver.

L'épicerie de M. Craik jouxtait la maison des Bandini. Dans les premières années de son mariage, Bandini avait ouvert un crédit chez M. Craik. Au début, il réussissait à payer régulièrement ses notes. Mais à mesure que les enfants grandissaient et mangeaient davantage, et que les mauvaises années succédaient aux mauvaises années, l'ardoise de l'épicier s'élevait à des sommes astronomiques. Chaque année depuis son mariage, la situation de Svevo Bandini empirait. L'argent ! Après quinze ans de mariage, Bandini avait tellement d'ardoises un peu partout que même Federico savait que son père ne pouvait ni ne voulait les payer.

Pourtant, ses dettes envers l'épicier l'obsédaient. Quand il devait cent dollars à M. Craik, il en payait cinquante — quand il les avait. S'il lui en devait deux cents, il en payait soixante-quinze — quand il les avait. De même avec toutes les dettes de Svevo Bandini. Mais tout cela était sans mystère. Sans manœuvre sous-jacente, sans la moindre fourberie dans leur non-paiement. Aucun budget ne pouvait les éponger. Aucune économie raisonnée les résorber. C'était très simple : la famille Bandini dépensait davantage d'argent qu'il n'en gagnait. Il se savait obligé de miser sur un coup de chance. Seule sa conviction profondément enracinée en l'imminence de l'aubaine providentielle l'empêchait de filer à l'anglaise ou de se faire sauter la cervelle. Il menaçait fréquemment de passer à l'acte, mais ne se décidait ni à l'un ni à l'autre. Et Maria ne savait pas menacer. Ce n'était pas dans sa nature.

M. Craik, l'épicier, se plaignait sans arrêt. Il ne se fiait jamais complètement à Bandini. Si la famille Bandini n'avait pas habité la porte à côté, qu'il pouvait surveiller discrètement, s'il avait douté d'encaisser finalement presque toutes les sommes dues, il n'aurait jamais continué à leur faire crédit. Il sympathisait avec Maria, il la plaignait de cette pitié froide qu'ont les petits commerçants pour les classes pauvres, avec une sorte d'apathie égoïste et méchante. Bon Dieu, lui aussi devait régler ses factures !

L'ardoise de Bandini était désormais si élevée — elle faisait un bond chaque hiver — qu'il humiliait Maria et parfois même l'insultait. Il sentait chez cette femme une honnêteté confinant à la naïveté enfantine, mais s'empressait de l'oublier quand elle entrait dans son magasin pour faire monter l'ardoise. Comme si la boutique appartenait à cette pauvresse ! Il était là pour vendre ses marchandises, pas pour les donner. Il travaillait dans l'épicerie, pas dans les sentiments. On lui devait de l'argent. Il lui accordait une rallonge de crédit. Ses réclamations restaient sans résultat. La seule chose à faire était de la tanner jusqu'à ce qu'il ait récupéré son dû. Dans les circonstances présentes, il ne voyait pas quelle meilleure attitude adopter.

Maria devait rassembler toute son audace pour l'affronter quotidiennement. Et Bandini n'accordait aucune attention aux mortifications de sa femme devant M. Craik.

Ajoutez ça à mon ardoise, M. Craik.

Tout l'après-midi et jusqu'à une heure avant le dîner, Maria arpenta la maison en attendant l'inspiration désespérée qui lui permettrait de se rendre chez l'épicier. Elle alla à la fenêtre, s'assit en glissant ses mains dans les poches de son tablier, serrant son rosaire dans un poing, attendant. Elle avait déjà fait cela, pas plus tard que l'avant-veille, samedi, et l'avant-avant-veille, tous les jours, printemps, été, automne, hiver, années paires comme années impaires. Mais aujourd'hui son courage épuisé refusait de se réveiller. Elle ne pouvait plus retourner dans ce magasin, affronter de nouveau cet homme.

Par la fenêtre, dans le pâle soir hivernal, elle aperçut Arturo de l'autre côté de la rue avec une bande de gamins du quartier. Ils se battaient à coups de boules de neige dans le terrain vague. Elle ouvrit la porte.

— Arturo !

Elle l'appela parce qu'il était l'aîné. Il l'aperçut

dans l'encadrement de la porte. Ténèbres blanches. Les ombres profondes envahissaient rapidement la neige laiteuse. Les lampadaires luisaient d'une lumière froide dans la brume plus froide encore. Une automobile passa, les chaînes de ses pneus cliquetèrent tristement.

— Arturo !

Il savait ce qu'elle voulait. Dégoûté, il serra les dents. Elle voulait lui demander d'aller au magasin. C'était une pleutre, une vraie trouillarde, elle avait peur de Craik, elle lui refilait le sale boulot. Sa voix tremblait légèrement, comme chaque fois qu'il fallait aller chez l'épicier. Il essaya de s'en tirer en faisant la sourde oreille, mais elle continua d'appeler jusqu'à ce qu'il fût près de hurler et que les autres gamins, hypnotisés par le tremblement de sa voix, cessent de lancer des boules de neige et le regardent comme pour le supplier d'intervenir.

Il lança une dernière boule de neige, la regarda éclater en mille morceaux, puis pataugea dans la neige et traversa la chaussée verglacée. Maintenant il la voyait bien. Le crépuscule glacé faisait trembler ses mâchoires. Elle était sur le seuil, les bras serrés autour de son corps frêle, tapant des pieds pour les réchauffer.

— Quesse tu veux ? fit-il.

— Il fait froid, dit-elle. Rentre, je vais t'expliquer.

— C'est pour quoi, maman ? J'suis pressé.

— Je veux que tu ailles au magasin.

— Au magasin ? Pas question ! Je sais parfaitement pourquoi tu veux que j'y aille — parce que t'as peur de l'ardoise que t'as là-bas. Mais moi, j'veux pas y aller. Jamais de la vie.

— S'il te plaît, insista-t-elle. Tu es assez grand pour comprendre. Et puis tu connais M. Craik.

Bien sûr qu'il le connaissait. Il détestait Craik, cette crapule qui lui demandait toujours si son père était soûl, et ce que son père faisait de son argent, et comment des métèques comme eux pouvaient bien survivre sans un rond, et pourquoi son paternel n'était jamais chez lui le soir, comment qu'ça se faisait — il entretenait donc une danseuse qui lui bouffait tout son pognon ? Il connaissait M. Craik et le détestait.

— Et pourquoi August irait pas ? demanda-t-il. Bon sang de bonsoir, je me farcis tout le sale boulot ici. Qui s'occupe du charbon et du bois ? Moi. A chaque fois. Demande à August d'y aller.

— August refusera. Il a trop peur.

— Peuh ! Quel trouillard. Y a pas de raison d'avoir peur. En tout cas, moi j'y vais pas.

Il fit demi-tour et retourna vers ses copains. La bataille de boules de neige avait repris. Dans le camp adverse, il y avait Bobby Craik, le fils de l'épicier. J'vais te dégommer, mon salaud. Sur le porche, Maria appela de nouveau. Arturo fit la sourde oreille. Il se mit à crier pour ne plus entendre la voix tremblante de sa mère. Il faisait nuit, les fenêtres de M. Craik brillaient dans l'obscurité. D'un coup de pied, Arturo dégagea une pierre de la terre gelée et la cacha dans une boule de neige. Le fils Craik était à une quinzaine de mètres, derrière un arbre. Il lança la boule de neige avec une violence qui contracta tous les muscles de son corps, mais elle manqua son but — passa à une trentaine de centimètres du gamin.

M. Craik fendait un os avec son couperet sur le

bloc de son étal quand Maria entra. La porte grinça. il leva les yeux et la vit — menue silhouette insignifiante vêtue d'un vieux manteau noir au col de fourrure si usé que des taches de cuir beige apparaissaient par endroits dans la masse sombre. Un chapeau brun qui avait vu des jours meilleurs cachait son front et, en dessous, le visage d'une très vieille petite fille. L'éclat terni de ses bas en rayonne leur donnait une couleur jaune pisseux qui soulignait les petits os et la blancheur de la peau, et vieillissait encore sa paire de chaussures que d'autres femmes, à peine plus fortunées, auraient jetées à la poubelle. Elle marchait comme une enfant craintive, sur la pointe des pieds, terrorisée, dans ce magasin familier où elle faisait invariablement toutes ses courses, se tenant à l'écart du billot de M. Craik, à l'angle du comptoir et du mur.

Dans les premières années, elle avait pris l'habitude de le saluer, mais maintenant elle redoutait de le froisser avec une telle familiarité, si bien qu'elle restait tranquillement dans son coin, attendant qu'il consentît à la servir.

Il avait reconnu sa cliente mais faisait comme si de rien n'était ; quant à Maria, elle tentait de sourire et de s'intéresser à l'épicier qui abattait son couperet. De taille moyenne et à moitié chauve, il portait des lunettes en plastique. Il avait dans les quarante-cinq ans. Un gros crayon était coincé derrière une oreille, une cigarette derrière l'autre. Son tablier blanc descendait jusque sur ses chaussures, serré à la taille par plusieurs tours de ficelle bleue de boucher. Il fendait un os dans un morceau de bœuf rouge et juteux.

— Ça a l'air très bon, vous ne trouvez pas ? hasarda-t-elle.

Maintenant il attendrissait un steak. Il tira une feuille de papier rose du rouleau, l'étala sur le plateau de la balance, et lança le steak dessus. Ses doigts agiles l'enveloppèrent vivement. Elle estima qu'il y en avait pour deux dollars et se demanda qui avait acheté ce steak — peut-être l'une des riches clientes de M. Craik, une de ces femmes américaines qui habitaient University Hill.

M. Craik souleva le reste de la pièce de bœuf sur son épaule et disparut dans la chambre froide, fermant la porte derrière lui. Pour Maria, il resta très longtemps dans cette chambre froide. Puis il ressortit, feignit la surprise en la voyant, se racla la gorge, fit claquer la porte de la chambre froide, la verrouilla pour la nuit et disparut dans l'arrière-salle.

Elle réfléchit qu'il allait se laver les mains dans la salle d'eau, du coup se demanda s'il lui restait du détergent Gold Dust, et brusquement tous les produits dont elle avait besoin pour la maison se bousculèrent dans son esprit ; un accès de faiblesse semblable à un évanouissement l'obligea à se raccrocher au comptoir : elle fut emportée par une avalanche de savon, margarine, viande, pommes de terre, par tous les produits dont elle avait un besoin urgent.

Craik réapparut avec un balai et se mit à balayer la sciure autour du billot. Elle leva les yeux vers la pendule : 6 heures moins dix. Pauvre M. Craik ! Il semblait fatigué. Il était comme tous les hommes : il mourait probablement d'envie de manger un repas chaud.

M. Craik termina son nettoyage et fit une pause pour allumer une cigarette. Svevo ne fumait que des cigares, mais presque tous les Américains fumaient la cigarette. M. Craik la regarda, exhala la fumée, puis se remit à balayer.

— Il fait bien froid pour la saison, dit-elle.

L'homme toussa, elle supposa qu'il n'avait rien entendu, car il disparut dans l'arrière-salle et revint avec une petite pelle et un sac en papier. Poussant un soupir, il se courba en deux, balaya la sciure dans la pelle et la versa dans le sac en papier.

— Je n'aime pas du tout ce froid, dit-elle. Nous attendons le printemps, surtout Svevo.

Il toussa encore, et avant qu'elle n'ait eu le temps d'ajouter un seul mot, il porta le sac en papier derrière le magasin. Elle entendit un bruit d'eau courante. Il revint en s'essuyant les mains sur son tablier, son beau tablier blanc. Il alla au tiroir-caisse et, très bruyamment, appuya sur la touche FIN DES VENTES. Elle changea de position, déplaça le poids de son corps d'un pied sur l'autre. La grosse pendule tiqueta. Une de ces pendules électriques au tic-tac bizarre. Maintenant, il était exactement 6 heures.

M. Craik prit dans sa paume toutes les pièces du tiroir-caisse et les étala sur le comptoir. Il déchira une bande de papier du rouleau et leva la main pour prendre son crayon. Puis il se pencha sur le comptoir et entreprit d'additionner les recettes de la journée. Peut-être n'avait-il pas remarqué qu'elle était entrée dans le magasin ? Pourtant, il l'avait certainement vue ! Il humecta son crayon avec le bout de sa langue rose, et commença ses calculs. Levant les sourcils, elle marcha jusqu'à la vitrine pour regarder les fruits et légumes. Oranges : soixante *cents* la douzaine. Asperges : quinze *cents* la livre.

Oh la la, oh la la. Pommes, vingt-cinq *cents* les deux livres.

— Des fraises ! s'écria-t-elle. Des fraises en hiver ! Elles viennent de Californie, M. Craik ?

Il fit glisser les pièces dans un sac de banque et se dirigea vers le coffre-fort, devant lequel il s'accroupit pour composer la combinaison. La grosse pendule tiqueta. A 6 heures dix, il ferma le coffre-fort. Puis, une fois encore, il disparut dans l'arrière-salle.

Désormais, elle ne lui faisait plus face. Humiliée, épuisée, les pieds douloureux et les mains serrées sur ses cuisses, elle s'assit sur un cageot vide et regarda le givre qui opacifiait la vitrine. M. Craik retira son tablier et le lança sur le billot. Il enleva la cigarette de ses lèvres, la laissa tomber par terre et l'écrasa méticuleusement. Puis il retourna dans l'arrière-salle, revint avec son manteau. Il rectifia le pli de son col et lui parla pour la première fois.

— Dépêchez-vous, Mme Bandini. Seigneur, nous n'allons pas passer toute la nuit ici.

Les accents âpres de sa voix faillirent la faire tomber. Elle sourit pour cacher son embarras, mais son visage s'empourpra et elle baissa les yeux. Ses mains papillonnaient autour de sa gorge.

— Oh ! fit-elle. Je... je vous attendais !

— Que désirez-vous, Mme Bandini, un steak dans l'épaule ?

Debout dans l'angle du magasin, elle ébauchait un sourire crispé. Son cœur battait si vite qu'elle ne trouvait plus ses mots.

— Je crois que je voudrais...

— Dépêchez-vous, Mme Bandini, ça fait une demi-heure que vous êtes ici, et vous êtes toujours pas décidée !

— Je crois...

— Voulez-vous du steak dans l'épaule ?

— Combien coûte le steak dans l'épaule, M. Craik ?

— Comme d'habitude. Seigneur, Mme Bandini ! Vous en achetez depuis des années. Le même prix que d'habitude. C'est toujours le même prix.

— Je vais en prendre pour cinquante *cents*.

— Vous auriez tout de même pu me le dire plus tôt, dit-il. Je viens juste de ranger le morceau dans la chambre froide.

— Oh, je suis désolée, M. Craik.

— Ça ira pour cette fois. Mais à partir de maintenant, Mme Bandini, si vous voulez que je vous serve, venez plus tôt. Bon Dieu, j'ai quand même le droit de rentrer chez moi à une heure normale.

Il sortit un morceau d'épaule et se campa devant son billot pour affûter un couteau.

— Dites-moi. Comment va Svevo en ce moment ?

Depuis les quinze années que Bandini et M. Craik se connaissaient, l'épicier l'avait toujours appelé par son prénom. Maria était convaincue que Craik redoutait son mari. Cette certitude la remplissait d'une fierté secrète. Maintenant, ils parlaient de Bandini, et elle lui racontait pour la millième fois les malheurs du maçon réduit au chômage par l'hiver du Colorado.

— J'ai vu Svevo hier soir, dit M. Craik. Là-haut, près de la maison d'Effie Hildegarde. Vous la connaissez ?

Non, elle ne la connaissait pas.

— Feriez mieux de surveiller vot' Svevo, dit-il avec une bonhomie pleine de sous-entendus. Le perdez pas de vue. Effie Hildegarde est pleine aux as. D'autant qu'elle est veuve, ajouta Craik en regardant la balance. Propriétaire de la compagnie de tramways.

Maria fouillait le visage de l'épicier. Il emballa la viande et lança le paquet devant elle sur le comptoir.

— Elle possède aussi plein d'immeubles en ville. C'est une sacrée belle femme, Mme Bandini.

Des immeubles ? Maria poussa un soupir de soulagement.

— Oh, Svevo connaît beaucoup de gens dans le bâtiment. Il travaille certainement pour elle.

Elle rongeait l'ongle de son pouce quand Craik reprit la parole.

— Et avec ça, Mme Bandini ?

Elle passa commande : farine, pommes de terre, savon, margarine, sucre.

— Ah, j'oubliais ! dit-elle. Je voudrais aussi des fruits, une demi-douzaine de ces pommes. Les enfants aiment bien les fruits.

M. Craik jura à voix basse en ouvrant un sac en papier d'un geste brusque, où il mit une demi-douzaine de pommes. Il n'approuvait pas les fruits pour l'ardoise des Bandini : il considérait que les pauvres n'avaient pas droit à ce luxe. De la viande et de la farine — à la rigueur. Mais quel culot que de manger des fruits alors qu'ils lui devaient tellement d'argent !

— Bon Dieu, grommela-t-il. Va falloir songer à me rembourser c'crédit, Mme Bandini ! Ça peut plus durer. Vous m'avez pas donné un seul centime depuis le mois de septembre.

— Je lui dirai ! promit Maria en battant en retraite. Je lui dirai, M. Craik.

— Bah ! Pour ce que ça changera !

Elle réunit ses paquets.

— Je lui dirai, M. Craik ! Je lui dirai ce soir même.

Quel soulagement de ressortir dans la rue ! Elle était à bout. Son corps lui faisait mal. Pourtant elle souriait en respirant l'air froid de la nuit, serrant ses paquets avec amour comme s'ils étaient la vie même.

M. Craik se trompait. Svevo Bandini était fidèle à sa famille. Et puis n'avait-il pas le droit de discuter avec une femme qui possédait des immeubles ?

5

Arturo Bandini était quasiment certain de ne pas aller en enfer après sa mort. Pour aller en enfer, il fallait commettre un péché mortel. Certes, il croyait en avoir commis beaucoup, mais le confessionnal l'avait sauvé à chaque fois. Il se confesserait toujours à temps — c'est-à-dire avant de mourir. Et il touchait du bois chaque fois qu'il y pensait : il trouverait toujours un prêtre à temps — avant de mourir. Ainsi Arturo était-il quasiment certain de ne pas aller en enfer après sa mort. Pour deux raisons : un, le confessionnal ; deux, parce qu'il était excellent sprinter.

Mais le purgatoire, ce lieu intermédiaire entre l'enfer et le paradis, le troublait. Le catéchisme énonçait en termes explicites les conditions à remplir pour aller au paradis : posséder une âme absolument propre, sans la moindre trace de péché. Si, au moment de la mort, l'âme n'était pas assez propre pour le paradis, mais pas non plus assez noire pour croupir en enfer, elle se dirigeait vers cette région médiane, vers ce purgatoire énigmatique où elle brûlait, brûlait sans cesse jusqu'à ce que toute trace de souillure fût éliminée.

Au purgatoire, il y avait une seule et unique consolation : tôt ou tard, on était bon pour le paradis. Mais quand Arturo songea que son séjour au purgatoire pourrait durer soixante-dix millions de milliards de billions d'années, à brûler, brûler toujours, il ressentit le paradis comme une piètre consolation. Après tout, cent ans étaient déjà une longue période de temps. Mais cent cinquante millions d'années étaient tout bonnement inimaginables.

Non, Arturo était certain qu'il n'irait jamais directement au ciel. Cette perspective l'emplissait de terreur, mais il se savait bon pour un long séjour au purgatoire. Pourtant, il devait bien exister un moyen de raccourcir l'ordalie du purgatoire ? Dans son catéchisme, il trouva la réponse à ce problème.

A en croire le catéchisme, il existait plusieurs moyens d'abréger l'horrible épreuve du purgatoire : les bonnes œuvres, la prière, le jeûne et l'abstinence, l'accumulation des indulgences. Les bonnes œuvres étaient exclues d'office, du moins dans son cas. Il n'avait jamais rendu visite aux malades, car il ne connaissait pas de malades. Il n'avait jamais vêtu ceux qui se promenaient nus, car il n'avait jamais rencontré personne dans ce cas. Il n'avait jamais enterré de cadavre, car les entrepreneurs de pompes funèbres étaient là pour ça. Il n'avait jamais donné l'aumône aux miséreux, car il n'avait strictement rien à donner ; et puis le mot « aumône » le faisait toujours penser à des miches de pain, et où diable aurait-il pu se procurer des miches de pain ? Il n'avait jamais secouru de blessés parce que — enfin, il n'en était pas sûr —, mais cela évoquait des gens dans un port, qui allaient sauver des marins dont le navire avait fait naufrage. Il n'avait jamais instruit les ignorants car, tout compte fait, lui-même était un ignorant, sinon il n'aurait pas été obligé de fréquenter cette école pourrie. Il n'avait jamais illuminé les ténèbres, pour cette excellente raison qu'il ne voyait pas très bien ce que cela signifiait. Il n'avait jamais réconforté les malheureux parce que cela semblait dangereux et que, de toute façon, il n'en connaissait pas : la plupart des cas de rougeole ou de petite vérole étaient mis en quarantaine.

Quant aux dix commandements, il les enfreignait quasiment tous, et pourtant il était convaincu qu'aucune de ses transgressions ne constituait un péché mortel. Il portait parfois sur lui une patte de lapin, signe de superstition et par conséquent un péché contre le premier commandement. Mais était-ce un péché mortel ? Cela le tracassait sans arrêt. Un péché mortel était une faute grave. Un péché véniel, une faute mineure. Parfois, en jouant au base-ball, il croisait sa batte avec celle d'un autre membre de son équipe : moyen supposé immanquable de réussir un bon coup. Il savait parfaitement que c'était de la superstition. Mais était-ce un péché ? Et dans l'affirmative, péché mortel ou péchévéniel ? Un dimanche, il avait délibérément manqué la messe pour écouter la radiodiffusion des championnats du monde, et surtout entendre les exploits de son idole, Jimmy Fox de l'équipe des Athletics. Rentrant chez lui après le match, il songea brusquement qu'il avait enfreint le premier commandement : tu n'adoreras pas les idoles. Il n'y avait pas à tortiller : il avait commis un péché mortel en manquant la messe, et un deuxième péché mortel en préférant Jimmy Fox au Seigneur Tout-Puissant, le temps d'un match de championnat du monde. Il était donc allé se confesser, et là toute l'affaire s'était encore compliquée. Le père Andrew lui avait dit :

— Si tu crois que c'est un péché mortel, mon fils, alors, c'est un péché mortel.

Mince alors. Il avait d'abord considéré ça comme un péché véniel, mais devait maintenant reconnaître qu'il réfléchissait à ce problème depuis trois jours et que sa faute était devenue un péché mortel.

Le troisième commandement. Ce n'était même pas la peine d'en parler, car Arturo disait « Nom de Dieu » quatre fois par jour en moyenne, sans compter les variantes du genre « Bon Dieu de merde » ou « Bon Dieu de mes deux ». Ainsi, allant chaque semaine à confesse, il devait se contenter de généralisations hâtives après un futile examen de conscience. Au mieux, il annonçait au prêtre :

— J'ai souillé le nom du Seigneur entre soixante-huit et soixante-dix fois cette semaine.

Soixante-huit péchés mortels par semaine, et sans compter les neuf autres commandements ! Ouah ! Parfois, agenouillé dans l'église froide en attendant la confession, il écoutait avec inquiétude les battements de son cœur et se demandait s'il allait s'arrêter et lui-même s'écrouler sur son prie-Dieu avant d'avoir pu soulager son âme. Les battements frénétiques de son cœur l'exaspéraient. Ils l'obligeaient à ne pas courir, à marcher très lentement vers le confessionnal, de peur qu'une crise cardiaque ne le foudroie dans la rue.

« Tu honoreras ton père et ta mère. » Bien sûr

qu'il honorait son père et sa mère ! Cela allait de soi. Mais il y avait un piège : le catéchisme poursuivait en déclarant que désobéir à son père ou à sa mère revenait à le ou la déshonorer. Une fois de plus, il manquait de chance. Car il avait beau honorer sincèrement son père et sa mère, il leur obéissait rarement. Péchés véniels ? Péchés mortels ? Cette classification lui gâchait l'existence. Le nombre des péchés qu'il avait commis contre ce commandement lui donnait le vertige ; chaque fois qu'il passait en revue ses journées heure par heure, il en comptait des centaines. Finalement, il aboutit à cette conclusion que c'étaient seulement des péchés véniels, des manquements mineurs qui ne suffisaient pas à vous expédier en enfer. Néanmoins, il faisait extrêmement attention à ne pas examiner de trop près son raisonnement.

Il n'avait jamais tué personne, et longtemps il fut certain de ne jamais pécher contre le cinquième commandement. Mais un jour, la classe de catéchisme entreprit l'étude du cinquième commandement ; alors il découvrit, écœuré, qu'il était pratiquement impossible de ne pas pécher contre lui. Il ne suffisait pas de ne tuer personne : les corollaires de ce commandement interdisaient également la cruauté, les blessures, les bagarres, et toutes les formes de vice exercées à l'encontre des humains, mais aussi des animaux et des insectes.

Basta, inutile d'insister. Il adorait tuer les mouches à viande. Il prenait un pied fantastique à occire les rats musqués et les oiseaux. Il adorait se bagarrer. Il haïssait les poules. Il avait eu de nombreux chiens dans sa vie, envers qui il s'était montré sévère et souvent cruel. Et tous les chiens errants qu'il avait tués, les pigeons, les faisans, les lapins ? Bref, il ne restait plus qu'à faire contre mauvaise fortune bon cœur. Mais il y avait pire encore : c'était déjà un péché de penser à tuer ou blesser un être humain. Ce point scellait son destin. Malgré tous ses efforts, il ne pouvait s'empêcher de souhaiter une mort atroce à certaines personnes : sœur Mary Corta par exemple, Craik l'épicier, ou les élèves de première année à l'Université, qui dérouillaient les gamins avec des battes de base-ball et les empêchaient d'assister aux grands matches organisés dans le stade. Il comprit que, s'il n'était pas vraiment un assassin, c'était tout comme aux yeux de Dieu.

Sa conscience était encore troublée par un péché qu'il avait commis contre le cinquième commandement. L'été précédent, Paulie Hood, un garçon catholique, et lui avaient capturé un rat vivant et l'avaient crucifié avec des clous sur une petite croix, qu'ils avaient dressée sur une fourmilière. Un truc horrible et dégoûtant qu'il n'avait jamais oublié. Mais le pire, c'était qu'ils avaient commis cette abomination un vendredi saint, juste après avoir récité les stations du chemin de croix ! Il avait honteusement confessé ce péché, les yeux noyés de larmes, avec une sincère contrition, mais en sachant qu'il écoperait de nombreuses années de purgatoire pour ce forfait ; presque six mois passèrent avant qu'il n'osât de nouveau tuer un rat.

Tu ne commettras pas l'adultère ; tu ne penseras pas à Rosa Pinelli, Joan Crawford, Norma Shearer, ni à Clara Bow. Oh, Seigneur, oh Rosa, oh ces péchés, ces péchés, ces péchés. Tout avait commencé quand il avait quatre ans. Avant, il n'y avait pas de péché, il était trop ignorant. Un jour, à l'âge de quatre ans, il s'installa dans un hamac et se balança d'avant en arrière ; le lendemain il revint dans le hamac tendu entre le prunier et le pommier dans l'arrière-cour, et il se balança d'avant en arrière.

Que connaissait-il de l'adultère, des mauvaises pensées et des mauvaises actions ? Rien. Il s'amusait dans le hamac. Puis il apprit à lire, et le premier des innombrables textes qu'il devait lire fut les dix commandements. Quand il eut huit ans, il se confessa pour la première fois, et quand il eut neuf ans, il étudia les dix commandements un par un.

L'adultère. On ne parlait pas de l'adultère au cours de catéchisme de la classe de sixième. Sœur Marie Anna sauta allégrement ce mot brûlant et passa le plus clair de son temps à commenter Tu honoreras ton père et ta mère, et Tu ne voleras point. Ainsi, pour des raisons mystérieuses qu'il ne comprit jamais, il associa toujours l'adultère au hold-up dans une banque. Entre huit et dix ans, chaque fois qu'il faisait son examen de conscience avant confesse, il sautait en toute bonne foi « Tu ne commettras pas l'adultère », car il n'avait jamais dévalisé de banque.

L'homme qui lui expliqua l'adultère ne fut pas le père Andrew, ni aucune des nonnes, mais Art Montgomery, le pompiste de la station-service au carrefour d'Arapahoe et de la Douzième Rue. A dater de ce jour, ses reins bourdonnèrent comme dix mille abeilles enragées dans leur ruche. Les nonnes n'évoquaient jamais l'adultère. Elles parlaient seulement des mauvaises pensées, des mauvaises actions et des gros mots. Ce catéchisme ! Le moindre secret de son cœur, le plus imperceptible ravissement de son esprit étaient inscrits à l'avance dans ce catéchisme. Il ne pouvait le prendre en défaut, malgré tous les plans qu'il tramait, les complots qu'il ourdissait pour se faufiler à travers les arcanes de son code. Il ne pouvait plus aller au cinéma, car il fréquentait uniquement les salles obscures pour mater le corps de ses héroïnes. Il adorait les films d'amour. Il adorait monter un escalier derrière une fille. Il adorait les bras des filles, leurs jambes, leurs mains, leurs pieds, leurs chaussures, leurs bas et leurs jupes, leur parfum et leur présence. Après son douzième anniversaire, ses seuls centres d'intérêt dans la vie se résumèrent au base-ball et aux filles, qu'il qualifiait de femmes. Il aimait le son de ce mot. Femmes, femmes, femmes. Il le répétait inlassablement pour la mystérieuse sensation d'intimité qu'il éveillait en lui. Même à la messe, quand il y avait cinquante ou cent femmes autour de lui, il se délectait secrètement de leur présence magique.

Tout cela était un péché — ces plaisirs évoquaient le trouble poisseux du mal. Jusqu'au son de certains mots qui était un péché. Souple. Croupe. Accoupler. Rien que des péchés. Charnel. La chair. Empourpré. Lèvres. Encore des péchés. Quand il récitait un Je Vous Salue Marie. Je Vous Salue Marie pleine de grâce, le Seigneur est avec Vous, Vous êtes bénie entre toutes les femmes et béni soit le fruit de Vos entrailles. L'expression le faisait frémir d'horreur. Fruit de Vos entrailles. Encore un péché.

Chaque semaine, le samedi après-midi, il entrait en vacillant dans l'église, écrasé par le poids de ses péchés d'adultère. C'était la peur qui le guidait, la peur de mourir puis de subir une éternité de tortures. Il n'osait pas mentir à son confesseur. La terreur arrachait ses péchés par la racine. Il se confessait très vite, haletant de misère et de honte, dési-

rant plus que tout la virginité précaire de l'absolution. J'ai commis une mauvaise action, je veux dire
deux mauvaises actions, j'ai pensé aux jambes d'une
fille, à la toucher à un endroit mauvais et puis je
suis allé au spectacle et j'ai eu de mauvaises pensées et puis je marchais et une fille est descendue
d'une voiture et c'était mal et j'ai ri en entendant une
plaisanterie grivoise et avec une bande de copains
j'ai regardé deux chiens s'accoupler et j'ai dit quelque chose de mal, c'était de ma faute, eux ils n'ont
rien dit, c'est moi le responsable, je les ai fait rire
en disant quelque chose de mal et puis j'ai déchiré
une photo dans une revue et la fille était nue je
savais que c'était mal mais ça m'a pas empêché. J'ai
eu de mauvaises pensées à propos de sœur Mary
Agnès; c'était mal mais les mauvaises pensées ont
continué. J'ai aussi eu de mauvaises pensées à cause
de filles allongées dans l'herbe et l'une d'elles avait
sa robe remontée et je l'ai regardée longtemps tout
en sachant que c'était mal. Mais je regrette. C'est
ma faute, c'est ma très grande faute et je regrette,
je regrette de tout mon cœur.

Il sortait du confessionnal, récitait un acte de
contrition, ses dents grinçaient, ses poings se ser-
raient. La nuque raide, il faisait le vœu de ne plus
jamais souiller ni son corps ni son âme. L'apaisement
se faisait enfin en lui, une douceur le berçait, une
brise le rafraîchissait, une grande tendresse alanguis-
sait son âme. Comme en rêve, il sortait de l'église,
comme en rêve il marchait, et si personne ne le
regardait il embrassait un arbre, mangeait un brin
d'herbe, envoyait des baisers vers le ciel, touchait
les pierres froides du mur de l'église comme un
talisman magique ; la paix qui alors inondait son

cœur était seulement comparable à un bol de chocolat chaud, un coup fumant au base-ball, une fenêtre brillante à casser, l'hypnose qui l'envahissait juste avant de s'endormir.

Non, quand il mourrait, il n'irait pas en enfer. Car il était excellent sprinter et arriverait toujours à temps pour se confesser. Il serait bon pour le purgatoire. Le chemin direct, la voie immaculée menant à la béatitude éternelle, ce n'était pas pour lui. Il devrait faire un détour, une sorte d'étape pénible. Voilà pourquoi, entre autres, Arturo était enfant de chœur. Un peu de piété ici-bas permettrait d'abréger son séjour au purgatoire.

Il était enfant de chœur pour deux autres raisons. D'abord, malgré ses incessants hurlements de révolte, sa mère y tenait. Ensuite, à chaque Noël, les filles de la Société du Saint Nom offraient un banquet aux enfants de chœur.

Rosa, je t'aime.
Elle était dans l'auditorium avec les filles de la Société du Saint Nom qui décoraient l'arbre en vue du banquet des enfants de chœur. Il l'observait de la porte, dévorait des yeux l'irrésistible triomphe de sa grâce. Rosa : papier d'argent et bouchées au chocolat, l'odeur d'un nouveau ballon de foot, les poteaux surmontés de drapeaux, un coup au but digne de Di Maggio. Moi aussi, je suis italien, Rosa. Regarde-moi, Rosa, mes yeux ressemblent aux tiens. Rosa, je t'aime.

Sœur Mary Ethelbert passa dans le couloir.

— Allez, Arturo, allez. Ne traîne pas ici.

C'était la responsable des enfants de chœur. Il suivit les pans ondulants de sa soutane noire jusqu'au « petit auditorium », où quelque soixante-dix garçons — les élèves masculins de l'école — l'attendaient. Elle monta sur la tribune et frappa dans ses mains pour réclamer le silence.

— Très bien, mes enfants, maintenant chacun à sa place.

Trente-cinq couples de garçons s'alignèrent. Les petits devant, les grands derrière. Arturo se retrouvait à côté de Wally O'Brien, le gamin qui vendait le *Denver Post* devant la First National Bank. Il y en avait vingt-cinq devant et dix derrière. Cela mettait Arturo en rogne. Depuis huit ans, Wally et lui étaient partenaires, depuis le jardin d'enfants. Chaque année, ils reculaient ; pourtant ils n'avaient jamais vraiment réussi, jamais assez grandi pour reculer jusqu'aux trois derniers rangs où se trouvaient les caïds et d'où fusaient toutes les plaisanteries. C'était râpé, ils passaient leur dernière année dans cette école pourrie et se retrouvaient coincés au milieu d'une bande de minables de quatrième ou de troisième. Ils dissimulaient leur humiliation en arborant d'affreux faciès de durs à cuire qui terrifiaient les petits minables sus-cités et les obligeaient à respecter leur sophistication brutale.

Pourtant, Wally O'Brien avait de la chance : aucun de ses frères n'était là pour lui casser les pieds. Chaque année, avec une inquiétude grandissante, Arturo constatait que ses frères August et Federico se rapprochaient de lui. Federico était maintenant au dixième rang. Arturo se consolait en se disant que ce sale morpion ne réussirait jamais à le doubler. Car en juin prochain, si Dieu le voulait, Arturo passerait son examen et serait à jamais débarrassé de la corvée d'enfant de chœur.

113

Mais la vraie menace venait de la tête blonde située juste devant lui, celle de son frère August. August goûtait à l'avance son triomphe imminent. Chaque fois qu'on commandait aux élèves de prendre les rangs, il semblait toiser Arturo avec un ricanement de mépris. Car il fallait bien admettre qu'August dépassait Arturo d'un quart de centimètre, mais Arturo, d'ordinaire voûté, s'arrangeait toujours pour se redresser et jeter de la poudre aux yeux pourtant perspicaces de sœur Mary Ethelbert. Effort épuisant : il devait allonger le cou et se dresser sur la pointe des pieds, pour décoller ses talons de deux centimètres. Simultanément, et chaque fois que sœur Mary Ethelbert détournait les yeux, il administrait de violents coups de genoux dans les fesses d'August pour l'empêcher de protester.

Ils ne portaient pas les habits rituels, car il s'agissait d'une simple répétition. Sœur Mary Ethelbert les fit sortir du petit auditorium dans le couloir, passer devant le grand auditorium, où Arturo aperçut Rosa qui plaçait des guirlandes sur le sapin de Noël. Il donna un coup de pied à August et soupira.

Rosa, toi et moi : un couple d'Italiens.

Ils descendirent trois étages, puis traversèrent la cour jusqu'au parvis de l'église. Dans les bénitiers, l'eau s'était figée en glace. Tous ensemble, ils firent une génuflexion : Wally O'Brien vrilla son doigt dans le dos de son voisin de devant. Deux heures durant ils répétèrent toute la cérémonie, marmonnant du latin de cuisine, s'agenouillant et se relevant, défilant avec une piété toute militaire. *Ad deum qui lætificat juventutem meum*

A 5 heures, morts d'ennui et de fatigue, on les

libéra. Mais sœur Mary Ethelbert tint à les remettre en ligne pour une dernière inspection. Arturo avait mal aux orteils ; depuis trop longtemps, ils portaient tout son poids. Harassé, il se reposa sur ses talons. Il devait payer cher ce moment d'inattention. L'œil d'aigle de sœur Mary Ethelbert repéra une irrégularité dans l'alignement, qui commençait et se terminait à la verticale de la tête d'Arturo Bandini. Lui-même, lisant dans ses pensées, haussa immédiatement ses talons. Trop tard, trop tard. La nonne ordonna à August et Arturo d'intervertir leurs places.

Son nouveau voisin était un gosse répondant au nom de Wilkins, un petit de cinquième qui portait des lunettes en plastique et fourrait le doigt dans son nez. Derrière lui, August triomphait en silence, les lèvres retroussées en une moue d'intense satisfaction. Wally O'Brien regarda son ancien camarade avec une tristesse dépitée, car Wally aussi se sentait humilié par l'intrusion de ce petit parvenu. Pour Arturo, c'était la fin. Du coin de la bouche, il chuchota à August :

— Espèce de crapule. Attends un peu qu'on soit dehors.

Arturo attendit après la répétition de la cérémonie. August marchait vite, comme s'il n'avait pas vu son frère. Arturo accéléra le pas.

— Pourquoi te presses-tu, grande perche ?

— J'me presse pas, minus

— Mais si, tu t'presses, grande perche. Ça te dirait de te faire astiquer le visage dans la neige ?

— Non merci, sans façon. Et puis laisse-moi tranquille, minus.

— Je t'embête pas, grande perche. J'ai juste envie de rentrer à la maison avec toi.

— J'te conseille de pas m'embêter.

— Jamais je n'oserais lever la main contre toi, grande perche. Qu'est-ce qui te fait croire ça ?

Ils approchèrent de la ruelle qui séparait l'église méthodiste de l'Hôtel Colorado. Une fois passée cette ruelle, August serait en sécurité, car bien visible de la devanture de l'hôtel. Il s'élança en avant, mais Arturo saisit aussitôt son chandail.

— Y a pas l'feu, grande perche.

— Si tu me touches, j'appelle un flic.

— Oh, quelle drôle d'idée.

Un coupé passa lentement à côté d'eux. Arturo remarqua le regard brusquement écarquillé de son frère, qui suivait les occupants de la voiture, un homme et une femme. La femme conduisait, l'homme enlaçait les épaules de la conductrice.

— Regarde !

Arturo avait vu. Il eut envie de rire. C'était tellement bizarre. Effie Hildegarde conduisait la voiture, l'homme était Svevo Bandini.

Les deux garçons se dévisagèrent. Voilà donc pourquoi maman avait posé toutes ces questions sur Effie Hildegarde ! Si Effie Hildegarde était belle... Si Effie Hildegarde était une « mauvaise femme ».

Les lèvres d'Arturo esquissèrent un sourire. Cette situation lui plaisait. Quel sacré paternel il avait ! Ah, ce Svevo Bandini ! Bon sang — et puis Effie Hildegarde était un beau brin de femme !

— Ils nous ont vus ?

Arturo sourit :

— Non.

— T'en es sûr ?

— Il enlaçait la conductrice, non ?

August fronça les sourcils.

— C'est mal. Ça s'appelle aller avec une autre femme. Le neuvième commandement.

Ils s'engagèrent dans la ruelle. C'était un raccourci. La nuit tombait rapidement. A leurs pieds, les flaques d'eau étaient gelées dans l'obscurité grandissante. Ils marchaient, Arturo souriait. August était amer.

— C'est un péché. Maman est une mère super. C'est un péché.

— La ferme.

Quittant la ruelle, ils s'engagèrent dans la Douzième Rue. La foule qui faisait ses emplettes de Noël dans le quartier commerçant les séparait de temps à autre, mais ils restaient ensemble, le premier attendant toujours que l'autre l'ait rattrapé. Les lampadaires s'allumèrent.

— Pauvre maman. Elle vaut mille fois mieux que cette Effie Hildegarde.

— La ferme.

— C'est un péché.

— Parle pas de ce que tu connais pas. Boucle-la.

— Tout ça parce que maman n'a pas de beaux vêtements...

— Ta gueule, August.

— C'est un péché mortel.

— T'es qu'un plouc. T'es trop petit. Tu connais rien à rien, pauv'cloche.

— Je sais que c'est un péché. Maman ferait jamais une chose comme ça.

La façon dont le bras de son père enlaçait les épaules de la conductrice. Elle, il l'avait déjà vue plusieurs fois. Elle supervisait les activités des jeunes filles pour la fête du Quatre-Juillet [1] dans le

1. Fête nationale aux Etats-Unis. (*N.d.T.*)

parc du tribunal. Il l'avait vue, l'été précédent, debout sur les marches du tribunal, appelant les filles à se rassembler pour le grand défilé. Il se souvenait de ses dents, de ses belles dents, de sa bouche rouge, de son beau corps aux formes généreuses. Il avait quitté ses amis pour se cacher dans l'ombre et la regarder parler aux filles. Effie Hildegarde. Bon Dieu, son père était incroyable !

Et lui-même ressemblait à son père comme deux gouttes d'eau. Un jour viendrait où lui et Rosa feraient la même chose. Rosa, montons dans la voiture et partons à la campagne, Rosa. Toi et moi, dans la campagne déserte, Rosa. Tu conduis la voiture et nous nous embrasserons, mais c'est toi qui conduis, Rosa.

— Je parie que toute la ville est au courant, dit August.

— Et pourquoi pas ? Tu es comme tout le monde. Sous prétexte que Papa est pauvre, sous prétexte qu'il est italien...

— C'est un péché, coupa August en décochant un violent coup de pied dans un paquet de neige. Je me moque de ce qu'il est — ou de sa pauvreté. Ça n'empêche que c'est un péché.

— T'es qu'un plouc. Un pauv'type qui pige rien à rien.

August ne répondit pas. Ils prirent le raccourci par le pont à chevalet qui enjambait le torrent. Ils marchaient l'un derrière l'autre, tête baissée, attentifs au sentier tracé dans la neige profonde. Sur la pointe des pieds, ils s'engagèrent sur le pont à chevalet, marchant sur les traverses de chemin de fer, tandis que le torrent glacé scintillait dix mètres plus bas. Le calme du soir leur parlait à voix basse d'un homme qui roulait quelque part en voiture dans ce même crépuscule, d'une femme qui n'était pas la sienne installée à ses côtés. Ils descendirent la pente de la voie de chemin de fer et suivirent un vague sentier qu'eux-mêmes avaient tracé au cours de l'hiver à force d'allées et venues entre la maison et l'école, à travers le pâturage d'Alzi, entre deux immenses pentes blanches qu'aucun pied n'avait foulées depuis des mois et qui brillaient dans le soir naissant. La maison était à quatre cents mètres, à un bloc seulement après la clôture du pâturage d'Alzi. Ici, dans ce vaste pâturage, ils avaient passé une grande partie de leur existence. Il s'étendait entre les arrière-cours de la dernière rangée de maisons de la ville, des peupliers fatigués et glacés, étranglés dans l'agonie interminable des longs hivers, et un torrent qui ne riait plus. Sous la neige dormait le sable blanc qui, durant l'été, réchauffait et réconfortait après les baignades dans le torrent. Chaque arbre détenait maints souvenirs. Chaque poteau de la clôture signalait un rêve et le protégeait en attendant qu'il s'incarne de nouveau au printemps. Au-delà de ce tas de pierres, entre ces deux grands peupliers, se trouvait le cimetière de leurs chiens et de Suzie, une chatte qui avait détesté les chiens mais reposait désormais à leurs côtés. Prince, tué par une voiture ; Jerry, qui avait mangé de la viande empoisonnée ; Pancho le bagarreur, qui trouva la mort lors de son dernier combat. Là, ils avaient tué des serpents, abattu des oiseaux, harponné des grenouilles, scalpé des Indiens, dévalisé des banques, livré des batailles et joui de la paix. Mais dans ce crépuscule leur père roulait en voiture avec Effie Hildegarde, et la blanche étendue silencieuse du pâturage devenait un lieu

119

mystérieux qu'il fallait traverser pour rentrer à la maison.

— J'vais tout dire à Maman, déclara August.

Arturo marchait à trois pas de lui. Il se retourna vivement.

— Reste tranquille, commanda-t-il. Maman a assez de problèmes comme ça.

— J'vais lui dire. Elle va arranger ça avec papa.

— Tu vas la boucler.

— C'est contre le neuvième commandement. Maman est notre mère, je vais lui dire.

Arturo écarta les jambes, bloquant le sentier. August essaya de le contourner et s'aventura dans le demi-mètre de neige fraîche qui couvrait le pâturage. Sa tête était baissée, son visage crispé de dégoût et de souffrance. Arturo saisit les deux revers de son manteau et l'attira vers lui.

— Pas un mot là-dessus.

August se débattit et se libéra.

— Et pourquoi je me tairais, hein ? C'est notre père, non ? Pourquoi fait-il un truc comme ça ?

— Tu veux que maman tombe malade ?

— Pourquoi a-t-il fait une chose pareille ?

— La ferme ! Réponds à ma question. Est-ce que tu veux que maman tombe malade ? Si elle entend parler de ça, tu sais très bien qu'elle tombera malade.

— Non, elle tombera pas malade.

— Bien sûr que non — parce que tu lui diras rien.

— Si, je lui dirai.

Arturo frappa August du plat de la main.

— T'as pas intérêt à lui dire quoi que ce soit !

Les lèvres d'August tremblaient comme de la gelée.

— Je lui dirai.

Le poing d'Arturo se serra sous le nez de son frère.

— Tu vois ça ? Tu dis un seul mot à maman, et tu y as droit.

Pourquoi diable August tenait-il tant à dire la vérité ? Ce n'était pas ses oignons si son père fréquentait une autre femme. D'ailleurs, cela ne changeait rien, tant que sa mère l'ignorait. Et puis ce n'était pas simplement une autre femme : c'était Effie Hildegarde, l'une des femmes les plus riches de la ville. Sacré exploit pour son père ; bien joué. Elle n'était pas aussi bien que sa mère — ça non ; mais cela n'avait rien à voir avec le fond de l'affaire.

— Vas-y, frappe-moi. Je vais tout dire.

Le poing dur d'Arturo s'enfonça dans la joue d'August, qui détourna la tête avec mépris.

— Vas-y. Te gêne pas. Je raconterai tout.

— Promets-moi de la boucler, sinon je te casse la figure.

— Peuh. Te gêne pas. Je vais tout raconter.

Il avançait crânement son menton, prêt à encaisser le coup de poing promis. Arturo était fou de rage. Pourquoi August faisait-il ainsi l'imbécile ? Il ne désirait pas le frapper. Il prenait parfois plaisir à rouer August de coups, mais pas maintenant. Il ouvrit son poing et, cédant à l'exaspération, se donna une claque sur la hanche.

— Mais enfin, August, commença-t-il. Tu comprends donc pas que ça servira à rien de tout raconter à maman ? Tu sais bien qu'elle va pleurer. Et en ce moment par-dessus le marché, à Noël. Ça va la blesser, ça va la blesser à mort. Tu veux pas blesser maman, tu veux pas faire de mal à ta propre mère, quand même ? Alors comme ça, t'irais trouver ta propre mère pour lui raconter quelque chose qui la blesserait à mort ? Si *ça*, c'est pas un péché, alors...

Les yeux froids d'August brillaient de détermination. Son haleine blanche inonda le visage d'Arturo quand il répondit rageusement :

— Et lui alors ? Tu crois qu'il ne commet pas un péché ? Un péché bien pire que tous les miens réunis !

Arturo grinça des dents. Il retira sa casquette et la lança dans la neige. Puis, des deux poings, il menaça son frère.

— Petit salopard ! T'as pas intérêt à parler.

— Je vais tout lui raconter.

D'un gauche qui atteignit son frère à la pommette, Arturo le déséquilibra. Il tituba en arrière, perdit l'équilibre et tomba sur le dos dans la neige. Aussitôt Arturo fut sur lui et les deux corps s'enfoncèrent dans la neige poudreuse que recouvrait une mince couche de glace. Les mains d'Arturo montèrent autour de la gorge d'August. Il serra de toutes ses forces.

— Tu vas lui dire ?

Les yeux froids étaient toujours aussi résolus.

Il gisait, immobile. Arturo ne l'avait jamais vu aussi déterminé. Que faire ? Le frapper ? Sans relâcher sa prise sur le cou d'August, il leva les yeux vers les arbres au pied desquels reposaient ses chiens morts. Il se mordit la lèvre et chercha vainement en lui-même la colère indispensable pour frapper.

Faiblement, il dit :

— S'il te plaît, August. Garde tout ça pour toi.

— Je vais tout lui raconter.

Alors il frappa. Aussitôt, le sang jaillit du nez de son frère. Cela l'horrifia. Il était assis à califourchon sur August, ses genoux immobilisant les bras de son frère. Le spectacle du visage d'August était insupportable. Sous son masque de sang et de neige, August le défiait d'un sourire sanglant.

Arturo s'agenouilla à côté de lui. Il pleurait, sanglotait sur la poitrine d'August, enfonçait ses mains dans la neige et répétait :

— Je t'en prie, August ! Je t'en prie ! Je te donnerai tout ce que j'ai. Je te laisserai dormir sur le meilleur côté du lit. J'te donnerai tout mon argent pour le cinéma.

Silencieux, August souriait.

De nouveau, la rage le prit. De nouveau, il frappa, lançant aveuglément son poing dans les yeux froids. Il regretta aussitôt son geste et se mit à ramper dans la neige autour du corps immobile.

Reconnaissant enfin sa défaite, il se releva. Il épousseta la neige de ses vêtements, remit sa casquette et souffla dans ses mains pour les réchauffer. August gisait à ses pieds, le sang coulant toujours de son nez : August le vainqueur, allongé comme un mort, saignant pourtant, enterré dans la neige, ses yeux froids clamant sa victoire et la sérénité.

Arturo était trop fatigué. Il ne faisait plus attention à rien.

— O.K. August.

August gisait toujours.

— Lève-toi, August.

Sans accepter la main tendue d'Arturo, il se remit lentement sur pieds. Puis, à gestes lents et tranquilles, il essuya son visage avec un mouchoir, enleva la neige de ses cheveux blonds. Cinq minutes après, son nez ne saignait plus. Ils ne parlaient pas. Du bout des doigts, August palpait son visage tuméfié. Arturo le regardait.

— Ça va maintenant ?

Sans répondre, il s'engagea dans le sentier et marcha vers la rangée des maisons. Arturo le suivait, la honte le réduisant au silence : honte et désespoir. Au clair de lune, il remarqua qu'August boitait. Pourtant, il ne boitait pas vraiment, mais semblait imiter quelqu'un qui boitait, la démarche raide et cahotante du cavalier néophyte après une heure de trot. Arturo se concentra. Où avait-il déjà vu cette démarche ? Elle paraissait si naturelle à August. Alors il se rappela : August marchait toujours ainsi en sortant de la chambre à coucher, deux ans plus tôt, à l'époque où il faisait pipi au lit.

— August, dit-il. Si tu parles de ça à maman, je dirai à tout le monde que tu pisses au lit.

Il s'attendait tout au plus à un ricanement méprisant, mais à sa grande surprise August se retourna et le regarda fixement. L'incrédulité et le doute se lisaient dans ses yeux qui avaient perdu leur froideur. Immédiatement, Arturo se rua à la curée, tous ses sens électrifiés par le pressentiment de la victoire.

— Parfaitement ! hurla-t-il. J'le dirai à tout le monde. Au monde entier. J'le dirai à tous les gosses de l'école. J'enverrai des messages à tous les gosses de l'école. J'le dirai à tous les gens que je rencontrerai. Je le crierai partout, à toute la ville. J'leur dirai qu'August Bandini fait pipi au lit. J'vais le dire à tout le monde !

— Non ! dit August, la gorge serrée. Non, Arturo !

Il hurlait à pleins poumons.

— Avis à la population de Rocklin, Colorado ! Braves gens, écoutez bien : August Bandini fait pipi

au lit ! Il a douze ans et il fait pipi au lit. Phéno-
mène unique au monde ! Allô, allô ! Que tout le
monde écoute !

— J't'en supplie, Arturo ! Ne crie pas. Je dirai
rien. J'te jure qu'j'dirai rien, Arturo. Pas un mot !
Mais s'il te plaît, cesse de crier comme ça. Je ne
fais pas pipi au lit, Arturo. Ça m'est arrivé, d'accord,
mais maintenant c'est terminé.

— Promets de ne rien dire à maman ?

Ecartelé, souhaitant mourir, August déglutit difficilement.

— D'accord, fit Arturo, d'accord.

Arturo lui donna une tape dans le dos et ils rentrèrent à la maison.

6

Cela ne faisait pas l'ombre d'un doute : l'absence de papa présentait des avantages indéniables. S'il avait été à la maison, Maria aurait mélangé des oignons aux œufs. S'il avait été à la maison, il leur aurait interdit d'enlever la mie de pain pour manger seulement la croûte. S'il avait été à la maison, ils n'auraient jamais mangé tant de sucre.

Malgré tout, il leur manquait. Maria était tellement apathique. Tout le jour, ses pantoufles glissaient lentement sur le plancher. Ils devaient parfois répéter leurs questions avant qu'elle ne dresse l'oreille. L'après-midi, elle restait assise à siroter du thé, en contemplation devant sa tasse. La vaisselle traînait. Un jour, il se produisit une chose incroyable : une mouche apparut. Une mouche ! En plein hiver ! Ils l'observèrent qui bourdonnait près du plafond. Elle semblait se déplacer avec beaucoup de difficulté, comme si ses ailes étaient gelées. Federico monta sur une chaise et tua la mouche avec un journal roulé. Elle tomba par terre. Ils s'agenouillèrent pour l'examiner. Federico la prit entre ses doigts. mais Maria la lui fit tomber des mains et lui ordonna

d'aller les laver au savon dans l'évier. Il refusa. Elle
le saisit par les cheveux et l'obligea à se lever.

— Fais ce que je te dis !

Ils n'en revenaient pas : maman n'avait jamais
porté la main sur eux, ne les avait jamais grondés.
Puis elle retomba dans son apathie, dans sa contemplation de la tasse de thé. Federico se lava et s'essuya
les mains. Après quoi il fit une chose étonnante.
Arturo et August sentirent bien que quelque chose
clochait, car Federico s'inclina et enfouit son visage
dans les cheveux de sa mère pour l'embrasser. Elle
le remarqua à peine, sourit d'un air absent. Federico
se laissa tomber à genoux et posa sa tête dans le
giron de sa mère. Les doigts de Maria suivirent les
contours du nez et des lèvres de son fils. Les garçons
sentirent qu'elle était à peine consciente de Federico.
Elle se leva sans un mot, et Federico, désespéré, la
regarda marcher vers le rocking-chair installé près
de la fenêtre dans la pièce de devant. Elle s'assit,
puis resta là, immobile, accoudée au rebord de la
fenêtre, le menton dans la main, le regard perdu dans
la rue froide et déserte.

Epoque étrange. La vaisselle s'empilait dans l'évier.
Parfois ils allaient se coucher, et le lit n'était pas
fait. C'était pour eux sans importance, mais ils y
pensaient, et ils pensaient à elle, assise près de la
fenêtre dans la pièce de devant. Désormais, elle
passait la matinée au lit et ne se levait pas pour les
envoyer à l'école. Inquiets, ils s'habillaient puis
jetaient un coup d'œil dans la chambre de leurs
parents. Elle reposait comme un cadavre, le rosaire
à la main. Dans la cuisine, ils découvraient qu'on
avait lavé la vaisselle pendant la nuit. Ils étaient
surpris, et déçus : car ils s'étaient réveillés en s'at-

tendant à trouver la cuisine sale. Cela faisait une différence. Ils étaient surpris de trouver la cuisine propre et leur petit déjeuner dans le four de la cuisinière. Avant de partir à l'école, ils allaient la voir une dernière fois. Seules ses lèvres bougeaient.

Epoque étrange.

Arturo et August marchaient vers l'école.

— Oublie pas, August. Oublie pas ta promesse.

— Euh. J'ai pas besoin de lui dire. Elle sait déjà tout.

— Non, elle ne sait rien.

— Alors pourquoi est-elle comme ça ?

— Parce qu'elle pense à ce que tu sais. Mais elle n'en est pas vraiment sûre.

— C'est pareil.

— Non, c'est pas pareil.

Epoque étrange. Noël arrivait, la ville était pleine de sapins de Noël, les Pères Noël de l'Armée du Salut sonnaient leurs cloches dans les rues. Plus que trois jours d'emplettes avant Noël. Ils s'arrêtaient devant les vitrines avec des yeux d'affamés. Ils soupiraient, puis s'éloignaient. Ils pensaient la même chose : ç'allait être un Noël minable. D'ailleurs Arturo détestait cette période, car il pouvait oublier sa pauvreté si les autres ne la lui rappelaient pas : chaque Noël était semblable, aussi désespéré que le précédent, car toujours il désirait des cadeaux et toujours on l'en privait. Il mentait à ses copains, leur racontait qu'il allait avoir des cadeaux insensés. Noël était une fête pour gosses de riches. Eux pouvaient se vanter de leurs cadeaux, et il devait les croire.

L'hiver, époque rêvée pour se chauffer contre les radiateurs des vestiaires en débitant des mensonges.

Ah, le printemps ! Ah, la détonation de la batte, le contact irritant de la balle contre la paume nue ! L'hiver, les fêtes de Noël, fêtes de riches : ils portaient des bottes hautes, des cache-nez éclatants, des gants fourrés. Mais il ne s'inquiétait pas beaucoup de tout ça. Sa saison préférée était le printemps. Il n'y avait pas de bottes hautes ni de cache-nez fantaisie sur le terrain de base-ball! Pas question de cravate ni d'esbroufe pour rejoindre la première base. Pourtant, il mentait à tout le monde. Qu'allait-il avoir à Noël ? Oh, une montre neuve, un nouveau costume, une montagne de chemises et de cravates, une nouvelle bicyclette, plus une douzaine de balles de base-ball Spalding conformes à l'Official National League.

Et Rosa dans tout ça ?

Je t'aime, Rosa. Elle avait un truc bien à elle. Elle aussi était pauvre, fille de mineur, mais on s'agglutinait autour d'elle pour l'écouter parler, c'était sans importance, il l'enviait, il était fier d'elle, il se demandait si ceux qui l'écoutaient songeaient que lui aussi était italien, comme Rosa Pinelli.

Parle-moi, Rosa. Regarde par ici juste une fois, par ici Rosa, à l'endroit d'où je t'observe.

Il devait trouver pour elle un cadeau de Noël, il marchait dans les rues en scrutant les vitrines, il lui achetait des bijoux et des robes. Ce n'est rien, Rosa. Et voici une bague que j'ai achetée pour toi. Laisse-moi la passer à ton doigt. Voilà. Non, ne me remercie pas, Rosa. Je me baladais dans Pearl Street, je suis tombé sur la bijouterie Cherry's, je suis entré et je l'ai achetée. Si c'est cher ? Baaaah, une broutille... Trois cents dollars, c'est tout. J'ai beaucoup d'argent, Rosa. Tu n'as donc jamais entendu parler de mon père ? Nous sommes riches. A cause de l'oncle d'Italie de mon père. Il nous a légué toute sa fortune. Nous sommes d'un bon milieu, là-bas. Nous l'ignorions jusqu'ici, mais nous sommes cousins germains du duc des Abruzzes. Parents éloignés du roi d'Italie. Peu importe. Je t'ai toujours aimée, Rosa, et mon sang royal n'y changera rien.

Epoque étrange. Un soir, il rentra à la maison plus tôt que d'habitude. Il trouva la maison vide, la porte de derrière grande ouverte. Il appela sa mère, personne ne répondit. Puis il remarqua les deux poêles éteints. Il chercha dans toutes les pièces de la maison. Le manteau et le chapeau de sa mère étaient dans sa chambre. Où pouvait-elle bien être ?

Il alla dans l'arrière-cour et l'appela.

— Maman ! Oh, maman ! Où es-tu ?

Il rentra dans la maison et alluma le feu dans la pièce de devant. Où pouvait-elle être sans son manteau ni son chapeau, par ce froid ? Maudit soit son père ! Il brandit son poing devant le chapeau de son père accroché dans la cuisine. Maudit sois-tu, pourquoi ne reviens-tu pas ? Regarde un peu la peine que tu fais à maman ! L'obscurité tomba brusquement et il eut peur. Quelque part dans la maison glacée, il sentait sa mère, dans chaque pièce, mais elle n'était nulle part. Il retourna à la porte de derrière et cria une fois encore.

— Maman ! Oh, maman ! Où es-tu ?

Le feu s'éteignit. Il n'y avait plus de bois ni de charbon. Il était content : il tenait un prétexte idéal pour sortir de la maison et aller chercher du combustible. Il prit un seau à charbon et s'engagea sur le sentier.

Dans la cabane à charbon, il la trouva, sa mère,

assise dans les ténèbres, assise dans un coin sur une planche à mortier. Il sursauta en la voyant, il faisait si noir, et son visage était si blanc, pétrifié de froid, assise en robe légère, les yeux rivés sur son visage à lui, sans un mot, telle une morte, sa mère figée dans un coin. Elle était loin du petit tas de charbon et de la remise où Bandini rangeait ses outils de maçon, son ciment et ses sacs de chaux. Il se frotta les yeux pour dissiper la lumière aveuglante de la neige, le seau à charbon tomba près de lui et il plissa les paupières tandis que la silhouette de sa mère se dessinait de plus en plus clairement, sa mère assise sur une planche à mortier dans les ténèbres de la cabane à charbon. Etait-elle folle ? Et que tenait-elle donc à la main ?

— Maman ! s'écria-t-il avec une nuance de reproche. Qu'est-ce que tu fais ici ?

Pas de réponse, mais sa main s'ouvrit et il vit ce qu'elle tenait : une truelle, une truelle de maçon, celle de son père. Le vacarme de la révolte envahit son corps et son esprit. Sa mère dans les ténèbres de la cabane à charbon avec la truelle de son père. C'était faire intrusion dans l'intimité d'une scène qui n'appartenait qu'à lui. Sa mère n'avait aucun droit à se trouver ici. C'était comme si elle l'avait découvert, lui, ici, commettant un péché enfantin en ce lieu où il se réfugiait si souvent ; mais *elle* était là, réveillant ses souvenirs et sa fureur, elle était là, tenant la truelle de son père. Pourquoi se comportait-elle ainsi ? Pourquoi devait-elle sans cesse se souvenir de lui, brasser ses vêtements, toucher sa chaise ? Oh, Arturo l'avait vue faire plusieurs fois, contempler la place vide de Bandini à table, par exemple : et maintenant cela, sa mère tenant la truelle de Bandini dans la cabane à charbon, gelée jusqu'aux os et insensible comme une morte. Dans sa colère, il donna un coup de pied dans le seau à charbon et se mit à pleurer.

— Maman ! s'écria-t-il pour la réveiller. Que fais-tu ? Pourquoi restes-tu ici ? Tu vas mourir de froid, maman ! Tu vas geler !

Elle se leva et vacilla vers la porte en tendant devant elle ses mains livides, le visage parcheminé par le froid, exsangue ; elle passa devant lui et sortit sous le ciel sombre du soir. Il ignorait combien de temps elle avait passé là, peut-être une heure, peut-être plus, mais il savait qu'elle devait être à moitié morte de froid. Elle marchait dans un état second, regardant autour d'elle comme si elle découvrait cet endroit pour la première fois.

Il remplit le seau à charbon. La cabane dégageait une forte odeur de chaux et de ciment. Une salopette de Bandini traînait sur une poutre. Il la prit et la déchira en deux. C'était formidable de se pavaner avec Effie Hildegarde, il trouvait ça au poil, mais pourquoi sa mère devait-elle souffrir autant, et le faire souffrir ? Du coup, il détesta aussi sa mère — une imbécile qui avait décidé de se tuer sans accorder une seule pensée aux autres membres de la famille, Federico, August et lui. D'ailleurs, c'étaient tous des imbéciles. De toute la famille, la seule personne douée d'un peu de jugeote était lui-même.

Maria était au lit quand il rentra dans la maison. Elle frissonnait tout habillée sous les couvertures. Il la regarda avec une moue exaspérée. C'était sa faute : pourquoi avait-elle tenu à sortir sans habits ? Néanmoins, il réfléchit qu'il devait montrer un peu de sympathie.

— Ça va, maman ?

— Laisse-moi tranquille, dirent ses lèvres tremblantes. Laisse-moi tranquille, Arturo.

— Tu veux une bouteille d'eau chaude ?

Elle ne se donna pas la peine de répondre. Elle
le regarda rapidement du coin de l'œil, exaspérée.
Il prit cela pour de la haine, comme si elle lui signifiait de disparaître à jamais, comme s'il était d'une
certaine façon responsable de ce qui se passait. Surpris, il siffla doucement : bon sang, sa mère était
vraiment bizarre ; elle prenait tout ça beaucoup trop
au sérieux.

Il sortit de la chambre sur la pointe des pieds,
redoutant non pas sa mère, mais l'effet de sa propre
présence sur Maria. Après le retour d'August et de
Federico à la maison, elle se leva pour préparer le
dîner : œufs pochés, tranches de pain grillées,
pommes de terre frites, et une pomme par personne.
Elle-même ne mangea rien. Après dîner, ils la décou-
vrirent au même endroit, près de la fenêtre, regardant la rue blanche tandis que son rosaire cliquetait
contre le rocking-chair.

Epoque étrange. Ce fut une soirée de gestes
feutrés, respirations silencieuses. Ils s'assirent
autour du poêle en attendant quelque chose. Federico rampa jusqu'à la chaise de Maria et posa sa
main sur le genou de sa mère. Toujours en prières,
elle secoua la tête comme hypnotisée. Sa façon à elle
de demander à Federico de ne pas l'interrompre ni
de la toucher, de la laisser tranquille.

Le lendemain matin, elle était redevenue elle-
même, souriante et affectueuse pendant tout le petit
déjeuner. Les œufs furent préparés « à la maman » :
recette spéciale, une pellicule laiteuse de blanc recou-

133

vrant le jaune. Et quelle allure Maria avait ! Cheveux soigneusement coiffés, grands yeux brillants. Quand Federico versa une troisième cuillerée de sucre dans sa tasse de café, elle intervint avec une gravité feinte.

— Pas comme ça, Federico ! Laisse-moi te montrer.

Elle vida la tasse dans l'évier.

— Puisque tu aimes ton café bien sucré, je vais te donner ce que tu veux.

A la place de la tasse à café de Federico, elle posa le sucrier sur sa soucoupe. Le sucrier était à moitié plein. Elle versa du café dedans et le remplit. Même August rit, bien qu'il dût admettre qu'il s'agissait peut-être d'un péché de prodigalité.

Federico goûta avec méfiance le mélange de sucre et de café.

— Super, dit-il. Mais y a plus de place pour la crème.

Elle rit en se prenant la gorge à deux mains, et ils se réjouirent de la voir heureuse, mais elle continua de rire, repoussa sa chaise, se plia en deux, tordue de rire. Ce n'était pas si drôle, ce ne pouvait être si drôle. Ils la regardèrent, perplexes ; son rire n'en finissait plus malgré leurs visages ébahis tournés vers elle. Ils virent ses yeux s'emplir de larmes, son visage enflé s'empourprer. Elle se leva, mit une main sur sa bouche et tituba jusqu'à l'évier. D'un trait, elle but un verre d'eau, puis s'étrangla, puis vacilla jusqu'à sa chambre et s'allongea sur son lit, riant toujours.

Enfin elle retrouva son calme.

Ils se levèrent de table pour aller la voir, allongée sur son lit. Elle était rigide, ses yeux semblables à des boutons de poupée, un panache de vapeur sortait de sa bouche haletante dans l'air froid.

— Allez à l'école, les enfants, dit Arturo. Moi je reste à la maison.

Quand ils furent partis, il avança jusqu'au lit de Maria.

— Tu as besoin de quelque chose, maman ?

— Va-t'en, Arturo. Laisse-moi seule.

— Tu veux que j'aille chercher le docteur Hastings ?

— Non. Laisse-moi seule. Va-t'en. Va à l'école. Tu vas être en retard.

— Veux-tu que j'essaie de trouver papa ?

— Surtout pas.

Brusquement, cela lui sembla la chose à faire.

— Je vais le chercher, dit-il. C'est exactement ce que je vais faire.

Il s'élança pour mettre son manteau.

— Arturo !

Elle bondit aussitôt de son lit. Quand il se retourna devant le placard, un bras enfilé dans un chandail, il poussa un cri de surprise en la voyant à côté de lui.

— Ne va surtout pas chercher ton père ! Tu m'entends — je te l'interdis !

Elle se penchait si près de son visage qu'il sentit sur ses joues le postillon brûlant de ses lèvres. Il battit en retraite dans un coin et lui tourna le dos, terrifié, craignant même de la regarder. Avec une force qui le stupéfia, elle saisit son épaule et lui fit faire demi-tour.

— Tu l'as vu, n'est-ce pas ? Il est avec cette femme.

— Quelle femme ?

D'une secousse, il se libéra et finit d'enfiler son chandail. Elle s'empara de ses mains, le saisit aux épaules, ses ongles s'enfonçant dans la chair.

— Arturo, regarde-moi ! Tu l'as vu, n'est-ce pas ?

— Non.

Mais il sourit ; non pour la tourmenter, mais parce qu'il croyait que son mensonge avait réussi. Trop rapidement, il sourit. La bouche de Maria se ferma et son visage s'adoucit sous la défaite. Elle sourit faiblement, abattue par cette certitude nouvelle, et pourtant vaguement flattée des efforts d'Arturo pour lui cacher la vérité.

— Je vois, dit-elle. Je vois.

— Tu ne vois rien du tout, tu dis des bêtises.

— Quand l'as-tu rencontré, Arturo ?

— Je te dis que je l'ai pas vu.

Elle se redressa et poussa un soupir.

— Va à l'école, Arturo. Je suis bien ici. Et je n'ai besoin de personne.

Malgré tout, il resta à la maison, errant de pièce en pièce, alimentant les poêles, jetant de temps à autre un coup d'œil dans sa chambre où elle reposait immobile, ses yeux vitreux fixés au plafond, ses perles cliquetant. Elle ne lui redemanda pas d'aller à l'école, et il se sentait utile, convaincu que sa présence la réconfortait. Au bout d'un moment, il sortit de sa cachette un exemplaire de *Horror Crimes* et s'assit à la table de la cuisine pour le lire, les pieds posés sur une bûche du four.

Toujours il voulait que sa mère fût jolie, ravissante. Maintenant cette pensée l'obsédait, elle filtrait entre les pages d'*Horror Crimes,* s'incarnait dans l'image misérable de cette femme allongée sur son lit. Il repoussa le magazine et, le regard dans le vague, se mordit les lèvres. Seize ans plus tôt, sa mère avait été belle, car il avait vu sa photo. Ah, cette photo ! Souvent, il rentrait à la maison après l'école et découvrait sa mère soucieuse, fatiguée, laide ; alors il ouvrait la malle et l'en sortait — la photo d'une fille aux grands yeux, portant un chapeau à large bord, souriant de toutes ses petites dents blanches, une beauté sous le pommier de la cour de Grand-Mère Toscana. Oh maman, t'embrasser à cet âge ! Oh maman, pourquoi as-tu changé ?

Soudain il voulut revoir cette photo. Il cacha son fanzine et ouvrit la porte du débarras attenant à la cuisine, qui abritait la malle de sa mère. Il verrouilla la porte de l'intérieur. Hum, pourquoi s'enfermer ? Il ouvrit le loquet. La pièce ressemblait à une glacière. Il marcha vers la fenêtre sous laquelle la malle était posée. Puis il revint sur ses pas et verrouilla de nouveau la porte. Il se sentait vaguement coupable, et pourtant quel mal faisait-il ? Il pouvait bien regarder une photo de sa mère sans se sentir rongé par l'impression de commettre une mauvaise action ? D'ailleurs, ce n'était plus vraiment sa mère, mais la photo d'une femme désormais disparue. Il n'y avait donc pas de quoi se culpabiliser.

Sous des couches de tissus et de rideaux que sa mère conservait en attendant que « nous ayons une plus grande maison », sous des rubans et des piles de layette autrefois portée par ses frères et lui-même, il trouva la photo. Ah, quelle splendeur ! Il la tint devant la fenêtre et admira le miracle de cet adorable visage : la mère dont il avait toujours rêvé, cette fille de moins de vingt ans dont les yeux, il le savait, ressemblaient aux siens. Pas cette femme

137

épuisée qui reposait à l'autre bout de la maison, celle au mince visage torturé, aux longues mains osseuses. L'avoir connue à cette époque, se rappeler tout depuis le début, le berceau de son beau ventre, n'avoir rien oublié, et pourtant il ne se souvenait pas de cette époque, elle avait toujours été comme maintenant, lasse et désenchantée, avec les grands yeux d'une inconnue et la bouche flétrie par la douleur et les pleurs. Son doigt suivit les contours de son visage, il l'embrassa, soupira en évoquant à voix basse un passé qu'il n'avait jamais connu.

Quand il rangea la photo, ses yeux tombèrent sur un objet dans un angle de la malle. C'était une minuscule boîte à bijoux en velours pourpre. Il ne l'avait jamais vue. Sa présence le surprit, car il avait souvent ouvert cette malle. La petite boîte pourpre s'ouvrit quand il appuya sur le fermoir. A l'intérieur, dans un écrin de soie, il y avait un camée noir sur une chaîne d'or. Sous la soie, quelques mots écrits maladroitement sur une carte lui apprirent de quoi il s'agissait. « Pour Maria, que j'ai épousée voici un an. Svevo. »

Son esprit travaillait vite tandis qu'il glissait la petite boîte dans sa poche et refermait la malle. Rosa, joyeux Noël. Un petit cadeau. Je l'ai acheté, Rosa. J'ai économisé longtemps pour te l'acheter. Pour toi, Rosa. Joyeux Noël.

Le lendemain matin à huit heures, il attendait Rosa, debout dans le hall près de la fontaine. C'était le dernier jour de classe avant les vacances de Noël. D'habitude, il courait pendant les deux derniers pâtés de maisons avant l'école et arrivait juste à la dernière cloche. Il sentait bien que les nonnes qui allaient et venaient dans le hall le regardaient avec méfiance malgré leurs sourires aimables et leurs vœux de joyeux Noël. Au fond de la poche droite de son manteau, il palpait l'importance réconfortante de son cadeau pour Rosa.

Vers huit heures et quart, les premiers enfants arrivèrent : des filles, bien sûr, mais pas de Rosa. Il surveillait la pendule électrique du mur. Huit heures et demie, toujours pas de Rosa. Contrarié, il fronça les sourcils : une demi-heure gâchée à l'école. En pure perte. Sœur Celia, son œil de verre brillant plus que l'autre, descendit des quartiers réservés aux nonnes. En le voyant faire le pied de grue, cet Arturo toujours en retard, elle jeta un coup d'œil inquiet à sa montre.

— Seigneur Tout-Puissant ! Ma montre se serait-elle arrêtée ?

Elle leva les yeux vers l'horloge murale.

— Tu n'es pas rentré chez toi hier soir, Arturo ?

— Bien sûr que si, sœur Celia.

— Tu veux dire que ce matin, tu es arrivé exprès avec une demi-heure d'avance ?

— J' suis venu travailler. J'ai du retard en algèbre.

Elle eut un sourire dubitatif.

— Alors que nous sommes à la veille des vacances de Noël ?

— Parfaitement.

Pourtant, il savait que c'était tout à fait invraisemblable.

— Joyeux Noël, Arturo.

— Dito, sœur Celia.

Neuf heures moins vingt, et pas de Rosa. Tout

139

le monde semblait le regarder, même ses frères, qui écarquillèrent les yeux comme s'il s'était trompé d'école, trompé de ville.

— Vise un peu qui est là !

— Barrez-vous, les minables.

Il se pencha au-dessus de la fontaine pour boire un peu d'eau glacée.

A neuf heures moins dix, elle ouvrit la lourde porte de l'école. Et elle entra, chapeau rouge, manteau en poil de chameau, couvre-chaussures à fermeture Eclair, son visage, tout son corps illuminés par la flamme glacée de la matinée d'hiver. Elle s'approchait de plus en plus, ses bras serrant amoureusement un gros paquet de livres. Elle adressa des signes de tête à ses amies, son sourire envahit le hall comme une mélodie : Rosa, présidente de la Société féminine du Saint Nom, la coqueluche de l'école approchait régulièrement dans ses petits caoutchoucs qui frappaient joyeusement le sol, comme si eux aussi l'aimaient.

Sa main se serra autour de l'écrin. Un brusque afflux de sang lui noua la gorge. Le papillonnement rapide des yeux de Rosa se posa, l'espace d'un bref instant, sur son visage crispé par l'extase, sa bouche ouverte, ses yeux exorbités tandis qu'il essayait de calmer son excitation.

Il était sans voix.

— Rosa... je... je voudrais...

Le regard s'éloigna. Un sourire rayonnant remplaça le froncement de sourcils quand une camarade l'aborda et l'entraîna à l'écart. Elles entrèrent dans le vestiaire en bavardant avec excitation. L'air sortit en sifflant des poumons d'Arturo. Imbécile. Il se pencha pour boire une gorgée d'eau glacée. Imbécile. Il recracha l'eau, écœuré, la bouche douloureuse. Imbécile.

Toute la matinée, il écrivit des messages à Rosa, qu'il déchirait au fur et à mesure. Sœur Celia fit lire *l'Autre Sage,* de Van Dyke, à la classe. Il demeura prostré, en proie à l'ennui, se remémorant les textes plus sains de ses fanzines préférés.

Mais quand Rosa lut à son tour, il écouta sa voix avec une sorte de révérence. Seulement alors les bêtises de Van Dyke prirent un sens. Il savait que c'était un péché, mais il n'avait pas le moindre respect pour l'histoire de la naissance de l'Enfant Jésus, pour la fuite en Egypte, ni pour la description de la crèche. Il savait que son manque d'intérêt était un péché.

A l'heure du déjeuner, il la suivit partout ; mais elle ne fut jamais seule, toujours entourée d'amies. Une fois, elle leva les yeux par-dessus les épaules d'une des camarades qui faisaient cercle, et le regarda comme si elle se sentait suivie. Il renonça, honteux, et feignit de se promener dans le hall. La cloche sonna, les cours de l'après-midi commencèrent. Pendant que sœur Celia parlait mystérieusement de l'Immaculée Conception, il rédigea d'autres messages pour Rosa, qu'il déchirait avant de recommencer. Il comprenait maintenant qu'il n'était pas à la hauteur de la tâche : jamais il ne pourrait lui offrir personnellement son cadeau. Il faudrait faire appel à un intermédiaire. Le message qui le satisfit enfin fut le suivant :

Chère Rosa,
Voici un cadeau de Noël
de la part de
Devine Qui.

141

Savoir qu'elle n'accepterait pas son cadeau si elle reconnaissait son écriture, le blessa. Avec une patience maladroite, il réécrivit son message de la main gauche, griffonnant un texte chaotique, à peine lisible. Mais qui se chargerait de remettre le cadeau ? Il passa en revue les visages de ses voisins. Aucun, conclut-il, ne saurait tenir sa langue. Il résolut le problème en levant deux doigts. Avec la bienveillance mielleuse de rigueur en ce dernier jour d'école, sœur Celia opina du chef, l'autorisant ainsi à sortir de la salle de classe. Sur la pointe des pieds, il suivit le couloir jusqu'au vestiaire.

Il reconnut aussitôt le manteau de Rosa, qu'il avait souvent touché et senti en des occasions similaires. Il plaça son billet à l'intérieur de l'écrin, puis laissa tomber le tout dans la poche du manteau. Il embrassa le manteau, s'imprégna de son parfum. Dans une autre poche, il trouva une minuscule paire de gants. Ils étaient élimés, troués au bout des doigts.

Dieu de Dieu : des petits trous ravissants. Il les embrassa tendrement. Chers petits trous au bout des doigts. Chers petits trous. Ne pleurez pas, tendres petits trous, soyez courageux et gardez ses doigts au chaud, ses petits doigts agiles.

Il retourna dans la classe, longea l'allée centrale jusqu'à sa place en évitant de regarder Rosa, car elle ne devait se douter de rien.

Quand la cloche annonçant la fin des cours sonna, il fut le premier à franchir la porte de l'école, puis il descendit la rue en courant. Ce soir il saurait si elle s'intéressait à lui, car ce soir se tiendrait le Banquet du Saint Nom pour les enfants de chœur. Il traversa la ville en cherchant son père des yeux, mais sa vigilance ne fut pas récompensée. Il savait qu'il aurait dû rester à l'école pour répéter la cérémonie avec les autres enfants de chœur, mais cela était devenu insupportable avec son frère August derrière lui et un petit jeunot comme partenaire.

A la maison, il découvrit avec surprise un arbre de Noël, un petit sapin installé dans la pièce de devant, près de la fenêtre. Sa mère, qui buvait du thé dans la cuisine, semblait se désintéresser de la chose.

— Je ne sais pas qui l'a livré, dit-elle. Un homme avec un camion.

— Quel genre d'homme, maman ?

— Un homme.

— Quel genre de camion ?

— Juste un camion.

— Qu'y avait-il d'écrit sur le camion ?

— Je ne sais pas. Je n'ai pas fait attention.

Il savait qu'elle mentait. Il la méprisait d'accepter si passivement son martyre. Elle aurait dû jeter le sapin de Noël au visage du livreur. La charité ! Pour qui prenaient-ils sa famille — pour des mendiants ? Il soupçonna la famille des voisins, les Bledsoe : Mme Bledsoe, qui interdisait à ses fils Danny et Phillip de jouer avec le petit Bandini parce qu'il était (1) italien, (2) catholique, (3) chef d'une bande de mauvais garçons et de petits malfrats qui répandaient des ordures sur son porche à chaque fête de Halloween. Et puis n'avait-elle pas envoyé Danny avec un panier-cadeau lors de Thanksgiving, alors qu'ils n'en avaient pas besoin, et Bandini n'avait-il pas ordonné à Danny de le ramener chez lui ?

— C'était un camion de l'Armée du Salut ?

— Je ne sais pas.

— Le livreur portait-il une casquette de soldat ?

— Je ne me souviens pas.

— C'était l'Armée du Salut, pas vrai ? Je parie que Mme Bledsoe les a rameutés.

— Et alors ? — La voix de Maria filtrait à peine entre ses dents. — Je veux que ton père voie cet arbre. Je veux qu'il le regarde et qu'il sache à quoi nous sommes réduits par sa faute. Même les voisins sont au courant. Ah, honte, honte sur lui.

— Rien à foutre des voisins.

Le visage mauvais, les poings crispés, il s'avança vers l'arbre. « Rien à foutre des voisins. » L'arbre était à peu près de la même taille que lui, un mètre cinquante. Il se rua dans son feuillage piquant et entreprit d'arracher les branches. Souples et gorgées de sève, elles pliaient, craquaient, mais ne se brisaient pas. Quand il eut suffisamment abîmé l'arbre à son goût, il le lança dans la cour couverte de neige. Sa mère n'émit aucune protestation ; elle regardait toujours sa tasse de thé, ses yeux noirs perdus dans la contemplation de son malheur.

— J'espère bien que les Bledsoe vont le remarquer, dit-il. Ça leur apprendra.

— Dieu le punira, dit Maria. Il va payer pour tout ça.

Mais Arturo pensait à Rosa et aux vêtements qu'il porterait pour le banquet des enfants de chœur.

August, lui-même et leur père se disputaient toujours la fameuse cravate grise, Bandini affirmant qu'elle faisait trop vieux pour les garçons, lesquels rétorquaient qu'elle faisait trop jeune pour un homme mûr. Pourtant, elle était toujours restée « la cravate de papa », car elle demeurait nimbée de l'auréole paternelle, avec ses imperceptibles taches de vin et sa vague odeur de cigare Toscanelli. Il adorait cette cravate et en voulait toujours à August quand il devait la porter immédiatement après lui, car alors la mystérieuse présence de son père lui en semblait atténuée. Il aimait aussi les mouchoirs de son père, tellement plus vastes que les siens. Ils possédaient une douceur et comme une patine due aux innombrables lavages et repassages de sa mère, si bien qu'à ses yeux ils conjuguaient d'une certaine manière les présences réunies de son père et de sa mère. Rien de tel avec la cravate, uniquement paternelle ; non, quand il utilisait un mouchoir de son père, il avait le sentiment vague de son père et de sa mère réunis, participant d'une image, d'un dessein quasiment mythique.

Longtemps il resta planté devant le miroir de sa chambre pour parler à Rosa, répéter sa réponse aux remerciements de la jeune fille. Il était maintenant convaincu que son cadeau trahirait automatiquement son amour. La façon dont il l'avait regardée ce matin, dont il l'avait suivie à l'heure du déjeuner — elle associerait évidemment ces préliminaires au bijou. Il était content. Il désirait montrer sa passion au grand jour. Il l'imagina qui disait : j'ai toujours su que c'était toi, Arturo. Debout devant le miroir, il répondit : « Oh n'en parlons plus, Rosa, tu sais c' que c'est, n'importe quel gars aime offrir un cadeau de Noël à sa petite amie. »

A quatre heures et demie, quand ses frères rentrèrent à la maison, il était déjà habillé. Il n'avait pas de costume à proprement parler, mais grâce à Maria un pantalon « neuf » et un veston « neuf » étaient toujours impeccablement repassés. Ils n'allaient pas ensemble, mais presque, le pantalon de serge bleue et le veston gris oxford.

Dans ses vêtements « neufs », Arturo se métamorphosait en modèle de frustration et de désespoir. Il était assis dans le rocking-chair, les mains croisées sur le ventre. La seule chose dont il était capable — et encore... — quand il mettait ses vêtements « neufs », consistait tout simplement à rester assis en attendant la fin hideuse de son calvaire. Aujourd'hui, il devait attendre quatre heures avant le début du banquet ; pourtant, il se consolait en songeant que ce soir au moins, il ne mangerait pas d'œufs.

Quand August et Federico l'assaillirent d'un feu roulant de questions à propos du sapin de Noël aux branches arrachées qui gisait dans la cour, ses vêtements « neufs » lui semblèrent plus serrés que jamais. Comme la nuit allait être chaude et claire, il enfila un seul chandail au-dessus de son veston gris, et sortit, heureux d'échapper à l'atmosphère lugubre de la maison.

Il descendait la rue dans le théâtre d'ombres de cet univers en noir et blanc, et goûtait la sérénité de sa victoire imminente : le sourire de Rosa ce soir, son cadeau autour du cou de la jeune fille, quand elle servirait les enfants de chœur dans l'auditorium, les sourires qu'elle lui destinerait, à lui et à lui seul.

Ah, quelle nuit !

Il parlait tout seul en marchant, respirant l'air piquant des montagnes, s'enivrant de son avenir glorieux, Rosa ma bien-aimée, Rosa pour moi et aucun autre. Une seule chose le tourmentait, quoique vaguement : il avait faim. Mais l'exaltation et la joie dissipaient aisément sa sensation de creux à l'estomac. Ces banquets pour enfants de chœur — il avait déjà participé à sept banquets —, étaient de véritables chefs-d'œuvre gastronomiques. Il voyait déjà l'immense table couverte de poulets et de dindes rôtis, de petits pains chauds, de patates douces, de sauce aux airelles, d'une montagne de crème glacée au chocolat, et derrière ces plats de rêve, Rosa portant un camée autour du cou, son cadeau, souriant tandis qu'il se repaissait de nourriture, le servant avec ses yeux noirs brillants et ses dents si blanches!

Quelle soirée ! Il se pencha vers le sol pour ramasser un peu de neige, la laissa fondre dans sa bouche, et le liquide froid dégoulina dans sa gorge. Il renouvela l'opération plusieurs fois, suçant la neige puis prenant plaisir à la sensation de froid dans sa gorge.

La réaction de son estomac au liquide glacé fut un vague grondement de ses entrailles, un frisson qui remonta vers la région cardiaque. Il traversait le pont à chevalet, il était juste au milieu, quand devant lui le paysage s'obscurcit brusquement. Il ne sentit plus ses jambes. Son souffle devint saccadé et il se retrouva allongé sur le dos. Il était tombé à la renverse. Au fond de sa poitrine, son cœur se débattait. Il la serra de toutes ses forces, en proie à une terreur mortelle. Il mourait : oh Seigneur, il allait mourir ! Le pont tout entier tremblait au rythme irrégulier de ses battements de cœur.

Pourtant, cinq, dix, vingt secondes plus tard, il vivait toujours. La terreur brûlait encore son cœur. Que s'était-il passé ? Pourquoi cette chute ? Il se releva et frissonnant de peur, se mit à courir sur le pont à chevalet. Qu'avait-il fait ? C'était son cœur, il savait que son cœur avait cessé de battre avant de repartir — mais pourquoi ?

Mea culpa, mea culpa, mea maxima culpa ! L'univers mystérieux tanguait autour de lui ; seul sur la voie de chemin de fer, il se rua vers la rue où les hommes et les femmes marchaient normalement, loin de cette affreuse solitude ; et tandis qu'il courait, il eut la révélation douloureuse comme un coup de couteau que Dieu venait de l'avertir, que c'était Sa façon de lui dire qu'Il connaissait son crime : lui, le voleur, qui avait dérobé le camée de sa mère et ainsi péché contre le Décalogue. Voleur, voleur, paria de Dieu, enfant de l'enfer, ton âme est marquée du signe funeste.

Cela pouvait se reproduire. Maintenant, dans cinq minutes. Dans dix minutes. Je Vous Salue Marie Pleine de Grâce, je regrette mon acte. Il ne courait plus, il marchait, les jambes raidies, accélérant sans cesse le pas comme pour fuir l'excitation désordonnée de son cœur. Adieu à Rosa et aux pensées d'amour, adieu, adieu, place au remords et à la tristesse.

Ah, l'intelligence de Dieu ! Ah, comme le Seigneur se montrait bon avec lui ; Il lui donnait une autre chance, l'avertissait sans toutefois le foudroyer.

Regarde ! Je marche. Je respire. Je suis vivant. Je suis en marche vers Dieu. Mon âme est noire, mais Dieu va nettoyer mon âme. Il est bon avec moi. Mes pieds touchent terre, une deux, une deux.

Je vais aller voir le père Andrew. Je vais tout lui avouer.

Il appuya sur la sonnette du confessionnal. Au bout de cinq minutes, le père Andrew apparut par la porte latérale de l'église. Le grand prêtre presque chauve haussa les sourcils de surprise en découvrant une seule âme dans l'église décorée pour Noël — un garçon, yeux clos, mâchoires serrées, ses lèvres prononçant une prière silencieuse. Le prêtre sourit, retira le cure-dents de sa bouche, fit une génuflexion et se dirigea vers le confessionnal. Arturo ouvrit les yeux et le vit s'avancer comme un merveilleux être noir, une présence réconfortante, revêtu d'une soutane noire qui lui réchauffa le cœur.

— Qu'y a-t-il, Arturo ? lui demanda-t-il dans un chuchotement agréable.

Il posa sa main sur l'épaule d'Arturo. Dieu le touchait. Ses tourments s'épanchèrent, les prémices de la paix s'agitèrent dans les profondeurs, à dix mille kilomètres au fond de lui.

— Faut que j' me confesse, mon père.

— D'accord, Arturo.

Le père Andrew ajusta son écharpe et entra dans le confessionnal. Arturo le suivit, s'agenouilla du côté réservé au pénitent, derrière l'écran de bois qui le séparait du prêtre. Après le rituel ordinaire, il dit :

— Hier, mon père, j'ai fouillé dans la malle de ma mère, j'ai trouvé un camée avec une chaîne d'or, et je l'ai volé, père Andrew. J'ai mis le tout dans ma poche, c'était pas à moi, tout ça appartient à ma mère, un cadeau de mon père, et ça devait valoir plein d'argent, enfin bref j'ai pris le tout et aujour-d'hui je l'ai donné à une fille de notre école. J'ai donné ce bien que j'ai volé, comme cadeau de Noël.

— Tu m'as dit que ce bijou avait de la valeur ? demanda le prêtre.

— Il m'a semblé, répondit Arturo.

— Quelle valeur, Arturo ?

— Ça avait l'air de coûter très cher, père Andrew. Je regrette tellement, mon père. Je ne volerai plus jamais rien de toute ma vie.

— Bon, fit le prêtre. Je crois avoir trouvé une solution, Arturo. Je te donne l'absolution si tu me promets d'aller trouver ta mère et de lui dire que tu as volé son camée. Dis-lui exactement ce que tu viens de me dire. Si elle y tient et qu'elle veut le récupérer, je veux que tu me promettes de le réclamer à cette fille pour le rendre à ta mère. Mais si tu ne peux pas, promets-moi d'en acheter un autre à ta mère. Ça te va, Arturo ? Je crois que Dieu sera d'accord pour reconnaître que c'est équitable.

— Je vais le récupérer. Je vais essayer.

Il inclina la tête pendant que le prêtre grommelait son absolution en latin. Voilà, terminé. Facile comme bonjour. Il sortit du confessionnal et s'agenouilla dans l'église, les deux mains pressées sur le cœur. Il battait régulièrement. Il était sauvé. Tout compte fait, il vivait dans un monde formidable. Longtemps il resta agenouillé, se délectant de la douceur de la rémission. Ils étaient potes, Dieu et lui ; Dieu était un sacré chic type. Pourtant, mieux valait ne pas prendre de risques inutiles. Deux heures durant, jusqu'à ce que la cloche sonnât huit heures, il récita toutes les prières qu'il connaissait. Tout marchait comme sur des roulettes. Le conseil du prêtre était impeccable. Ce soir, après le banquet, il dirait la vérité à sa mère — il avouerait qu'il avait volé le camée pour le donner à Rosa. Elle commencerait par protester. Pas longtemps. Il connaissait sa mère, il savait obtenir d'elle ce qu'il voulait.

Il traversa la cour de l'école et monta l'escalier jusqu'à l'auditorium. Dans le hall, la première personne qu'il vit fut Rosa. Dès qu'elle l'aperçut, elle avança vers lui.

— Je veux te parler, dit-elle.

— Bien sûr, Rosa.

Il la suivit en bas, redoutant l'imminence d'une catastrophe. Au bas des escaliers, elle attendit qu'il ouvrît la porte ; ses mâchoires étaient crispées, son manteau en poil de chameau étroitement serré autour de son corps.

— J'ai une faim de loup, dit-il.

— Vraiment ?

Sa voix était froide, dédaigneuse.

Ils restèrent debout sur les marches devant la porte, au bord de la dalle de ciment. Elle lui tendit la main.

— Tiens, dit-elle. Je ne veux pas de ça.

C'était le camée.

— Je ne peux pas accepter le bien volé à autrui. Ma mère croit que tu as probablement volé ce bijou.

— Je l'ai pas volé ! mentit-il. Je l'ai pas volé !

— Prends-le, dit-elle. Je n'en veux pas.

Il le mit dans sa poche. Sans un mot, elle fit demi-tour pour entrer dans le bâtiment.

— Mais... Rosa !

A la porte, elle se retourna et lui sourit tendrement.

— Tu ne devrais pas voler, Arturo.

— Je ne l'ai pas volé !

Il bondit vers elle, l'entraîna loin de la porte, puis la poussa. Elle chancela jusqu'au bord de la dalle en ciment, décrivit des moulinets avec ses bras pour essayer de retrouver son équilibre, puis bascula dans la neige. Quand elle tomba, sa bouche s'ouvrit et elle poussa un cri.

— J' suis *pas* un voleur, dit-il en la toisant.

Il sauta de la plate-forme sur le trottoir, prit ses jambes à son cou et s'enfuit. Au carrefour, il regarda le camée quelques instants, puis le lança de toutes ses forces par-dessus le toit d'une maison de deux étages. Puis il s'en alla. Au diable le banquet des enfants de chœur. De toute façon, il n'avait plus faim.

7

Soir de Noël. Svevo Bandini rentrait chez lui, des chaussures neuves aux pieds, du défi dans le regard, la culpabilité au cœur. Belles chaussures, Bandini ; où les as-tu trouvées ? Occupe-toi de tes affaires. Il avait de l'argent dans la poche. Son poing le serrait. Comment as-tu gagné cet argent, Bandini ? En jouant au poker. J'ai joué au poker pendant dix jours.

Tiens donc!

Voilà tout ce qu'il avait trouvé pour expliquer son absence, et si sa femme ne le croyait pas, eh bien tant pis pour elle. Ses chaussures noires écrasaient la neige, les talons neufs la cisaillaient.

Ils l'attendaient : ils pressentaient sa venue. Toute la maison semblait reposer dans l'attente. Les choses étaient en ordre. Près de la fenêtre, Maria récitait très vite son rosaire, comme si le temps lui était désormais compté : encore quelques prières avant qu'il n'arrive.

Joyeux Noël. Les garçons avaient ouvert leurs cadeaux. Chacun avait un cadeau. Les pyjamas de

Grand-maman Toscana. Tous les trois étaient assis en pyjama — ils attendaient. Quoi donc? Le suspense les tenait en haleine : il allait se passer quelque chose. Des pyjamas bleu et vert. Ils les avaient mis parce qu'il n'y avait rien d'autre à faire. Mais il allait se passer quelque chose. Dans le silence de l'attente, il était merveilleux de penser que papa allait revenir à la maison, et de ne pas en parler.

Federico ne put se retenir de mettre les pieds dans le plat.

— Je parie que ce soir papa va venir.

Le charme était rompu, l'attente que chacun partageait tacitement avec les autres. Silence. Federico regrettait ses paroles et se demandait sombrement pourquoi personne ne lui avait répondu.

Des pas sur le porche. Tous les hommes et toutes les femmes de la terre auraient pu gravir ces marches, mais une seule personne était capable de produire ce bruit-là. Ils regardèrent Maria. Elle retenait son souffle et se hâtait d'achever la dernière prière. La porte s'ouvrit et il entra. Il ferma soigneusement la porte, comme s'il avait consacré toute son existence à l'art de fermer une porte en silence.

— Bonsoir.

Ce n'était ni un gamin surpris à voler des billes, ni un chien puni pour avoir déchiré une chaussure. C'était Svevo Bandini, un homme mûr qui avait une femme et trois enfants.

— Où est maman ? lança-t-il en la fixant des yeux, comme un pochard désireux de prouver qu'il est capable de poser une question sérieuse. Dans l'angle de la pièce, il la vit, à l'endroit exact où il savait qu'elle serait, car de la rue, la silhouette de Maria l'avait effrayé.

— Ah, la voilà.

Je te hais, pensait-elle. Avec mes doigs, je veux t'arracher les yeux, t'aveugler. Tu es une ordure, tu m'as blessée et je ne me reposerai pas tant que je ne t'aurai pas blessé.

Papa et ses chaussures neuves. A chacun de ses pas, elles crissaient comme si de minuscules souris cavalaient à l'intérieur. Il traversa la pièce vers la salle d'eau — ce bon vieux papa de retour à la maison.

Je veux ta mort. Tu ne me toucheras plus jamais. Je te hais, Seigneur que m'as-tu fait, toi mon mari, pour que je te haïsse autant ?

Il revint et se campa au milieu de la pièce, le dos tourné à son épouse. De sa poche il sortit l'argent. Et à ses fils il dit :

— Si on descendait tous ensemble en ville avant la fermeture des magasins, vous, moi et maman, tous ensemble, on descend et on achète des cadeaux de Noël pour tout le monde.

— J'veux une bicyclette! dit Federico.

— D'accord, tu auras une bicyclette!

Arturo ne savait pas ce qu'il voulait, August non plus. Le mal qu'il avait infligé saisit Bandini à la gorge, mais il sourit et déclara qu'on trouverait quelque chose pour tout le monde. Ç'allait être un Noël magnifique. Le plus beau de tous les Noëls.

Je vois cette femme dans ses bras, je la sens dans ses vêtements, ses lèvres ont souillé son visage, ses mains ont exploré sa poitrine. Il me dégoûte, je veux le blesser à mort.

— Et qu'allons-nous acheter à maman ?

Il se retourna pour lui faire face, puis il déroula la liasse de billets.

— Regardez tout cet argent ! Vaut mieux tout donner à maman, hein ? Tout l'argent que papa a gagné en jouant aux cartes. Un sacré bon joueur de cartes, vot'papa, hein ?

Il leva les yeux et la regarda, elle dont les mains broyaient les bras du rocking-chair comme si elle allait sauter sur Bandini, et il comprit qu'il avait peur d'elle, et il sourit, la crainte le fit sourire alors que le mal qu'il avait infligé entamait son courage. Il tendit les billets vers elle comme un éventail : des coupures de cinq et de dix dollars, même une de cent, et tel un condamné en route vers son châtiment il garda son sourire idiot aux lèvres en se penchant vers elle pour lui offrir les billets, essayant de retrouver les mots anciens, leurs mots, ceux de Maria et de Svevo, leur langage. Horrifiée, elle s'accrochait au fauteuil et s'obligeait à ne pas reculer devant le serpent de la culpabilité qui se pavanait sur le visage tordu de son mari. Il s'approcha encore, à quelques centimètres de ses cheveux, d'un ridicule achevé dans ses tentatives de galanterie, et bientôt elle ne put le supporter davantage ni se retenir, et avec une rapidité qui la surprit aussi, ses dix longs doigts bondirent vers les yeux de Bandini pour griffer, la force terrible de ses dix longs doigts s'enfonça dans la chair de son visage tandis qu'il reculait en hurlant et que le devant de sa chemise et son col se tachaient de gouttes rouges. Mais c'étaient ses yeux, mon Dieu mes yeux, mes yeux ! Il recula en les cachant derrière ses mains, s'appuyant contre le mur, le visage labouré de douleur, craignant de retirer ses mains, redoutant d'être aveugle.

— Maria, sanglota-t-il. Oh Dieu que m'as-tu donc fait ?

Il voyait encore ; vaguement, à travers une sorte de rideau rouge, il voyait et il tanguait dans la pièce.

— Ah, Maria, pourquoi as-tu fait ça ? Pourquoi as-tu fait une chose pareille ?

Il titubait dans toute la pièce. Il entendait les gémissements de ses enfants, les paroles d'Arturo : « Oh mon Dieu. » Il tanguait et titubait, sang et larmes se mêlant dans ses yeux.

— *Jesu Christi,* mais qu'est-ce qui m'arrive ?

Les billets verts gisaient à ses pieds ; il vacillait parmi eux, les foulait de ses chaussures neuves, des gouttelettes rouges éclaboussaient le cuir noir brillant, il tournoyait dans la pièce puis trouva en pleurant le chemin de la porte et sortit dans la nuit froide, dans la neige, vers la congère de la cour, geignant tout le temps, et ses grandes mains se réunirent pour saisir de la neige comme on puise de l'eau, et la plaquèrent sur son visage brûlant. Plusieurs fois, la neige vierge dans ses mains retomba vers la terre, rouge et gorgée de sang. Dans la maison, ses fils restaient pétrifiés dans leurs pyjamas neufs, la porte était ouverte, mais la lumière de la pièce les empêchait de voir Svevo Bandini tamponner son visage avec le linge immaculé du ciel. Dans son fauteuil, Maria restait assise. Elle ne bougeait pas, les yeux rivés au sang et à l'argent éparpillé à travers la pièce.

Quelle salope, pensait Arturo. Quelle sacrée salope.

Il pleurait, blessé par l'humiliation de son père ; son père, cet homme toujours si solide et puissant, qu'il venait de voir humilié, blessé, des larmes plein les yeux, son père qui ne pleurait jamais et qui avait toujours le dessus. Il voulait être à côté de son père ; il mit ses chaussures et sortit en courant.

Bandini étouffait et tremblait, plié en deux. Mais Arturo fut heureux d'entendre autre chose par-dessus les raclements de gorge et les sifflements — d'entendre sa colère, ses jurons. Il fut ravi d'entendre son père clamer son désir de vengeance. Je la tuerai, nom de Dieu, je la tuerai. Il retrouva bientôt le contrôle de lui-même. Ses plaies ne saignaient plus. Il se redressa, le souffle court, pour examiner ses vêtements pleins de sang, ses mains rougies.

— Quelqu'un va payer tout ça, dit-il. *Sangue de la Madonna !* Je ne suis pas près d'oublier ça.

— Papa !

— Qu'est-ce que tu veux ?

— Rien.

— Alors rentre à la maison. Va retrouver ta cinglée de mère.

Ce fut tout. Il se fraya un chemin dans la neige jusqu'au trottoir, puis s'éloigna dans la rue. Le garçon le suivit des yeux, son visage levé vers la nuit. Svevo Bandini titubait malgré sa détermination. Il fit quelques pas et se retourna : « Passez un joyeux Noël, les enfants. Prenez l'argent, descendez en ville et achetez ce que vous voulez. »

Puis il repartit, la tête haute, fendant l'air glacé, allant de l'avant malgré une profonde blessure qui ne saignait pas.

Le garçon rentra dans la maison. L'argent n'était plus par terre. Un simple regard à Federico, qui sanglotait amèrement en tenant un morceau de billet de cinq dollars, et il comprit. Il ouvrit le poêle. Les cendres noires du papier brûlé fumaient doucement. Il ferma le poêle puis examina le sol, nu à l'exception de quelques gouttes de sang séché. Il lança un regard haineux à sa mère. Elle ne bougea pas, n'évita même pas le regard d'Arturo ; ses lèvres s'ouvraient et se fermaient car elle avait recommencé son rosaire.

— Joyeux Noël ! se moqua-t-il.

Federico geignait. August était trop bouleversé pour parler.

Oui : Joyeux Noël. Ah, fais-lui payer ça, papa. Toi et moi, papa, car je sais ce que tu ressens, car la même chose vient de m'arriver à moi aussi, mais tu aurais dû réagir comme moi, papa, tu aurais dû la jeter à terre, papa, tu te serais senti mieux. Je ne supporte pas ça, papa, de te savoir marchant seul dans la ville avec ton visage ensanglanté, je ne supporte pas ça.

Il sortit sur le porche et s'assit. Son père hantait la nuit. Il aperçut les taches rouges dans la neige là où Bandini avait craqué, et il s'accroupit pour les prendre dans ses mains. Le sang de papa, mon sang. S'éloignant du porche, il donna des coups de pied dans la neige fraîche jusqu'à ce que tout le rouge eût disparu. Personne ne devait voir cela. Personne. Ensuite il rentra dans la maison.

Sa mère n'avait pas bougé. Comme il la détestait ! Il lui arracha son rosaire des mains et le brisa. Elle le regarda comme une martyre. Elle se leva et le suivit dehors. Loin dans la neige, il lança les perles du rosaire brisé, les éparpillant comme des graines. Sa mère descendit le porche et s'engagea dans la neige.

Stupéfait, il la vit pénétrer jusqu'aux genoux dans la masse blanche, regardant de droite et de gauche comme une hallucinée. Elle trouvait parfois une perle dans les poignées de neige qu'elle examinait. Arturo était dégoûté. Elle passait au crible l'endroit précis où le sang de son père avait souillé la neige.

Qu'elle aille au diable. Il s'en allait. Il voulait

retrouver son père. Il s'habilla et sortit dans la rue. Joyeux Noël. On avait peint la ville en vert et blanc. Cent dollars partis en fumée dans le poêle — et lui alors ? Et ses frères ? C'est parfait d'être une sainte inflexible, mais pourquoi devaient-ils tous souffrir ? Dieu occupait trop de place dans l'esprit de sa mère.

Où aller maintenant ? Il l'ignorait, mais il refusait d'aller la retrouver à la maison. Il pouvait comprendre son père. L'homme doit agir ; à la longue, l'inaction devient monotone. Il devait l'admettre : si *lui* avait à choisir entre Maria et Effie Hildegarde, il choisirait Effie à tous les coups. Quand une Italienne atteignait un certain âge, ses jambes maigrissaient, son ventre enflait, ses seins tombaient, elle devenait terne. Il essaya d'imaginer Rosa Pinelli à quarante ans. Ses jambes maigriraient comme celles de sa mère ; elle aurait un gros ventre. Mais il ne pouvait imaginer une chose pareille. Cette Rosa était si adorable ! Il préférait l'imaginer morte. Il la vit alitée, rongée par la maladie, puis morte. Cela le rendrait heureux. Il se présenterait devant son lit de mort et se pencherait au-dessus de l'agonisante. Elle serrerait faiblement sa main dans ses doigts brûlants de fièvre, elle lui dirait qu'elle allait mourir, et il répondrait : quel dommage, Rosa ; je t'ai laissé une chance, mais je me souviendrai toujours de toi, Rosa. Ensuite, les funérailles, les pleurs, et Rosa descendue en terre. Mais il ne se laisserait pas atteindre par tout cela ; un vague sourire aux lèvres, il songerait à ses rêves de gloire. Des années plus tard, dans le Yankee Stadium, acclamé par une foule en délire, il se souviendrait d'une jeune fille mourante qui avait saisi sa main et l'avait supplié de lui pardonner ; ce souvenir l'occuperait quelques secondes seulement, puis il se tournerait vers les femmes présentes dans la foule, ses femmes, et pas une Italienne parmi elles ; blondes elles seraient, grandes et souriantes, par douzaines, comme Effie Hildegarde, et pas une Italienne dans le lot.

Alors fais-lui payer ça, papa ! J' suis avec toi, vieux. Un jour je ferai la même chose que toi, un jour je trouverai une fille aussi ravissante qu'elle, et elle sera pas du genre à me labourer le visage avec ses ongles, pas non plus du genre à me traiter de petit voleur.

Mais au fait, comment savait-il que Rosa n'était *pas* en train de mourir ? Evidemment qu'elle était en train de mourir, car à chaque minute chacun ne se rapprochait-il pas de sa propre tombe ? Mais imagine, juste comme ça, imagine que Rosa soit vraiment en train de mourir ! Souviens-toi de ton ami Joe Tanner l'année dernière... Tué sur le coup en bicyclette, alors que la veille il était en pleine forme. Et Nellie Frazier ? Un petit caillou dans sa chaussure ; elle ne l'a pas enlevé ; empoisonnement du sang, elle est morte aussi sec et tu as été à son enterrement.

Comment être sûr que Rosa n'avait pas été renversée par une automobile depuis la dernière et horrible fois qu'il l'avait vue ? Ce n'était nullement exclu. Comment être certain qu'elle n'était pas morte électrocutée ? Ce genre d'accident se produisait souvent. Pourquoi pas elle ? Oh bien sûr, il ne souhaitait pas vraiment la mort de Rosa, loin de moi pareille pensée, que je sois damné si c'est pas vrai, mais malgré tout il y avait une petite chance. Pauvre, pauvre Rosa, si jeune et si belle — et morte.

Il était en ville, il marchait au hasard, il n'y avait rien ici, seulement des gens pressés, les bras chargés de paquets. Il arriva devant la Wilkes Hardware Company, regarda les vêtements de sport. Il se mit à neiger. Arturo leva les yeux vers les montagnes tachées de nuages noirs. Il eut alors une étrange prémonition. Rosa Pinelli était morte. Il fut certain qu'elle était morte. Il lui suffisait de descendre Pearl Street sur trois blocs, de prendre la Douzième Rue vers l'est sur deux blocs, et il saurait. Sur la porte de la maison des Pinelli, il y aurait une couronne mortuaire Il en était tellement convaincu qu'il se dirigea aussitôt dans cette direction. Rosa était morte. Et Arturo un prophète doué de talents surnaturels. Ainsi, l'incroyable s'était enfin produit : ses souhaits s'étaient réalisés, Rosa était morte.

Hou hou, drôle de monde ! Il leva les yeux vers le ciel, vers les millions de flocons de neige qui glissaient vers la terre. La fin de Rosa Pinelli. Il parlait à haute voix, s'adressait à un auditoire imaginaire. Brusquement, alors que je regardais la vitrine de Wilkes Hardware, j'ai eu ce pressentiment. J'ai marché jusqu'à sa maison, et comme de juste, il y avait une couronne mortuaire sur la porte. Une sacrée fille, Rosa. Bien sûr, je suis bouleversé par sa mort. Il se hâtait maintenant, car sa prémonition se dissipait peu à peu, il marchait de plus en plus vite, pressé d'arriver avant que l'illusion ne s'envole complètement. Il pleurait : Oh Rosa, s'il te plaît, ne meurs pas, Rosa. Sois vivante quand j'arriverai devant chez toi ! Me voici, Rosa, mon amour. J'arrive directement du Yankee Stadium en avion privé. Je viens d'atterrir sur la pelouse du tribunal — j'ai bien failli tuer les trois cents personnes qui me regardaient. Mais tout s'est bien passé, Rosa. Je suis arrivé sans encombre, me voici à ton chevet, juste à temps, le médecin dit que tu vas vivre, alors je dois partir pour ne plus jamais revenir Je vais retrouver les Yankees, Rosa. Je pars en Floride, Rosa. Entraînement de printemps. Les Yanks ont besoin de moi, tu vois ; mais tu sauras toujours où me joindre, Rosa : lis les journaux et tu sauras où je suis.

Il n'y avait pas de couronne mortuaire sur la porte des Pinelli. A sa place, et il poussa un cri d'horreur en plissant les yeux dans la neige qui l'aveuglait, il vit une guirlande de Noël. Il repartit dans la tempête, soulagé. Bien sûr que je suis content ! Personne n'a envie de voir quelqu'un mourir. Pourtant, il n'était pas content, pas content du tout. Il n'était pas la vedette de l'équipe des Yankees. Il n'était pas arrivé en avion privé. Il ne partait pas en Floride. C'était Noël à Rocklin, Colorado. La tempête de neige redoublait et son père vivait avec une femme nommée Effie Hildegarde. Les ongles de sa mère avaient lacéré le visage de son père et en cet instant il savait que sa mère priait, que ses frères pleuraient, et qu'un peu plus tôt les cendres du poêle avaient valu plus de cent dollars.

Joyeux Noël, Arturo !

8

Une route solitaire un peu à l'ouest de Rocklin, étroite et sinueuse, engorgée par la neige qui tombe. La tempête redouble de violence. La route monte vers l'ouest en une pente raide. Au loin, il y a les montagnes. La neige ! Elle étouffe le monde, le ciel est un vide pâle, seule existe la route étroite aux virages serrés. Une route mauvaise, pleine de tournants imprévus et de brusques plongeons destinés à esquiver les bras blancs affamés des sapins nains qui la bordent.

Maria, qu'as-tu donc fait à Svevo Bandini ? Qu'as-tu fait à mon visage ?

Un homme râblé avance dans la neige, les bras et les épaules couverts de neige. Il gravit une portion pentue de la route, comme à l'arrachée, la neige profonde retient ses jambes, on dirait qu'il traverse un torrent.

Où aller maintenant, Bandini ?

Un peu plus tôt, il y a à peine trois quarts d'heure, il avait descendu cette route en courant, convaincu de ne jamais revenir en arrière. Trois quarts d'heure — pas même une heure, et il s'était passé tant de choses, et maintenant il foulait de nouveau cette route qu'il avait espéré ne plus jamais revoir.

Maria, qu'as-tu fait ?

Svevo Bandini, un mouchoir teinté de sang masque son visage, le linceul de l'hiver tombe sur lui tandis qu'il remonte la route vers la maison de la veuve Hildegarde, parlant aux flocons de neige tout en marchant. Parle aux flocons de neige, Bandini ; parle-leur en agitant tes mains glacées. Bandini sanglote — un homme mûr, quarante-deux ans, sanglote parce que c'est le soir de Noël et qu'il retourne vers son péché, parce qu'il préférerait la compagnie de ses enfants.

Maria, qu'as-tu fait ?

Tout s'est passé ainsi, Maria : il y a dix jours, ta mère a écrit cette lettre, et furieux j'ai quitté la maison parce que je ne supporte pas cette femme. Dès qu'elle arrive, je dois partir Je suis donc parti. J'avais beaucoup de soucis, Maria. Les gosses. La maison. La neige : regarde la neige ce soir, Maria. Comment veux-tu que je pose une brique par ce froid ? Je me fais du mauvais sang, ta mère doit venir, et je me dis, oui je crois que je vais aller boire quelques verres en ville. Parce que j'ai des soucis. Parce que j'ai des enfants.

Ah, Maria.

Il était descendu en ville, à la salle de jeu Imperial, et là il avait retrouvé son ami Rocco Saccone, et Rocco lui avait proposé de monter dans sa chambre pour boire un verre, fumer un cigare, discuter. De vieux amis, Rocco et lui : deux hommes dans une chambre pleine de fumée de cigare, buvant du whisky en cette journée glaciale, bavardant. Les fêtes de Noël : quelques verres. Joyeux Noël, Svevo. *Gratia,* Rocco. Joyeux Noël.

Regardant le visage de son ami, Rocco lui avait demandé ce qui clochait, et Bandini lui avait dit : pas d'argent, Rocco, les gosses et Noël qui arrive. Et puis la belle-mère — maudite soit-elle. Rocco aussi était pauvre, mais pas autant que Bandini; il lui proposa dix dollars. Comment Bandini aurait-il pu les accepter ? Il avait déjà tellement de dettes à rembourser à son ami, et maintenant ça. Non merci, Rocco. Je bois déjà ton alcool, ça suffit. Allez, *a la salute !* en souvenir du bon vieux temps.

Un verre puis un autre, deux hommes dans une chambre, les pieds posés sur le radiateur fumant. Soudain, au-dessus de la porte de la chambre de Rocco, la sonnette retentit. Une fois, puis encore une fois : le téléphone. Rocco bondit sur ses pieds et file dans le couloir décrocher le téléphone. Au bout d'un moment, il revient, le visage épanoui. Rocco reçoit de nombreux coups de téléphone à l'hôtel, car il fait passer une petite annonce dans le *Rocklin Herald :*

Rocco Saccone, poseur de briques et tailleur de pierre. Tous travaux de réparation. Une spécialité : le ciment. Téléphoner hôtel R.M.

Ça s'est passé comme ça, Maria. Une certaine Mme Hildegarde venait de téléphoner à Rocco pour lui dire que sa cheminée était hors d'usage. Rocco pouvait-il venir la réparer immédiatement ?

Rocco, son ami

— Vas-y, Svevo, dit-il. Tu vas peut-être te faire quelques dollars avant Noël.

Voilà comment tout avait commencé. Le sac à outils de Rocco en bandoulière, il quitta l'hôtel, traversa la ville vers l'ouest et s'engagea sur cette même route en fin d'après-midi, dix jours plus tôt. Sur cette même route, et il se souvint du tamias aperçu sous l'arbre là-bas ; l'animal le regardait passer. Quelques dollars pour réparer une cheminée ; peut-être trois heures de travail, peut-être plus — quelques dollars.

La veuve Hildegarde ? Bien sûr qu'il la connaissait, mais qui à Rocklin ne la connaissait pas ? Dans cette ville de dix mille habitants, elle possédait presque toute la terre — qui, parmi ces dix mille âmes, aurait pu ignorer son nom ? Mais qui la connaissait assez pour lui dire bonjour ? Et tout cela était la vérité.

Cette même route, dix jours plus tôt, avec un peu de ciment et les trente-cinq kilos d'outils de maçon en bandoulière. Pour la première fois, il vit le cottage de la veuve Hildegarde, une maison célèbre dans tout Rocklin à cause du splendide travail de la pierre. Quand en fin d'après-midi il la découvrit, cette maison basse construite en pierre à paver au milieu de grands sapins lui sembla sortir tout droit de ses rêves : c'était une demeure inimaginable, qu'il aimerait posséder si un jour il avait de l'argent. Longtemps il s'arrêta pour la regarder, regrettant de ne pas avoir participé à sa construction, à la maçonnerie raffinée, de ne pas avoir manipulé ces longues pierres blanches, si tendres sous la main du maçon, et cependant assez solides pour durer mille ans.

A quoi pense un homme quand il marche vers la porte blanche d'une telle maison et qu'il touche le heurtoir en cuivre poli figurant une tête de renard ?

Erreur, Maria.

Non, il n'avait jamais parlé à cette femme avant qu'elle n'ouvrît la porte. Une femme plus grande que lui, solide et potelée. Sans aucun doute une femme superbe. Pas comme Maria, mais une femme superbe néanmoins. Cheveux noirs, yeux bleus, une femme riche, selon toute apparence. Son sac d'outils le trahit.

Il était donc Rocco Saccone, le maçon. Ravie de vous connaître.

Non, je suis l'ami de Rocco. Rocco est malade.

C'était sans importance, du moment qu'il pouvait réparer la cheminée. Entrez donc, M. Bandini, la cheminée est par ici. Il entra, son chapeau dans une main, le sac d'outils dans l'autre. Une maison de toute beauté, tapis indiens sur le sol, grosses poutres au plafond, toutes les boiseries laquées en jaune brillant. Elle avait sans doute coûté dans les vingt ou trente mille dollars.

Il y a des choses qu'un homme ne peut pas avouer à sa femme. Maria aurait-elle compris la bouffée d'humilité qui le submergea quand il traversa cette pièce magnifique, sa gêne quand ses chaussures usées, pleines de neige, glissèrent sur le sol jaune brillant et qu'il faillit tomber ? Aurait-il pu avouer à Maria que cette femme séduisante eut brusquement pitié de lui ? C'était la vérité : il avait beau lui tourner le dos, il sentit la veuve gênée pour lui, prête à plaindre l'insolite maladresse de l'ouvrier.

— Plutôt glissant, n'est-ce pas ?

La veuve rit.

— Je tombe sans arrêt.

Par cette remarque, elle voulait seulement l'aider à cacher son embarras. Une broutille, une simple politesse pour le mettre à l'aise.

La cheminée ne présentait pas de défaut grave, seulement quelques briques descellées dans le conduit, l'équivalent d'une heure de travail. Mais il connaissait tous les trucs du métier, et la veuve avait de l'argent. Il se releva après l'examen de la cheminée, et annonça à la veuve que la réparation lui coûterait quinze dollars, matériel compris. Elle n'émit aucune objection. Puis il eut l'impression désagréable que la générosité de sa cliente était liée à l'état de ses chaussures : elle avait sans doute remarqué ses semelles usées pendant qu'à genoux il inspectait le conduit de la cheminée. Sa façon de l'observer, de l'examiner des pieds à la tête, son sourire compatissant, tout cela sous-entendait des pensées qui, davantage que l'hiver, lui glacèrent le sang. Non, il ne pouvait pas parler de ça à Maria.

— Asseyez-vous, M. Bandini.

Il trouva le profond fauteuil de lecture voluptueusement confortable, ce fauteuil qui appartenait à l'univers de la veuve et dans lequel il s'allongea pour regarder la pièce lumineuse, les livres et les bibelots soigneusement rangés. Une femme cultivée entourée du luxe de son éducation. Elle était assise sur le divan, ses jambes potelées gainées de soie, des jambes splendides sur lesquelles la soie chuchotait chaque fois qu'elle les croisait devant ses yeux ébahis. Elle lui demanda de s'asseoir pour bavarder avec elle. Sa reconnaissance le réduisait au silence, le contraignait à des grognements joyeux ou approbateurs, tandis que des mots précis et mélodieux coulaient de sa bouche sensuelle. Il tomba sous le charme, ses yeux s'écarquillèrent de curiosité pour l'univers protégé de cette femme, pour ce monde aussi brillant et fascinant que la soie qui galbait les courbes harmonieuses de ses jambes.

Maria éclaterait de rire si elle savait de quoi la veuve lui avait parlé ; car il avait la gorge nouée, et la bizarrerie de la scène le réduisait au silence : en face de lui, la richissime Mme Hildegarde, qui valait cent mille, peut-être deux cent mille dollars, à moins d'un mètre cinquante de lui — si proche qu'en se penchant il aurait pu la toucher.

Ainsi, il était italien ? Magnifique. L'année dernière seulement, elle avait voyagé en Italie. Merveilleux pays. Il devait être tellement fier de son héritage. Savait-il que l'Italie était le berceau de la civilisation occidentale ? Avait-il déjà vu le Campo Santo, la cathédrale Saint-Pierre, les peintures de Michel Ange, la Méditerranée bleue ? La Riviera italienne ?

Non, il n'avait rien vu de tout cela. En mots simples, il lui dit qu'il était originaire des Abruzzes et qu'il connaissait ni le Nord, ni Rome. Gamin, il avait travaillé dur. Il n'avait jamais eu le temps de penser à autre chose.

Les Abruzzes ! La veuve connaissait tout. Mais il avait certainement lu les œuvres de D'Annunzio — qui était également originaire des Abruzzes.

Non, il n'avait pas lu D'Annunzio. Il avait entendu parler de lui, mais il n'avait jamais rien lu de lui. Oui, il savait que le grand homme était originaire de la même province que lui. Cela lui faisait plaisir. Il en était reconnaissant à D'Annunzio. Ils partageaient maintenant un centre d'intérêt, mais à sa grande horreur il fut incapable d'ajouter quelque chose sur ce sujet. Pendant une bonne minute, la veuve le dévisagea, ses yeux bleus inexpressifs rivés aux lèvres de Bandini. Gêné, il détourna la tête, son regard suivit les lourdes poutres du plafond, les rideaux froncés, les bibelots posés çà et là dans un désordre soigneusement organisé.

Une brave femme, Maria : une brave femme qui se porta à son secours et s'efforça de détendre l'atmosphère. Aimait-il poser des briques ? Avait-il une famille ? Trois enfants ? Merveilleux. Elle aussi avait désiré des enfants. Sa femme était-elle italienne ? Habitait-il Rocklin depuis longtemps ?

Le temps. Elle parla du temps. Ah. Il se mit à parler, à lui exposer ses tourments relatifs au temps. Gémissant presque, il lui confia la stagnation de ses affaires, sa haine mortelle des journées glacées. Enfin, effrayée par ce torrent d'amertume, elle regarda sa montre et lui dit de revenir le lendemain matin pour commencer de réparer la cheminée. A la porte, le chapeau à la main, il attendit qu'elle lui dise au revoir.

— Mettez votre chapeau, monsieur Bandini, dit-elle en souriant. Vous allez prendre froid.

Les aisselles et le cou inondés de sueur, il mit son chapeau en souriant nerveusement, incapable de prononcer le moindre mot.

Il passa la nuit chez Rocco. Chez Rocco, Maria, pas chez la veuve. Le lendemain, il commanda des briques réfractaires au chantier de bois, puis retourna au cottage de la veuve pour réparer la cheminée. Il étendit une bâche sur le tapis, mélangea son mortier dans une bassine, retira les briques descellées du conduit de cheminée, et les remplaça par des briques neuves. Décidé à faire durer les travaux toute la journée, il retira toutes les briques du conduit. Il aurait pu terminer son travail en une heure, se contenter d'enlever deux ou trois briques, mais à midi il avait seulement accompli la moitié de sa tâche. Alors la veuve arriva, sortant tranquillement d'une des chambres parfumées. De nouveau, cette palpitation dans la gorge de Bandini. De nouveau, il put seulement sourire.

Le travail avançait-il ? Il avait travaillé proprement : aucune trace de mortier ne souillait la partie visible des briques qu'il venait de poser. Même la bâche était propre, et les vieilles briques formaient un tas impeccable sur le côté. Elle remarqua tout cela, et Bandini fut ravi. Mais aucune passion ne le troubla quand elle se pencha pour examiner les briques neuves de la cheminée, lui offrant le spectacle de sa croupe ronde encore soulignée par une ceinture serrée à la taille. Non, Maria, ni ses hauts talons, ni son mince corsage, ni le parfum de ses cheveux noirs n'éveillèrent en lui la moindre pensée d'infidélité. Comme auparavant, il la regarda avec émerveillement et curiosité : cette femme possédait cent, peut-être deux cent mille dollars en banque.

Redescendre en ville pour déjeuner était impensable. Quand il lui déclara qu'il en avait pourtant l'intention, elle insista pour l'inviter à déjeuner. Les yeux de Bandini évitèrent son regard bleu. Il inclina la tête, taquina la bâche du bout de sa chaussure et lui demanda enfin de bien vouloir l'excuser. Déjeuner avec la veuve Hildegarde? S'asseoir à une table en face d'elle, se nourrir en même temps qu'elle ? Il parvint à refuser d'une voix faible.

— Non, non. S'il vous plaît, madame Hildegarde,

merci. Merci beaucoup. S'il vous plaît, non. Merci.

Mais il resta, de peur de la contrarier. Il sourit en lui montrant ses mains couvertes de mortier, lui demanda s'il pouvait les laver ; elle lui fit traverser l'entrée blanche et immaculée jusqu'à la salle d'eau. La pièce ressemblait à une boîte à bijoux : carreaux jaunes brillants, lavabo jaune, rideaux d'organdi couleur lavande masquant la baie vitrée, un vase de fleurs pourpres devant le miroir de la coiffeuse, des flacons de parfum à bouchon jaune, un ensemble de peignes et de brosses jaunes. Il fit aussitôt demi-tour et voulut déguerpir. Il n'aurait pas été plus choqué si elle se fût dressée nue devant lui. Ses mains cloquées de mortier n'étaient pas dignes de ce luxe. Il préférait l'évier de la cuisine, comme à la maison. Mais le sourire engageant de la veuve le rassura, et il entra sur la pointe des pieds, ter-rorisé, pour se camper devant le lavabo, en proie à la torture de l'indécision. Du coude, il fit tourner le robinet, car il craignait de le souiller avec ses doigts. Pas question d'utiliser le savon vert par-fumé ; il fit de son mieux en se lavant les mains à l'eau. Puis il les essuya avec le pan de sa chemise, n'osant toucher les épaisses serviettes vertes accro-chées au mur. Après cette expérience, il redouta l'épreuve du déjeuner. Avant de sortir de la salle de bains, il s'agenouilla pour essuyer par terre deux ou trois gouttes d'eau avec sa manche de chemise...

Feuilles de laitue, ananas et fromage campagnard. Installé à la table de la cuisine, une serviette rose en travers des genoux, il mangeait en soupçonnant que tout cela était une vaste plaisanterie, que la veuve se moquait de lui. Mais elle aussi mangeait, et avec un tel appétit qu'il se demanda si, tout compte fait, il ne pouvait pas prendre plaisir à ce repas. Pourtant, si Maria lui avait servi les mêmes plats, il les aurait jetés par la fenêtre. Ensuite, la veuve apporta du thé et une mince tasse en porcelaine. Il y avait deux petits biscuits blancs posés sur la soucoupe, pas plus gros que le bout de son pouce. Du thé et des petits gâteaux. *Diavolo !* Lui qui avait toujours assimilé le thé à une boisson efféminée réservée aux mauviettes, lui qui n'aimait pas les petits gâteaux ! Mais la veuve croquait un biscuit qu'elle tenait entre deux doigts et lui souriait aimablement tandis qu'il enfournait les gâteaux dans sa bouche comme on prend un médicament désagréable.

Bien avant qu'elle n'eût terminé son deuxième biscuit, il avait vidé sa tasse de thé. Il s'adossa et se balança sur sa chaise ; son estomac geignait et protestait, peu habitué à d'aussi bizarres visiteurs. Ils n'avaient pas dit un mot de tout le déjeuner. Il prit alors conscience qu'ils n'avaient strictement rien à se dire. Elle souriait de temps à autre, surtout par-dessus le rebord de sa tasse de thé. Il se sentait gêné, vaguement triste : la vie des riches, conclut-il, n'était pas pour lui. A la maison, il aurait dévoré des œufs sur le plat, un quignon de pain, et aurait fait descendre le tout avec un verre de vin.

Quand elle eut terminé, elle tapota la commissure de ses lèvres carminées avec le bout de sa serviette, puis lui demanda s'il désirait autre chose. Il voulut répondre : « Qu'est-ce qui vous reste ? » mais posa la main sur son estomac, le caressa et le flatta.

— Non merci, madame Hildegarde. Je suis plein — plein jusqu'aux oreilles.

Sa réponse la fit sourire. Ses mains rougies accro-
chées à sa ceinture, il continua de se balancer sur
sa chaise en suçant ses dents. Il mourait d'envie
d'allumer un cigare.

Une brave femme, Maria. Et qui devinait le moindre de ses désirs.

— Fumez-vous ? proposa-t-elle en sortant un
paquet de cigarettes du tiroir de la table.

Dans la poche de sa chemise, il prit le mégot tordu
d'un Toscanelli, coupa le bout avec ses dents, le
cracha par terre, gratta une allumette et tira avec
délectation la première bouffée. Elle insista pour qu'il
ne se dérange pas pendant qu'elle ramassait les
assiettes, une cigarette pendue au coin de la bouche.
Il se sentait bien, le cigare le soulageait enfin de
toute sa tension. Il croisa les bras et l'observa plus
attentivement, les hanches généreuses, les bras blancs
et doux. Même alors, ses pensées restaient propres,
aucune luxure ne souillait son esprit. C'était une
femme riche ; il était assis dans sa cuisine, près
d'elle ; il se sentait fier de cette proximité : de cela
et de rien d'autre, Dieu en était témoin.

Terminant son cigare, il retourna au travail. Vers
quatre heures et demie, il eut fini. Il ramassa ses
outils et attendit qu'elle revînt dans le salon. Pendant tout l'après-midi, il l'avait entendue dans une
autre partie de la maison. Il attendit, se racla bruyamment la gorge, laissa tomber sa truelle, improvisa
une chanson avec les paroles : « C'est terminé,
oh tout est fini, tout est terminé, terminé. » Le
vacarme qu'il fit l'attira enfin dans le salon. Elle
arriva, un livre à la main, des lunettes de lecture sur
le nez. Il s'attendait à être payé immédiatement.
A sa grande surprise, elle lui demanda de s'asseoir

quelques instants. Elle ne regarda même pas son travail.

— Vous êtes un ouvrier hors pair, monsieur Bandini. Hors pair. Je suis très contente.

Maria peut bien ricaner, mais ces mots faillirent arracher une larme à Svevo Bandini.

— Je fais de mon mieux, madame Hildegarde. Je fais de mon mieux.

Elle ne manifesta pas la moindre intention de le payer. Et toujours ces yeux bleus blanchâtres. Leur approbation implicite le poussa à regarder la cheminée. Les yeux restèrent rivés à lui, l'observant vaguement, fascinés, comme si la veuve s'était absorbée dans une rêverie. Il marcha vers la cheminée, colla son œil près du manteau comme pour estimer son angle, plissant les lèvres en feignant d'effectuer de tête un calcul compliqué. Quand il ne put davantage poursuivre ses simagrées sans avoir l'air ridicule, il retourna vers le profond fauteuil et s'assit. Le regard de la veuve le suivait machinalement. Il voulut parler, mais ne trouva rien à dire.

Elle finit par briser le silence : elle avait encore du travail pour lui. Elle possédait une maison en ville, sur Windsor Street. Là-bas aussi, la cheminée fonctionnait mal. Pouvait-il y aller demain pour l'examiner ? Elle se leva, traversa le salon jusqu'au secrétaire installé près de la fenêtre, et nota l'adresse sur un papier. Elle lui tournait le dos, son corps se pliait à la taille, sa croupe ronde s'épanouissait sensuellement, mais même si Maria lui arrachait les yeux et crachait dans leurs orbites vides, il pouvait jurer qu'aucune concupiscence n'avait assombri son regard, aucune luxure envahi son cœur.

Cette nuit-là, allongé dans l'obscurité à côté de

Rocco Saccone pendant que les ronflements sonores de son ami l'empêchaient de dormir, une autre pensée tint Svevo Bandini éveillé : la perspective de travailler le lendemain. Il grommelait de contentement dans les ténèbres. *Mannaggia,* il n'était pas complètement idiot ; il savait qu'il avait la cote avec la veuve Hildegarde. Elle le plaignait peut-être, elle lui donnait peut-être ce nouveau travail simplement parce qu'elle sentait qu'il en avait besoin, mais quoi qu'il en soit, ses talents n'étaient pas en cause ; elle l'avait qualifié d'ouvrier hors pair, et récompensé par un autre chantier.

Que l'hiver se déchaîne ! Que la température dégringole ! Que la neige recouvre la ville ! Il n'en avait cure, car demain il allait travailler. Et ensuite, il y aurait toujours du travail. Il était dans les bons papiers de la veuve Hildegarde ; elle respectait ses compétences. Avec son argent à elle et son talent à lui, il y aurait toujours assez de travail pour se moquer de l'hiver.

Le lendemain matin à sept heures, il pénétra dans la maison de Windsor Street. Personne ne l'habitait ; la porte d'entrée était ouverte à tous les vents. Pas de meubles, seulement des pièces vides. Et il ne trouva pas le moindre défaut à la cheminée. Elle n'était pas aussi sophistiquée que celle du cottage, mais elle était parfaitement construite. Le mortier ne s'était pas fendu, et la brique sonnait bien sous ses coups de marteau. Où donc était le problème ? Il trouva du bois dans la remise derrière la maison, et fit du feu. Le conduit suça voracement les flammes. La chaleur emplit la pièce. Tout fonctionnait parfaitement.

A huit heures, il frappa à la porte du cottage.

Il trouva la veuve en robe d'intérieur bleue, fraîche et souriante.

— Bonjour, monsieur Bandini! Mais vous ne pouvez pas rester comme ça dans le froid ! Entrez, vous prendrez bien une tasse de café !

Ses protestations moururent sur ses lèvres. Il frappa l'une contre l'autre ses chaussures trempées pour en faire tomber la neige, puis suivit la robe d'intérieur bleue dans la cuisine Debout contre l'évier, il but son café, en renversant un peu dans la soucoupe, soufflant dessus pour le refroidir. Il ne la regarda pas en dessous des épaules. Il n'osa pas. Maria ne le croirait jamais. Nerveux et taciturne, il se comporta comme un homme.

Il lui dit ne pas avoir trouvé le moindre défaut à la cheminée de la maison de Windsor Street. Il se sentit fier de son honnêteté : elle rattrapait les exagérations de la veille. La veuve parut surprise. Elle était certaine que la cheminée de Windsor Street avait un défaut. Elle lui demanda de l'attendre pendant qu'elle s'habillait. Elle allait l'emmener à la maison de Windsor Street et lui montrer le défaut en question. Brusquement, elle regarda ses chaussures trempées.

— Monsieur Bandini, vous chaussez du quarante-quatre, si je ne me trompe ?

Le sang lui monta au visage et il cracha dans sa tasse de café. Aussitôt, elle s'excusa. C'était une affreuse habitude qu'elle avait — une véritable obsession : demander aux gens la pointure de leurs chaussures. Une sorte de devinette qu'elle se posait à elle-même. Acceptait-il de lui pardonner ?

Cet épisode le secoua profondément. Pour cacher sa honte, il s'assit vivement à la table, glissant ses chaussures en dessous, hors de vue. Mais la veuve sourit et insista. Avait-elle mis dans le mille? Chaussait-il du quarante-quatre ?

— Absolument, madame Hildegarde.

En attendant qu'elle s'habillât, Svevo Bandini songea qu'il était en train de marquer des points. Désormais, Helmer le banquier et tous ses créditeurs n'auraient qu'à bien se tenir. Car Bandini aussi possédait des amis puissants.

Avait-il quelque chose à cacher de cette journée ? Non, il était fier de cette journée. Assis à côté de la veuve, dans sa voiture, il traversa le centre ville, descendit Pearl Street, la veuve au volant, emmitouflée dans un manteau en peau de phoque. Si Maria et ses enfants l'avaient vu bavarder familièrement avec elle, ils auraient été fiers de lui. Ils auraient pu relever la tête et dire : « Papa est un sacré bonhomme ! » Mais Maria avait lacéré la chair de son visage.

Que se passa-t-il dans la maison vide de Windsor Street ? Entraîna-t-il la veuve dans une pièce vide pour la violer ? L'embrassa-t-il ? Va donc dans cette maison, Maria. Parle à ses pièces froides. Interroge les araignées qui tissent leurs toiles aux angles du plafond ; interroge le plancher nu, interroge les carreaux givrés ; demande-leur si Svevo Bandini a fauté.

La veuve se campa devant la cheminée.

— Vous voyez, dit-il. Le feu que j'ai allumé brûle toujours. Tout va bien. La cheminée fonctionne.

Elle n'était pas satisfaite.

— Toute cette noirceur, dit-elle. Ça ne faisait pas bien dans une cheminée.

Elle désirait une cheminée propre, flambant neuve ;

elle avait un locataire en vue et tenait à ce que tout fût en parfait état.

Mais Bandini était un homme honnête qui refusait de gruger cette femme.

— Toutes les cheminées noircissent, madame Hildegarde. A cause de la fumée. C'est la suie qui fait ça. Et personne n'y peut rien.

Non, ça ne faisait pas bien.

Il lui parla de l'acide chlorhydrique. Une solution d'acide chlorhydrique et d'eau. Appliquée à la brosse, cette solution retirerait le noir de suie. Deux heures de travail suffiraient largement, et —

Deux heures ? C'était tout à fait insuffisant. Non, monsieur, il fallait enlever toutes les briques et les remplacer par des neuves. Pareille extravagance lui fit secouer la tête.

— Cela prendra un jour et demi, madame Hildegarde. Ça vous coûtera vingt-cinq dollars, matériel compris.

Elle serra son manteau autour d'elle en frissonnant dans la pièce glacée.

— Ne vous occupez pas du prix, monsieur Bandini, dit-elle. Je tiens à ce que ce soit fait. Rien n'est trop bon pour mes locataires.

Qu'aurait-il pu ajouter ? Maria aurait-elle voulu qu'il refuse ce travail, qu'il se défile ? Sa réaction fut celle d'un homme sensé, heureux de gagner de l'argent. La veuve l'emmena en voiture au chantier de bois.

— Il fait si froid dans cette maison, dit-elle. Je vais vous procurer un chauffage.

En guise de réponse, il bredouilla quelques paroles indistinctes d'où émergea cette affirmation que le travail suffisait à le réchauffer, l'essentiel étant

180

d'avoir sa liberté de mouvement, car alors le sang se réchauffait aussi. La prévenance de la veuve le laissa pantois et horriblement gêné à côté de la conductrice dont le lourd parfum imprégnait sa peau, ses vêtements et agaçait les narines de Bandini. Les mains gantées dirigèrent la voiture vers le trottoir devant la Gage Lumber Company.

Le vieux Gage était à sa fenêtre quand Bandini sortit de la voiture et s'inclina pour saluer la veuve. Elle le paralysa d'un sourire impitoyable qui fit trembler ses jambes. Mais il se pavana comme un coq de combat quand il pénétra dans les bureaux, claqua la porte avec mépris, sortit un cigare, gratta une allumette sur le comptoir et tira une première bouffée en dirigeant la fumée vers le visage du vieux Gage qui cligna des yeux et détourna le regard quand celui de Bandini vrilla son crâne. Bandini grogna de satisfaction. Certes, il devait de l'argent à la Gage Lumber Company. Mais que le vieux Gage réfléchisse un peu au nouveau rapport de forces. Qu'il se rappelle que, de ses propres yeux, il venait de voir Bandini parmi les puissants de ce monde. Il passa commande de cent briques pour cheminée, d'un sac de ciment, d'une bonne quantité de sable, le tout à livrer à l'adresse de Windsor Street.

— Et que ça saute, lança-t-il par-dessus l'épaule. Je veux le matériel dans moins d'une demi-heure.

Il roula des mécaniques jusqu'à la maison de Windsor Street, la mâchoire en avant, l'épaisse fumée bleue de son Toscanelli ondulant derrière son épaule. Maria, tu aurais dû voir l'expression de chien battu du vieux Gage, son amabilité obséquieuse quand il nota la commande de Bandini.

Le matériel fut livré au moment exact où il arrivait devant la maison déserte : le camion de la Gage Lumber Co. s'arrêtait contre le trottoir. Retirant son manteau, il se mit à l'ouvrage. Ceci, jurat-il, allait être la plus belle pose de briques de tout l'Etat du Colorado. Dans cinquante ans, dans un siècle, non, dans deux siècles, cette cheminée serait toujours debout. Quand Svevo Bandini faisait un boulot, il le faisait bien.

Il chantait en travaillant, une chanson de printemps : *Retour à Sorente*. L'écho de sa voix s'attardait dans toute la maison, son chant résonnait dans les pièces froides, entre les coups de marteau et les raclements de la truelle. Jour de gala : le temps filait rapidement. La chaleur de son énergie réchauffa la pièce, les carreaux pleurèrent de joie quand la glace fondit et que la rue devint visible.

Un camion se gara devant la maison. Bandini fit une pause pour regarder le chauffeur en salopette verte sortir un objet brillant et le porter vers la porte d'entrée. Un camion rouge de la Watson Hardware Company. Bandini posa sa truelle. Il n'avait passé aucune commande à la Watson Hardware Company. Non, jamais il n'aurait commandé quoi que ce fût aux gens de la Watson. A cause d'une dette qu'il n'avait pu rembourser, ils avaient opéré une saisie sur ses salaires. Il détestait la Watson Hardware Company ; c'étaient parmi ses pires ennemis.

— Vous vous appelez Bandini ?

— J'vous ai demandé quelque chose ?

— Rien du tout. Signez ici.

Un radiateur à huile livré à Svevo Bandini de la part de Mme Hildegarde. Il signa le reçu, puis le chauffeur s'en alla. Bandini se campa devant le radiateur comme si la veuve était entrée à sa place. Il siffla de stupéfaction. C'était trop pour n'importe qui — beaucoup trop.

— Quelle brave femme, dit-il en hochant la tête. Une femme formidable.

Brusquement, les larmes inondèrent ses yeux. La truelle glissa de sa main et il tomba à genoux pour examiner le radiateur brillant et sa plaque de cuivre. Vous êtes la femme la plus merveilleuse du monde, Mme Hildegarde, et quand j'aurai fini cette cheminée, je vous jure que vous en serez sacrément fière !

Il se remit au travail, se retournant de temps à autre vers le radiateur pour lui sourire, lui parler comme à un compagnon. « Bonjour, Mme Hildegarde ! Vous êtes toujours là ? Vous me regardez, hein ? Eh bien vous voyez Svevo Bandini dans ses œuvres ! Et j'vous jure qu'il vous mitonne la plus belle cheminée de tout le Colorado ! »

Le travail avançait plus vite qu'il ne l'imaginait. Il continua jusqu'à ce que la nuit l'empêchât d'y voir. Le lendemain, tout devrait être fini vers midi. Il réunit ses outils, lava ses truelles et se prépara à partir. Ce fut seulement à cette heure tardive, debout dans la lumière fuligineuse du lampadaire de la rue, qu'il réalisa qu'il avait complètement oublié d'allumer le radiateur. Ses mains hurlaient de froid. Il installa le radiateur dans la cheminée, l'alluma et régla la flamme au minimum. C'était parfait : le radiateur fonctionnerait toute la nuit et empêcherait le mortier frais de geler.

Il n'alla pas retrouver sa femme et ses enfants chez lui. Une fois encore, il dormit chez Rocco. Chez Rocco, Maria, pas chez la femme, mais chez Rocco Saccone, un homme. Et il dormit bien; pas de

183

chute dans des puits noirs sans fond, pas de serpents aux yeux verts prêts à l'étouffer.

Maria pouvait bien lui demander pourquoi il n'était pas rentré ce soir-là, ça ne regardait que lui. *Dio rospo !* Devait-il rendre compte de tous ses actes ?

Le lendemain après-midi, à quatre heures, il se présenta chez la veuve avec une facture pour son travail. Il l'avait rédigée sur du papier à en-tête de l'Hôtel Rocky Mountain. Comme l'orthographe n'était pas son fort et qu'il le savait, il avait simplement écrit : Travail 40.00, et il avait signé. La moitié de la somme couvrait les frais de matériel. Il avait donc gagné vingt dollars. La veuve n'accorda pas un regard à la facture. Elle retira ses lunettes de lecture et lui dit de se mettre à l'aise. Il la remercia pour le radiateur. Il était content d'être dans sa maison. Ses articulations s'étaient réchauffées, ses pieds avaient maîtrisé le sol brillant. Avant de s'asseoir sur le divan moelleux, il le sentait déjà derrière lui. D'un sourire, la veuve lui signifia que ce radiateur était une peccadille.

— Il faisait un froid de canard dans cette maison, Svevo.

Svevo. Elle l'avait appelé par son prénom. Il ne put s'empêcher de rire. Aussitôt, il le regretta, mais cette bouche excitée prononçant son prénom... Il y avait une grande flambée dans la cheminée. Ses chaussures trempées s'en approchèrent. Une vapeur âcre s'échappa bientôt du cuir. Derrière lui, la veuve allait et venait ; il n'osait pas se retourner. Il avait de nouveau perdu l'usage de sa voix. Ce glaçon dans sa bouche — c'était sa langue qui refusait de bouger. Cette palpitation brûlante qui martelait ses tempes et incendiait son visage, les vibrations de son

184

cerveau qui refusait de lui communiquer le moindre mot. La belle veuve aux deux cent mille dollars l'avait appelé par son prénom. Dans la cheminée, les bûches de pin crachaient leur sève bouillonnante. Il contempla les flammes, inconscient du sourire de ses lèvres tandis qu'il se frottait les mains, dont les phalanges craquaient joyeusement. Il ne bougeait pas, hébété d'inquiétude et de plaisir, tourmenté par la perte de sa voix. Enfin, il put parler

— C'est un bon feu, dit-il, un bon feu.

Pas de réponse. Il regarda par-dessus son épaule. Elle n'était plus là, mais il l'entendit arriver de l'entrée, et il se retourna, rivant aux flammes ses yeux brillants d'excitation. Elle arriva avec un plateau portant des verres et une bouteille. Elle le posa sur le manteau de la cheminée et remplit deux verres. Il vit un éclair de diamants sur ses doigts. Il vit ses larges hanches, sa silhouette, la courbe féminine de son dos, la grâce potelée de son bras qui versait l'alcool de la bouteille.

— Tenez, Svevo. Ça ne vous ennuie pas que je vous appelle Svevo ?

Il prit son verre et regarda l'alcool brunâtre avec perplexité — cet alcool dont la couleur rappelait celle de ses yeux et que les femmes riches faisaient glisser dans leur gorge. Puis il se rappela qu'elle venait de l'interroger à propos de son prénom. Son cœur s'affola, le sang afflua brusquement à son visage.

— C'est comme vous voulez, Mme Hildegarde. Appelez-moi comme vous voulez.

Cela le fit rire et il se réjouit d'avoir enfin dit quelque chose de drôle, même malgré lui, dans le meilleur style américain L'alcool était du Malaga, un puissant vin doux espagnol. Il le sirota d'abord

185

doucement, puis vida son verre avec un aplomb paysan plein de vigueur. Il sentit sa chaleur douceâtre envahir son estomac. Il fit claquer ses lèvres, puis les essuya de son avant-bras musculeux.

— Nom d'un chien, c'est rudement bon.

Elle le resservit. Il émit les protestations de rigueur, mais ses yeux brillaient de plaisir tandis que le vin emplissait en gargouillant son verre tendu.

— J'ai une surprise pour vous, Svevo.

Elle alla au bureau et revint avec un paquet emballé dans du papier-cadeau. Le sourire de Bandini se métamorphosa en grimace quand les doigts couverts de bijoux brisèrent la ficelle rouge. Il la regardait, suffoquant de plaisir. Quand elle ouvrit le paquet, le papier de l'emballage intérieur crissa comme si la boîte renfermait de petits animaux. C'était une paire de chaussures. Elle les sortit, une chaussure dans chaque main, et observa la flamme brillante qui frémissait dans les yeux de l'homme. C'en fut trop pour lui. Sa bouche se tordit en un rictus d'incrédulité et de douleur : elle avait donc remarqué qu'il n'avait plus de chaussures à se mettre. Il émit des grognements de protestation, changea de position sur le divan, passa ses doigts noueux dans ses cheveux, hasarda un piètre sourire, puis ses yeux disparurent dans un flot de larmes. De nouveau son avant-bras balaya son visage et chassa les larmes. Il fouilla dans sa poche, en sortit un mouchoir craquant à pois rouges dans lequel il se moucha bruyamment plusieurs fois.

— Vous êtes un vrai nigaud, Svevo, dit-elle en souriant. Moi qui pensais vous faire plaisir.

— Non, dit-il. Non, Mme Hildegarde. J'achète moi-même mes chaussures.

Il posa sa main sur son cœur.

— Vous me donnez du travail, mais j'achète mes affaires.

De la main, elle balaya cette objection absurde. Le verre de vin offrait une échappatoire. Il le vida, se leva, le remplit et le vida encore. Elle s'avança vers lui et posa sa main sur le bras de l'homme. Il regarda son visage, y vit un sourire de sympathie, de nouveau un flot de larmes inonda ses yeux et ruissela sur ses joues. Il fut submergé de honte. Comment pouvait-on l'humilier à ce point ? Il s'assit, serra les poings contre son menton, ferma les yeux. Comment une chose pareille pouvait-elle arriver à Svevo Bandini ?

Pourtant, au milieu de ses larmes, il se pencha pour dénouer les lacets de ses vieilles chaussures trempées. Son pied droit sortit avec un bruit de succion, et l'on découvrit une chaussette grise pleine de trous, un gros orteil rouge et nu. Pour une raison quelconque, il le fit aller et venir. La veuve rit. Son rire le libéra, il oublia sa mortification. Il se hâta de retirer son autre chaussure. La veuve le regardait faire en buvant son vin à petites gorgées.

Les chaussures étaient en kangourou, lui dit-elle, elles coûtaient très cher. Il les mit, apprécia leur lustre et leur fraîcheur. Dieu du ciel, quelles chaussures ! Il les laça puis se leva. Elles étaient si confortables qu'il croyait marcher pieds nus sur un épais tapis. Il traversa la pièce en s'émerveillant d'une sensation aussi agréable.

— Impeccable, dit-il. Fantastique, Mme Hildegarde !

Et maintenant ? Elle lui tourna le dos pour s'asseoir. Il marcha jusqu'à la cheminée.

— Je vais les payer, Mme Hildegarde. Je sous-trairai leur prix de la facture. Cela tomba à plat. Une expression de surprise et de déception, pour lui insondable, apparut sur le visage de la femme.

— Les meilleures chaussures que j'aie jamais eues, dit-il en s'asseyant pour mieux les regarder. Elle se rua à l'autre bout du divan. D'une voix lasse, elle lui demanda de remplir son verre. Il le lui tendit et elle le saisit sans le remercier, sirota son vin en silence, soupirant d'une exaspération contenue. Il sentit son malaise. Peut-être était-il resté trop longtemps ? Il se leva pour partir. Il pressen-tait vaguement que son silence n'augurait rien de bon. Les mâchoires de la veuve étaient crispées, ses lèvres serrées. Elle était peut-être malade, elle dési-rait peut-être rester seule. Il prit ses vieilles chaus-sures et les glissa sous son bras.

— Je crois que maintenant il va falloir que je parte, Mme Hildegarde...

Elle regardait les flammes

— Merci, Mme Hildegarde. Si un jour vous avez encore du travail pour moi...

— Bien sûr, Svevo. Elle leva les yeux vers lui et sourit. Vous êtes un excellent ouvrier, Svevo. Je suis parfaitement satisfaite.

— Merci, Mme Hildegarde.

Et le salaire de son travail ? Il traversa la pièce, arriva devant la porte, et s'arrêta. Elle ne le regar-dait pas s'en aller. Sa main serra le bouton de la porte, le tourna.

— Au revoir, Mme Hildegarde.

Elle bondit sur ses pieds. Un instant. Elle vou-lait lui demander autre chose. Ce tas de pierres dans l'arrière-cour, qui n'avaient pas servi à la construction de la maison. Pouvait-il y jeter un coup d'œil avant de partir ? Peut-être saurait-il quoi en faire ?

Il suivit les hanches rondes à travers l'entrée et jusqu'au porche de derrière ; là, il regarda les pierres par la fenêtre, deux tonnes de pierres à paver couvertes de neige. Il réfléchit quelques instants et proposa diverses solutions : elle pouvait faire beaucoup de choses avec ces pierres — tracer une autre allée, construire un muret autour du jardin, bâtir un cadran solaire et des bancs de jardin, une fontaine, un incinérateur. Le visage de la femme était crayeux et terrifié quand Bandini se détourna de la fenêtre et que son bras frôla son menton à elle. Elle s'était penchée au-dessus de son épaule, mais sans la toucher. Il s'excusa, elle sourit.

— Nous en reparlerons un peu plus tard, dit-elle. Au printemps.

Immobile, elle lui barrait le passage.

— Je veux que vous vous occupiez de tous mes travaux, Svevo.

Ses yeux l'examinaient de la tête aux pieds. Les chaussures neuves attirèrent son regard. Elle sourit encore. — Comment sont-elles ?

— J'en ai jamais eu de meilleures.

Il y avait encore autre chose. Pouvait-il attendre un moment, le temps qu'elle s'en souvienne ? Il y avait quelque chose — quelque chose — quelque chose — elle faisait claquer ses doigts, se mordait pensivement la lèvre. Ils retournèrent par l'étroit couloir. Elle s'arrêta devant la première porte. Sa main joua avec le bouton. Il faisait sombre dans le couloir. Elle ouvrit la porte.

— Voici ma chambre, dit-elle.

Sur la gorge de la femme, il distingua les pulsations de son cœur. Son visage était gris, ses yeux brillaient d'une honte soudaine. Sa main scintillante couvrit les palpitations de sa gorge. Par-dessus l'épaule de la femme, il vit la chambre, le lit blanc, la coiffeuse, la commode. Elle entra dans la pièce, alluma la lumière et décrivit un cercle au milieu du tapis.

— C'est une chambre agréable, vous ne trouvez pas ?

Il regardait la femme, pas la chambre. Il la regardait, ses yeux glissaient vers le lit, puis revenaient sur elle. Il sentit son esprit se réchauffer, prêt à céder aux fruits de l'imagination , cette femme dans cette chambre. Elle marcha vers le lit, ses hanches tissèrent comme un essaim de serpents quand elle tomba sur le lit et y resta allongée, un geste vide agitant sa main.

— C'est tellement agréable ici.

Un geste lascif, insouciant comme le vin. Le parfum de la chambre fascina les battements de cœur de Bandini. Les yeux de la femme étaient fiévreux, ses lèvres se séparaient en une expression douloureuse qui montrait ses dents. Il n'était plus sûr de lui-même. Il plissait les yeux en la regardant. Non — elle ne pouvait pas faire allusion à ça. Cette femme avait trop d'argent. Sa richesse interdisait ce genre de fantasme. Des choses pareilles étaient impensables.

Elle lui faisait face, le bras plié sous la nuque. Le sourire vague lui sembla douloureux, destiné à masquer la peur et la gêne. Le sang de Svevo se rua dans sa gorge ; il déglutit, détourna les yeux, regarda la porte puis le couloir. Autant oublier tout ça. Cette femme ne pouvait pas s'intéresser à un pauvre.

— Je crois que je ferais mieux de partir, Mme Hildegarde.

— Idiot, dit-elle en souriant.

Il rit pour se donner contenance, prêt à céder au chaos de son sang et de son cerveau. L'air du soir allait lui éclaircir les idées. Il fit demi-tour et s'engagea dans le couloir vers la porte d'entrée.

— Espèce d'idiot ! entendit-il. Espèce de paysan stupide !

Mannaggia ! Et par-dessus le marché, elle ne l'avait pas payé. Sa bouche ricana. Elle avait le culot de traiter Svevo Bandini d'idiot ! Elle se leva de son lit pour aller à sa rencontre, ses bras tendus prêts à l'étreindre. Deux secondes plus tard, elle se débattait pour se libérer. Elle eut un rire terrible quand il recula, serrant dans ses poings le corsage déchiré.

Il avait lacéré son corsage exactement comme Maria avait lacéré la chair de son visage à lui. Quand il s'en souvenait aujourd'hui, cette nuit dans la chambre de la veuve conservait beaucoup de valeur à ses yeux. Il n'y avait personne dans la maison, sinon lui et cette femme collée à son corps, qui pleurait de douleur et d'extase, le suppliait d'avoir pitié d'elle, simulait des gémissements qui l'imploraient en fait de se montrer sans pitié. Il rit d'assister ainsi au triomphe de sa pauvreté et de sa rudesse. Cette veuve ! Toute sa richesse, toute sa profonde chaleur potelée, esclave et victime de son propre défi, sanglotant dans le joyeux abandon de la défaite, le moindre de ses soupirs devenait pour lui une nouvelle victoire. Il aurait pu en finir immédiatement avec elle, réduire ses cris à un faible gémissement, mais il se leva pour aller dans le salon où la cheminée luisait doucement dans les ténèbres hivernales, laissant la femme pleurer et suffoquer sur le lit. Alors elle vint le retrouver devant la cheminée et tomba à genoux à ses pieds, le visage noyé de larmes ; il sourit, se prêta de nouveau au jeu du tourment délicieux. Et quand il la quitta, sanglotante et apaisée, il redescendit la route, ivre de joie, convaincu d'être le maître du monde.

Les dés étaient donc jetés. Tout avouer à Maria ? Cette affaire ne regardait que lui et son âme. En lui cachant la vérité, il avait rendu service à Maria — sa femme, ses rosaires et ses prières, ses commandements et ses indulgences. L'eût-elle interrogé, il aurait menti. Mais elle ne lui avait rien demandé. Comme une chatte, elle avait sauté sur l'évidence criante de son visage lacéré. Tu ne commettras pas l'adultère. Bah. Tout était de la faute de la veuve. Lui-même était sa victime.

Elle avait commis l'adultère. Et trouvé une victime consentante.

Pendant la semaine de Noël, il se rendit chez elle quotidiennement. Parfois il sifflait en faisant résonner le heurtoir à tête de renard. Parfois il restait silencieux. Mais toujours la porte s'ouvrait au bout d'un moment et un sourire de bienvenue rencontrait son regard. Il ne parvenait pas à surmonter sa gêne. Cette maison demeurait un lieu où il n'avait rien à faire, un endroit excitant et inaccessible. Elle l'accueillait en robes bleues et en robes rouges, en robes jaunes et vertes. Elle lui offrit des cigares, des Chancellor dans un paquet de Noël. Ils étaient posés sur le manteau de la cheminée, sous ses yeux : il savait que ces cigares lui appartenaient, mais il attendait toujours qu'elle lui proposât de se servir.

Etranges rendez-vous. Sans baisers ni embrassades. Quand il entrait, elle lui serrait chaleureusement la main. Elle était si contente de sa venue — aimerait-il s'asseoir un moment ? Il la remerciait et traversait le salon vers la cheminée. Quelques mots sur le temps ; elle s'informait poliment de sa santé. Puis le silence quand elle reprenait le fil de sa lecture.

Cinq minutes, dix minutes passaient.

Aucun bruit, sinon celui des pages tournées. Elle levait les yeux et souriait. Il posait toujours ses coudes sur ses genoux ; son cou solide gonflé de sang, il regardait les flammes, plongé dans ses pensées ; il songeait à sa maison, ses enfants, la femme assise à côté de lui, sa richesse, il s'interrogeait sur son passé. Bruissement des pages tournées, craquement et sifflement des bûches de pin. Puis elle levait de nouveau les yeux. Pourquoi ne fumait-il pas un cigare ? C'étaient les siens ; il n'avait qu'à se servir. Merci, Mme Hildegarde. Il l'allumait donc, tirait sur le tabac odorant, regardait les panaches de fumée blanche s'échapper de ses lèvres, plongé dans ses pensées.

Sur la table basse, il y avait un carafon de whisky avec des verres et du soda. Désirait-il se servir ? Non, il préférait attendre, les minutes s'écoulaient, les pages bruissaient, puis elle le regardait une fois de plus, avec un sourire courtois pour lui signifier qu'elle se rappelait sa présence.

— Vous ne voulez rien boire, Svevo ?

Protestations, changement de position sur le fauteuil, tapotement du cigare pour en faire tomber la cendre, doigt glissé entre col et cou. Non merci, Mme Hildegarde : il n'était pas ce qu'on appelait un grand buveur. De temps en temps, à la rigueur, mais pas aujourd'hui. Elle écoutait avec un sourire figé en le regardant au-dessus de ses lunettes de lecture, sans accorder la moindre attention à ses paroles.

— Si vous avez envie de vous servir, surtout n'hésitez pas.

Il se servait alors l'équivalent d'un dé à coudre, saisissant puis reposant le carafon d'un geste professionnel. Son estomac absorbait l'alcool comme de l'éther, l'assimilait aussitôt et réclamait une autre dose. Dès lors, la glace se rompait. Il s'en versait un autre, puis un autre ; du whisky de luxe dans une bouteille importée d'Ecosse, quarante *cents* le verre à l'Imperial. Pourtant, il y avait toujours de longues minutes de gêne, un sifflotement dans la pénombre, avant qu'il ne se décidât ; une toux, ou bien il se frottait les mains et se levait pour faire sentir à la femme qu'il allait se resservir, ou encore le fredonnement d'une mélodie informe et sans nom. Ensuite c'était plus facile, l'alcool le libérait et il buvait cul sec sans hésitation. Le whisky, comme les cigares, lui était destiné. Quand il partait, le carafon était vide ; à son retour, il était de nouveau plein.

Chaque fois c'était pareil, l'attente des ombres du soir, la veuve lisant, lui buvant et fumant. Cela ne pouvait durer. Après les fêtes de Noël, tout serait terminé. Cette époque de l'année avait quelque chose de spécial — Noël approchait, l'année écoulée se mourait —, il devinait que cette parenthèse durerait quelques jours ; et il sentait qu'elle aussi le savait.

194

Au bas de la colline, à l'autre bout de la ville, il y avait sa famille, sa femme et ses enfants. Noël était une fête pour les épouses et les enfants. Il quitterait ce lieu pour ne plus jamais y revenir. Avec de l'argent plein les poches. En attendant, il aimait être ici. Il aimait le whisky de luxe, les cigares odorants. Il aimait ce salon agréable, cette femme riche qui y vivait. Tout près de lui, elle lisait son livre, mais bientôt elle irait dans la chambre à coucher et il la rejoindrait. Elle halèterait, pleurerait, puis il partirait au crépuscule, le triomphe accélérant son pas. Il aimait plus que tout leur séparation quotidienne. Cette bouffée de satisfaction et de chauvinisme qui lui disait qu'aucun peuple de la terre n'égalait les Italiens, son ravissement d'être fils de paysan. La veuve avait de l'argent — sans doute. Mais elle gisait là-haut, écrasée, et, bon Dieu, Bandini valait beaucoup mieux qu'elle.

Tous ces soirs, il serait volontiers retourné chez lui, eût-il été sûr que la crise était passée. Mais ce n'était pas le moment de penser à sa famille. Au bout de quelques jours les soucis habituels seraient revenus, si bien qu'il préférait s'attarder dans un monde qui n'était pas le sien. Personne ne savait, sauf son ami Rocco Saccone.

Rocco était content pour lui ; il lui prêtait ses chemises, ses cravates, mettait à la disposition de son ami toute sa vaste garde-robe de costumes. Allongé dans le noir avant de s'endormir, il attendait que Bandini lui fît son compte rendu de la journée. Ils utilisaient l'anglais pour les affaires courantes, mais dès qu'il s'agissait de la veuve, ils s'exprimaient toujours en italien et baissaient la voix comme des conspirateurs.

— Elle veut m'épouser, mentait Bandini. Elle s'est mise à genoux pour me supplier de divorcer d'avec Maria.

— *Si,* répondait Rocco. Vraiment ?

— Non seulement ça, mais elle m'a promis de me donner cent mille dollars.

— Et qu'as-tu répondu ?

— Je réfléchis, mentit-il.

Rocco poussa un cri et se retourna dans l'obscurité.

— Il réfléchit ! *Sangue de la Madonna !* Tu as donc perdu l'esprit ? Prends l'argent ! Prends cinquante mille ! Prends dix mille dollars ! Prends n'importe quoi — fais-le pour rien !

Non, lui dit Bandini, il n'était pas question pour lui d'accepter cette proposition. Cent mille dollars lui permettraient sans doute de résoudre la plupart de ses problèmes, mais Rocco semblait oublier que c'était une question d'honneur, que Bandini n'avait aucun désir de déshonorer sa femme et ses enfants pour le gain d'espèces sonnantes et trébuchantes. Rocco grommela, s'arracha les cheveux, jura à voix basse.

— Bourrique ! lança-t-il. *Ah Dio !* Quelle bourrique !

Cette hypothèse choquait Bandini. Rocco insinuait-il que Bandini était prêt à vendre son honneur au plus offrant — contre cent mille dollars en l'occurrence ? Exaspéré, Rocco alluma la lampe au-dessus du lit. Puis il s'assit, livide, les yeux exorbités, ses poings rouges serrés autour du col de ses sous-vêtements d'hiver.

— Tu veux savoir si moi je serais prêt à vendre mon honneur contre cent mille dollars ? cria-t-il.

Regarde un peu ! Ses bras musclés déchirèrent le devant de ses sous-vêtements, les boutons volèrent à travers la chambre et tintèrent sur le plancher. Toujours assis, il martela sauvagement sa poitrine nue. Je vendrais volontiers non seulement mon honneur, hurla-t-il, mais je me vendrais corps et âme pour au moins mille cinq cents dollars !

Il y eut aussi le soir où Rocco demanda à Bandini de lui présenter la veuve Hildegarde. Bandini secoua la tête d'un air dubitatif. — Tu ne la comprendrais pas, Rocco. C'est une femme très cultivée, elle est licenciée de l'université.

— Bâââh ! dit Rocco, indigné. Et toi, tu te crois sorti de la cuisse de Jupiter ?

Bandini souligna le fait que la veuve Hildegarde lisait énormément de livres, alors que Rocco ne savait ni lire ni écrire l'anglais. Par-dessus le marché, Rocco parlait un anglais très approximatif. Sa présence aurait un seul effet : nuire au peuple italien dans son ensemble et à Bandini en particulier.

Rocco ricana. — Tu essaies de me bourrer le mou ! Il n'y a pas que la lecture et l'écriture dans la vie. Il traversa la chambre jusqu'à la penderie et ouvrit violemment la porte. Savoir lire et écrire ! dit-il avec mépris. Ça t'a servi à quoi ? As-tu autant de costumes que moi ? Autant de cravates ? Ma penderie contient plus de vêtements que celle du président de l'Université du Colorado — ça lui sert à quoi de savoir lire et écrire ?

Le raisonnement de Rocco le fit sourire, mais Rocco n'avait pas totalement tort : poseur de briques ou président d'université, c'était du pareil au même. Seules les circonstances décidaient.

— Je vais parler de toi à la veuve, promit-il.

Mais elle ne s'intéresse pas aux vêtements que peut porter un homme. *Dio cane*, ce serait plutôt le contraire...

Rocco acquiesça doctement.

— Alors je n'ai aucun sujet d'inquiétude.

Les dernières heures qu'il passa avec la veuve furent semblables aux premières. Bonjour, au revoir, et entre les deux l'éternel scénario. Ils étaient irréductiblement étrangers l'un à l'autre ; seule la passion pouvait franchir l'abîme de leurs différences, mais cet après-midi-là, il n'y avait pas de passion.

— Mon ami Rocco Saccone, dit Bandini. Lui aussi est un bon poseur de briques.

Elle baissa son livre et le regarda par-dessus ses lunettes de lecture dorées.

— Vraiment ? murmura-t-elle.

Il jouait avec son verre à whisky.

— C'est un chic type, vraiment.

— Vraiment ? répéta-t-elle. Elle continua de lire pendant quelques minutes. Peut-être aurait-il mieux fait de se taire. Le sous-entendu évident de ses paroles le frappa brusquement.

Alors il marina dans le jus amer de sa gaffe, il fut pris de suées et afficha un sourire absurde au milieu des traits douloureux de son visage. Nouveau silence. Il regarda par la fenêtre. Déjà la nuit était à l'œuvre, déroulant ses tapis d'ombre sur la neige. Il faudrait bientôt partir.

Ce fut une cruelle déception. Si seulement autre chose que l'animalité avait pu se glisser entre cette femme et lui. S'il avait pu déchirer le voile que la richesse de la veuve tendait devant ses yeux. Alors il aurait pu lui parler comme à n'importe quelle femme. Elle le transformait en imbécile. *Jesu Christi !*

Il n'était pas stupide. Il savait parler. Son esprit raisonnait et se débattait au milieu de problèmes bien plus difficiles que les siens. Les livres, très peu pour lui. Les soucis de son existence ne lui avaient laissé aucun loisir pour les livres. Mais il avait pénétré le langage de la vie plus à fond qu'elle, malgré ses livres omniprésents. Son esprit débordait d'expériences dignes d'être racontées.

Assis sur son fauteuil, la regardant pour la dernière fois, croyait-il, il découvrit soudain qu'il ne redoutait pas cette femme. Qu'il ne l'avait jamais redoutée, mais que c'était elle qui le craignait. Cette vérité le fit enrager, son esprit se révolta contre la prostitution à laquelle il avait soumis sa chair. Elle ne leva pas le nez de son livre. Elle ne vit pas l'insolence songeuse qui tordait la moitié de son visage. Brusquement, il fut content d'en finir. Il se leva puis, d'une démarche lente et assurée, traversa la pièce vers la fenêtre.

— La nuit tombe, dit-il. Bientôt, je devrai partir et je ne reviendrai pas.

Le livre s'abaissa.

— Vous avez dit quelque chose, Svevo ?

— Oui, j'ai dit que je ne reviendrai pas.

— Ç'a été délicieux, n'est-ce pas ?

— Vous ne comprenez rien, dit-il. Rien à rien.

— Que voulez-vous dire ?

Il l'ignorait. C'était là, pourtant cela lui échappait. Il ouvrit la bouche pour parler, ouvrit les mains et les tendit devant lui.

— Une femme comme vous...

Il fut incapable d'en dire davantage. Sinon il eût été grossier ou imprécis, il eût trahi la vérité qu'il ne pouvait formuler. Agacé, il haussa les épaules.

Renonce, Bandini ; laisse tomber.

Avec plaisir elle le vit se rasseoir, lui adressa un sourire satisfait et retourna à son livre. Il la regarda avec amertume. Cette femme — elle n'appartenait pas à la race des humains. Elle était glacée, elle se nourrissait de sa vitalité. Il lui en voulut de sa politesse ; elle lui parut mensongère. Il méprisa sa suffisance, se moqua de sa bonne éducation. Mais maintenant que tout était fini et qu'il s'en allait pour de bon, elle aurait pu abandonner son livre pour lui parler. Leur dialogue serait peut-être futile, mais contrairement à elle, il voulait essayer de lui parler.

— Je ne dois pas oublier de vous payer, dit-elle.

Cent dollars. Il les compta, puis glissa les billets dans sa poche arrière.

— Est-ce assez ? demanda-t-elle.

Il sourit. — Si je n'avais pas besoin de cet argent, un million de dollars ne suffiraient pas.

— C'est donc que vous désirez plus. Deux cents ?

Autant éviter toute dispute. Autant se quitter sans amertume. Il projeta ses poings dans les manches de son manteau en mordillant le bout de son cigare.

— Vous reviendrez me voir, n'est-ce pas ?

— Bien sûr, Mme Hildegarde.

Pourtant, il avait la certitude de ne jamais revenir.

— Au revoir, M. Bandini.

— Au revoir, Mme Hildegarde.

— Joyeux Noël.

— Mes meilleurs vœux, Mme Hildegarde.

Au revoir et re-bonjour en moins d'une heure. La veuve alla répondre aux coups frappés à sa porte et vit le mouchoir sanglant qui masquait son visage sauf ses yeux injectés de sang. Elle recula, horrifiée.

— Dieu du ciel !

Il fit tomber la neige de ses chaussures, et de la main brossa le devant de son manteau. A cause du mouchoir, elle ne put voir son sourire satisfait et amer, ni entendre les sourds jurons italiens. Tout ceci était de la faute de quelqu'un, mais pas de Svevo Bandini. Ses yeux accusèrent la veuve quand il entra ; aussitôt la neige collée à ses chaussures forma une mare sur le tapis.

Elle battit en retraite vers l'étagère, le regardant sans voix. La chaleur de la cheminée piqua son visage. Poussant un grognement de rage, il se précipita vers la salle de bains. Elle le suivit, mais resta sur le seuil tandis qu'il pleurait en aspergeant d'eau froide la chair à vif. Ses gémissements bouleversèrent la veuve. Quand il aperçut son visage dans le miroir, il découvrit avec horreur une image soufflée, lacérée de lui-même. Il secoua la tête, submergé de rage et incapable d'accepter son nouveau visage.

— Ah, mon pauvre Svevo !

Pourquoi ces plaies ? Que s'était-il passé ?

— A votre avis ?

— Votre femme ?

Il étala un baume sur les marques de griffe.

— Mais c'est impossible !

— Bah.

Elle se raidit, redressa fièrement le menton.

— Je vous dis que c'est impossible. Qui aurait pu la mettre au courant ?

— Comment voulez-vous que je le sache ?

Il trouva des pansements dans un placard et entreprit de déchirer des bandes de gaze et de ruban adhésif. Le ruban résista. Il lança une bordée de jurons et le brisa contre son genou avec une violence qui le fit vaciller en arrière contre la baignoire. Triomphant, il brandit le ruban adhésif devant ses yeux et se moqua de lui.

— N'essaie pas de faire le malin avec *moi* ! lui dit-il.

Elle tendit la main pour l'aider.

— Non, grogna-t-il. C'est pas un bout de ruban qui va faire peur à Svevo Bandini.

Elle partit dans le couloir. Quand elle revint, il fixait des morceaux de gaze sur ses plaies. Il y avait quatre longues bandes sur chaque joue, qui partaient des yeux et descendaient jusqu'au menton. Il sursauta en la voyant. Elle s'était habillée pour sortir : manteau de fourrure, écharpe bleue et couvre-chaussures. Son élégance naturelle, la simplicité séduisante de son minuscule chapeau coquettement incliné sur le côté, l'écharpe de laine éclatante tombant du col luxueux de sa fourrure, les couvre-chaussures gris aux boucles impeccables et ses longs gants gris indiquaient sans ambiguïté ce qu'elle était — une femme riche signalant subtilement sa différence. Terrifié, il se figea.

— La porte au bout du couloir donne sur la chambre d'ami, dit-elle. Je pense rentrer aux alentours de minuit.

— Vous allez quelque part ?

— C'est Noël, ce soir. Elle dit cela d'un ton qui sous-entendait qu'un autre soir, elle serait restée à la maison.

Elle partit ; le bruit de sa voiture descendant la route de montagne se fondit dans le silence. Une impulsion bizarre s'empara de lui. Il était seul dans cette maison, tout seul. Il entra dans la chambre de la veuve et fouilla dans ses affaires. Il ouvrit des tiroirs, regarda de vieilles lettres et divers papiers. Sur la coiffeuse, il déboucha tous les flacons de parfum pour les renifler, puis remit soigneusement les flacons où il les avait trouvés. Ce désir qui le tenaillait depuis longtemps, il s'y soumettait maintenant qu'il était seul, désir de toucher, de sentir, de caresser, de palper et d'examiner à loisir tout ce qui appartenait à cette femme. Il caressa sa lingerie, pressa entre ses paumes des bijoux glacés. Il ouvrit les petits tiroirs mystérieux de son secrétaire, examina stylos à encre et crayons, flacons et boîtes diverses. Il scruta les étagères, fouilla dans les malles, en sortit les moindres babioles, souvenirs, colifichets ou bijoux, observant longuement chacun, l'évaluant, puis le remettant méticuleusement à sa place. Etait-il un voleur cherchant son butin ? Désirait-il connaître le passé mystérieux de cette femme ? Non, cent fois non. Il découvrait un nouveau monde et voulait le connaître à fond. Cela et rien de plus.

Peu après onze heures, il sombra dans le lit moelleux de la chambre d'ami. Son corps ne s'était jamais allongé sur un lit de cette qualité. Il crut s'enfoncer interminablement avant de s'immobiliser dans une sorte de matière impalpable et infiniment agréable. Autour de ses oreilles, il sentait la douce chaleur du satin. Il soupira comme on sanglote. Cette nuit au moins, il connaîtrait la paix. Allongé, il s'adressait à voix basse les inflexions musicales de sa langue maternelle.

— Tout va s'arranger — dans quelques jours, elle aura tout oublié. Elle a besoin de moi. Mes enfants ont besoin de moi. D'ici quelques jours, elle n'y pensera même plus.

Il entendit le lointain carillon des cloches qui appelaient les fidèles pour la messe de minuit à l'église du Sacré-Cœur. Il se dressa sur un coude, aux aguets. Lendemain de Noël. Il imagina sa femme agenouillée dans la nef, ses trois fils s'éloignant de l'autel en une pieuse procession pendant que le chœur chantait *Adeste Fideles*. Son épouse, la pitoyable Maria. Ce soir, elle porterait ce vieux chapeau usé, aussi vieux que leur mariage, rénové chaque année pour sacrifier, autant que faire se peut, au goût de la mode. Ce soir — non, en ce moment même, — il savait qu'elle s'agenouillait avec lassitude, ses lèvres tremblantes marmonnant une prière pour lui-même et ses enfants. Oh l'étoile de Bethléem ! Oh la naissance de l'Enfant Jésus !

Par la fenêtre il voyait tomber les flocons de neige, Svevo Bandini dans le lit d'une autre femme pendant que son épouse priait pour son âme immortelle. Il gisait là, léchant les grosses larmes qui ruisselaient sur son visage couvert de pansements. Demain il rentrerait chez lui. Il n'avait plus le choix. A genoux, il plaiderait le pardon et la paix. A genoux, quand les gosses seraient partis et qu'ils se retrouveraient seuls l'un devant l'autre. Car jamais il ne pourrait faire ça devant eux. Les gosses riraient et gâcheraient tout son effet.

Le lendemain matin, un seul regard dans le miroir suffit à détruire toute sa détermination. Il découvrit l'image hideuse de son visage ravagé, les cernes noirs sous les yeux, les joues tuméfiées couleur lie-de-vin. Jamais il ne pourrait exhiber devant quiconque ces plaies qui en disaient plus long que n'importe quel ragot. Ses propres fils reculeraient, horrifiés. Grommelant et jurant, il se jeta dans un fauteuil et se prit la tête à deux mains. *Jesu Christi !* Il n'osait même pas sortir dans la rue. Personne n'aurait manqué de lire le langage de la violence gravé sur sa face. Il aurait beau inventer n'importe quel mensonge — une chute sur la glace, une rixe en jouant aux cartes —, il ne faisait aucun doute que des ongles féminins avaient lacéré son visage.

Il s'habilla, passa sur la pointe des pieds devant la porte fermée de la veuve, et alla dans la cuisine où il prit son petit déjeuner : café noir et tartines de pain beurré. Puis il fit la vaisselle et retourna à sa chambre. Du coin de l'œil, il s'aperçut dans le miroir de la commode. Son reflet le mit en rage et il serra les poings pour s'empêcher de briser le miroir. Gémissant et jurant, il se jeta sur le lit ; sa tête se mit à rouler de droite et de gauche quand il réfléchit que ses plaies mettraient peut-être une semaine à cicatriser et son visage à désenfler avant de retrouver une apparence présentable à la société des humains.

Jour de Noël sans soleil. Il ne neigeait plus. Toujours allongé, il écoutait le bruit régulier des gouttes d'eau qui tombaient du toit. Vers midi, il entendit les coups discrets de la veuve à sa porte. Il sut aussitôt que c'était elle ; pourtant il bondit de son lit comme un criminel traqué par la police.

— Vous êtes là ? demanda-t-elle.

Il ne pouvait lui faire face.

— Un instant ! dit-il.

Il ouvrit rapidement le tiroir supérieur de la commode, en arracha une serviette de toilette dont il se couvrit le visage, le masquant entièrement sauf

les yeux. Alors il ouvrit la porte. Si l'apparence de
son hôte l'étonna, elle ne le montra pas. Elle avait
serré ses cheveux dans un mince filet, enveloppé
son corps potelé dans un peignoir rose à volants.

— Joyeux Noël, lui dit-elle en souriant.

— Mon visage, s'excusa-t-il en le montrant du
doigt. Je le tiens au chaud avec la serviette. Ça cica-
trise plus vite.

— Avez-vous bien dormi ?

— Jamais dormi dans un lit aussi bon. Il est
formidable, très moelleux.

Elle traversa la pièce pour s'asseoir au bord du
lit et faire rebondir matelas et sommier.

— Pas mal, dit-elle, il est même plus moelleux
que le mien.

Elle hésita, puis se leva. Ses yeux rencontrèrent
franchement ceux de Bandini.

— Vous savez que vous êtes ici le bienvenu,
dit-elle. J'espère que vous allez rester.

Que répondre ? Il garda le silence en cherchant
une réponse adéquate.

— Je vais vous payer la chambre et les repas,
dit-il enfin. Votre prix sera le mien.

— Quelle drôle d'idée ! rétorqua-t-elle. Je vous
interdis de me faire pareille proposition ! Vous êtes
mon invité. Ceci n'est pas une pension ni un hôtel
— c'est ma maison !

— Vous êtes une brave femme, madame Hildegarde. Une brave femme.

— Cessez donc de dire des bêtises !

Malgré tout, il décida de la payer. Deux ou trois
jours, jusqu'à ce que les plaies soient cicatrisées...
A deux dollars par jour... En tout cas, pas question
de remettre ça avec Mme Hildegarde.

Il y avait autre chose :

— Nous allons devoir être très prudents, dit-elle. Vous savez comment sont les gens.

— Je sais, ne vous inquiétez pas, répondit-il.

Il restait encore quelque chose. Elle plongea la main dans la poche de son peignoir. Une clef avec une courte chaîne aux maillons sphériques.

— C'est la clef de la porte latérale, dit-elle

Elle la laissa tomber dans la main ouverte de Bandini, qui l'examina en feignant un étonnement injustifié devant cette petite clef, qu'il glissa bientôt dans sa poche.

Autre problème :

Elle espérait qu'il n'allait pas le prendre mal, mais c'était le jour de Noël et cet après-midi elle attendait des invités. Les cadeaux de Noël, les salutations.

— Il vaudrait peut-être mieux...

— Bien sûr, coupa-t-il. Je comprends.

— Ça ne presse pas. D'ici une heure environ.

Puis elle partit. Il retira la serviette de son visage, s'assit sur le lit et se frotta la nuque, stupéfait. De nouveau, son regard aperçut l'image hideuse dans le miroir. *Dio Christo !* C'était encore pire qu'avant. Et puis, que faire maintenant ?

Brusquement, il vit les choses sous un autre angle. La bêtise de sa situation le révolta. Il était vraiment le dernier des imbéciles pour accepter de se faire mener par le bout du nez sous prétexte que des gens devaient venir dans cette maison. Il n'était pas un criminel ; il était un homme, un homme droit. Il avait un métier. Il était syndiqué. Citoyen américain. Et il avait des fils. Son foyer était tout près ; peut-être ne lui appartenait-il pas, mais c'était

207

son foyer, son toit. Que lui était-il donc arrivé pour qu'il rampe et se terre comme un criminel ? Il avait mal agi — *certamente* — mais quel homme sur terre ne se trompait jamais ?

Son visage — bah !

Il se campa devant le miroir et ricana. Un à un, il retira tous ses pansements. Il existait d'autres choses plus importantes que son visage. En tout cas, d'ici quelques jours on ne remarquerait plus rien. Il n'était pas un pleutre ; il était Svevo Bandini ; avant tout, un homme — un homme courageux. Et comme un homme, il se présenterait devant Maria pour lui demander de lui pardonner. Sans supplier. Sans ramper. Pardonne-moi, il dirait. Pardonne-moi. J'ai mal agi. Ça n'arrivera plus.

Sa détermination envoya un frisson de plaisir dans tout son corps. Il saisit son manteau, rabattit son chapeau sur ses yeux et sortit de la maison à pas feutrés sans dire un mot à la veuve.

Noël ! Il se lança tête baissée dans ce jour de fête, s'enivrant de l'air piquant. Quel Noël ç'allait être ! Quelle satisfaction d'avoir le courage de ses convictions. Il s'exaltait d'être aussi honnête et courageux ! Au bas de la colline, il s'engagea dans une des premières rues de la ville et aperçut une femme avec un chapeau rouge qui venait à sa rencontre. L'occasion rêvée pour tester son visage. Il bomba le torse et releva le menton. A son immense plaisir, la femme ne le dévisagea même pas après un bref coup d'œil. Tout le reste du chemin, il siffla *Adeste Fideles*.

Maria, me voici !

Dans l'allée de devant, personne n'avait déblayé la neige. Tiens tiens, les gosses prenaient leurs aises pendant son absence. Eh bien, cela allait changer, et pas plus tard que maintenant. Il allait repenser toute l'organisation de la maison. Non seulement lui-même, mais toute la famille allait tourner la page, dès aujourd'hui.

Bizarre, la porte d'entrée était fermée à clef, les rideaux tirés. Pourtant, cela s'expliquait : il se souvint que, le jour de Noël, il y avait cinq messes à l'église et que la dernière était à midi. Les garçons y assistaient certainement. En revanche, Maria allait toujours à la messe de minuit, la veille au soir. Elle était donc sûrement à la maison. Il tambourina en vain sur la porte. Ensuite, il fit le tour jusqu'à la porte de derrière, elle aussi fermée à clef. Par la fenêtre de la cuisine, il regarda à l'intérieur. Le panache de vapeur sortant de la bouilloire posée sur le poêle lui prouva qu'il y avait bien quelqu'un à la maison. Il frappa de nouveau, cette fois avec les deux poings. Pas de réponse.

« Nom de Dieu », grommela-t-il en contournant la maison jusqu'à la fenêtre de sa chambre à coucher. Les stores étaient baissés, mais la fenêtre ouverte. Il gratta dessus avec ses ongles et appela le nom de sa femme

— Maria! Oh, Maria.

— Qui est-ce ?

Une voix ensommeillée, fatiguée.

— C'est moi, Maria. Ouvre.

— Qu'est-ce que tu veux ?

Il l'entendit se lever du lit, puis le bruit d'une chaise bousculée dans l'obscurité Le rideau s'ouvrit sur le côté et il vit son visage lourd de sommeil, son regard vague, ses yeux plissés sous la lumière aveuglante de la neige. Il s'étrangla, rit doucement, partagé entre la joie et la peur.

— Maria.

— Va-t'en, dit-elle. Je ne veux pas te voir.

Le rideau se referma.

— Mais Maria. Ecoute-moi !

La voix de la femme était tendue, énervée.

— Je ne veux pas que tu m'approches. Va-t'en. Je ne supporte pas de te voir !

Ses mains s'appuyèrent contre le grillage et il passa la tête par la fenêtre pour la supplier.

— Maria, s'il te plaît. J'ai quelque chose à te dire. Ouvre la porte, Maria, laisse-moi te parler.

— Oh Seigneur ! s'écria-t-elle. Va-t'en, va-t'en! Je te hais, je te hais !

Le rideau vert se déchira brusquement, il aperçut un éclair métallique, recula aussitôt la tête, et le grillage de fil de fer fut percé si près de son oreille qu'il se crut blessé. Dans la pièce, il l'entendit sangloter et gémir. Il recula encore pour examiner le rideau déchiré, le grillage percé. Plantée dans le fil de fer jusqu'à la poignée, la longue paire de ciseaux de couture vibrait encore. Il retourna vers la rue. Une sueur glacée ruisselait sur son corps, son cœur battait comme un marteau de forge. Quand il glissa la main dans sa poche pour chercher un mouchoir, ses doigts rencontrèrent un objet métallique et froid : la clef que la veuve lui avait donnée.

Très bien. Elle l'avait voulu.

9

Les vacances de Noël se terminèrent et le 9 janvier l'école rouvrit ses portes. Ç'avaient été des vacances désastreuses, épuisantes de malheur et de conflits. Deux heures avant la première cloche, August et Federico s'assirent sur les marches de Sainte-Catherine en attendant que le concierge ouvre la porte. Mieux valait ne pas dire tout haut ce qu'ils pensaient tout bas, mais l'école était nettement plus agréable que la maison.

Pas pour Arturo.

Il redoutait plus que tout la perspective d'affronter Rosa. Il partit de la maison quelques minutes avant le début des cours, marcha lentement pour être sûr de ne pas la croiser dans le hall, au risque d'être en retard. Il arriva un quart d'heure après la sonnerie, se traîna dans l'escalier comme s'il avait les deux jambes brisées. Mais son attitude changea du tout au tout dès que sa main toucha le bouton de la porte de la classe. Vif et brusque, haletant comme après une longue course, il tourna le bouton, se glissa dans la classe et se hâta de rejoindre sa place sur la pointe des pieds.

Sœur Mary Celia était au tableau noir, à l'extrémité opposée de la table de Rosa. Il était content, car ainsi il pouvait éviter le doux regard de Rosa. Sœur Celia expliquait le théorème de Pythagore ; des fragments de craie voletaient autour d'elle tandis qu'elle lacérait le tableau noir d'équations anguleuses, son œil de verre plus brillant que jamais fusillant le retardataire avant de retourner vers le tableau. Il se rappela le bruit qui courait parmi les élèves : la nuit, quand elle dormait, l'œil brillait sur sa table de chevet, surveillant implacablement les ténèbres, et gagnait en luminosité dès que des cambrioleurs s'en approchaient. Elle acheva ses griffonnages au tableau noir et frappa dans ses mains pour les débarrasser de la poussière de craie.

— Bandini, dit-elle. L'année a beau changer, vous restez fidèle à vous-même. Une explication, je vous prie.

Il se leva.

— Ça va faire mal, chuchota un élève.

— Je suis allé dire un rosaire à l'église, dit Arturo. Je voulais faire don de la nouvelle année à la Vierge Marie.

L'excuse était irréprochable.

— Baratin, murmura quelqu'un.

— Je préfère vous croire, dit sœur Celia. Même si je sais que vous mentez. Asseyez-vous.

Il s'assit en cachant derrière ses mains la moitié gauche de son visage. Le cours de géométrie se poursuivit dans la torpeur générale. Il ouvrit son manuel et l'étala sur sa table, ses deux mains dissimulant toujours son visage. Il devait pourtant se décider à la regarder. Desserrant légèrement les doigts, il jeta un coup d'œil rapide dans la direction de Rosa. Puis il se redressa.

La place de Rosa était vide. Du regard, il balaya toute la classe. Elle n'était pas là. Rosa n'était pas à l'école. Pendant dix minutes, il essaya de se sentir soulagé et content. Puis il avisa la blonde Gertie Williams, de l'autre côté de la travée. Gertie était une amie de Rosa.

— Pssssssst, Gertie.

Elle le regarda.

— Hé, Gertie, où est Rosa ?

— Elle est pas ici.

— Je sais bien, andouille. Où est-elle ?

— Chez elle, j'imagine.

Il détestait Gertie. Il l'avait toujours détestée, elle et son pâle menton pointu qui montait et descendait sans cesse, entraîné par le chewing-gum. Grâce à Rosa qui l'aidait, Gertie obtenait toujours des B. Mais Gertie était tellement transparente qu'en la regardant dans le blanc des yeux on apercevait le fond de son crâne sans rencontrer le moindre obstacle, sinon la faim qu'elle avait des garçons, mais pas d'un garçon comme lui parce qu'il avait les ongles trop sales et que Gertie prenait toujours un air dégagé pour lui faire sentir son mépris.

— Tu l'as vue récemment ?

— Pas récemment.

— Quand l'as-tu vue pour la dernière fois ?

— Ça ne date pas d'hier.

— Quand ? Espèce de bourrique !

— Au premier de l'an, dit Gertie d'un air dédaigneux.

— Elle laisse tomber cette école ? Elle est inscrite dans une autre ?

— Je ne crois pas.

— Comment peut-on être aussi bouchée ?

— Ça ne te plaît pas ?

— À ton avis ?

— Je vous prie de ne plus m'adresser la parole, Arturo Bandini, car je n'ai pas la moindre envie de discuter avec vous.

Crétine. Sa journée était foutue. Toutes ces années où Rosa et lui avaient été dans la même classe. Depuis deux ans, il l'aimait ; presque chaque jour pendant sept ans et demi, Rosa avait fréquenté la même classe que lui, et maintenant sa place était vide. La seule chose au monde qui lui importait, en dehors du base-ball, et elle était partie, laissant à sa place le souvenir radieux de ses cheveux noirs. Cela et une petite table rouge où la poussière commençait de s'accumuler.

La voix de sœur Mary Celia devint sifflante et insupportable. Le cours de géométrie se métamorphosa en leçon d'anglais. Il sortit le *Livre du Base-ball de l'année* pour étudier les performances de Wally Ames, troisième homme de base des Toledo Mudhens, membres de l'Association américaine.

Agnes Hobson, la sale petite pimbêche faux-jeton aux incisives en dents de lapin jugulées par du fil de cuivre, lisait à haute voix *la Dame du Lac* de Sir Walter Scott.

Pft, quelle plouc. Pour lutter contre l'ennui, il calcula la moyenne des points marqués par Wally Ames au cours de toute sa carrière, puis la compara à celle de Nick Cullop, le puissant défonceur de guichet des Atlanta Crackers dans l'Association du

Sud. Au bout d'une heure de calculs mathématiques complexes qui remplirent cinq feuilles de papier, Arturo conclut que le score moyen de Cullop était de dix points supérieur à celui de Wally Ames.

Il poussa un soupir de plaisir. Ce nom — Nick Cullop — avait quelque chose de sec et de puissant qui lui plaisait beaucoup plus que le prosaïque Wally Ames. Il finit par détester Ames et par rêver à Cullop, à son apparence, à ses passions, à sa réaction si Arturo lui écrivait pour lui demander un autographe. Quelle journée assommante. Il avait mal aux cuisses, ses yeux s'embuaient de sommeil. Il bâilla et se mit à tourner en dérision tout ce que disait sœur Celia. Il passa l'après-midi à regretter amèrement tout ce qu'il n'avait pas fait, les tentations auxquelles il avait résisté pendant ces vacances qui étaient désormais irrévocablement terminées.

Jours de tristesse, jours d'attente.

Le lendemain matin, il arriva à l'heure, réglant son pas pour franchir le seuil de l'école juste au moment de la sonnerie. Il monta les marches quatre à quatre, obsédé par la table de Rosa bien avant de la voir par-dessus la cloison des vestiaires. La place était vide. Sœur Mary Celia fit l'appel.

Payne. Présent.

Penigle. Présent.

Pinelli.

Silence.

Il regarda la nonne tracer un X dans le registre des absences. Puis elle le rangea dans le tiroir du bureau et réclama le silence pour la prière du matin. Après quoi le calvaire recommença.

— Sortez vos manuels de géométrie.

Va te faire voir, pensa-t-il.

— Pssssssst. Gertie. T'as vu Rosa ?

— Non.

— Elle est en ville ?

— J'en sais rien.

— C'est ton amie. Pourquoi ne te renseignes-tu pas ?

— Peut-être je vais le faire. Peut-être pas.

— Comme elle est gentille.

— Ça te plaît pas ?

— J'aimerais que ton chewing-gum t'étouffe.

— Tu peux toujours attendre !

A midi, il alla se promener sur le terrain de base-ball. Il n'avait pas neigé depuis Noël. Un soleil furieux fulminait dans le ciel et passait sa colère sur un monde de montagnes pétrifié par la glace. Des paquets de neige dégringolaient des peupliers nus plantés autour du terrain de base-ball, tombaient à terre et survivaient quelques heures avant que la bouche jaune du ciel ne les dévore. Des panaches de brume montaient de la terre, un brouillard vaporeux dérivait sur la plaine. A l'ouest, les nuées orageuses refluaient en désordre, renonçant à attaquer les montagnes, les immenses pics innocents qui tendaient leurs lèvres reconnaissantes vers le soleil.

Une journée chaude, mais encore trop humide pour le base-ball. Ses pieds s'enfonçaient en gargouillant dans la boue noire autour de la cage du lanceur. Demain, peut-être. Ou après-demain. Mais où était Rosa ? Il s'appuya contre le tronc d'un peuplier. C'était le territoire de Rosa. L'arbre de Rosa. Parce que tu l'as regardé, parce que tu l'as peut-être touché. Et ce sont les montagnes de Rosa, d'ailleurs peut-être les regarde-t-elle en ce moment même. Tout ce qu'elle regardait appartenait à Rosa, tout ce qu'il regardait appartenait à Rosa.

A la sortie de l'école, il passa devant sa maison en marchant sur le trottoir opposé. Cut Plug Wiggins, qui distribuait le *Denver Post*, passa à vélo, lançant d'un geste nonchalant le journal du soir sur les porches. Arturo siffla et le rattrapa.

— Tu connais Rosa Pinelli ?

Cut Plug cracha un filet de jus de tabac dans la neige.

— Tu parles de l'Italienne qu'habite à cent mètres dans la rue ? Pour sûr que j' la connais.

— Tu l'as vue récemment ?

— Non.

— Quand l'as-tu vue pour la dernière fois, Cut Plug ?

Cut Plug se pencha sur son guidon, essuya la sueur de son front, cracha un nouveau jet de tabac et entama une profonde méditation. Arturo, qui attendait de bonnes nouvelles, prit son mal en patience.

— La dernière fois que j' l'ai vue, c'était y a trois ans, dit enfin Cut Plug. Pourquoi donc ?

— Rien, dit-il, laisse tomber.

Trois ans ! Et ce crétin avait annoncé ça comme si ça n'avait aucune importance.

Jours de tristesse, jours d'attente.

A la maison régnait le chaos. Quand ils rentraient de l'école, ils trouvaient les portes ouvertes, les pièces livrées à l'air froid du soir. Les poêles éteints crachaient leurs cendres. Où est-elle ? Ils la cherchaient. Elle n'était jamais loin, parfois dans la vieille étable en pierre du pâturage, assise sur une caisse ou appuyée contre un mur, les lèvres frémissantes. Un soir, ils la cherchèrent longtemps après le crépuscule, ils ratissèrent le voisinage, inspectèrent les cabanes et les étables, cherchèrent les traces de ses pas sur les berges du petit torrent qui, en une nuit, s'était métamorphosé en un cours tumultueux d'eau brunâtre qui rugissait et charriait de la terre et des arbres. Debout sur les berges, ils regardèrent les flots furieux. Ils ne parlèrent pas. Ils se divisèrent et entreprirent des recherches en amont et en aval. Une heure plus tard, ils revinrent à la maison. Arturo s'occupa du feu. August et Federico se blottirent autour de lui.

— Elle va bientôt rentrer à la maison.

— Bien sûr.

— Elle est peut-être allée à l'église.

— Peut-être.

Ils l'entendirent sous leurs pieds. Ils la trouvèrent en bas, dans la cave, agenouillée sur la barrique de vin que papa avait juré de ne pas mettre en perce avant qu'elle n'ait dix ans. Elle n'accorda pas la moindre attention à leurs supplications. Elle observa d'un œil froid les larmes qui coulaient sur le visage d'August. Ils sentirent qu'ils n'avaient aucune importance. Arturo la tira doucement par le bras pour la faire sortir de la cave. Aussitôt, elle le gifla du plat de la main. Il rit, vaguement gêné, toucha la marque rouge sur sa joue.

— Laissez-la tranquille, leur dit-il. Elle veut rester seule.

Il ordonna à Federico d'apporter une couverture. Il en retira une du lit, redescendit à la cave, s'approcha de Maria et en enveloppa ses épaules. Elle se redressa, la couverture glissa et couvrit ses jambes et ses pieds. Il n'y avait rien d'autre à faire. Ils remontèrent et attendirent.

Longtemps après, elle arriva. Autour de la table de la cuisine, ils tripotaient leurs livres, essayaient de s'occuper, essayaient de jouer les enfants sages. Ils virent ses lèvres bleues, entendirent sa voix grise.

— Vous avez dîné ?

Bien sûr qu'ils avaient dîné. Sacrément bien dîné, d'ailleurs. Ils avaient tout préparé eux-mêmes.

— Qu'avez-vous mangé ?

Arturo se décida :

— Du pain et du beurre.

— Il n'y a pas de beurre, dit-elle. Cela fait trois semaines qu'il n'y a plus de beurre dans cette maison.

Federico se mit à pleurer.

Quand ils partaient à l'école le matin, elle dormait. August tenait à l'embrasser pour lui dire au revoir dans sa chambre. Federico aussi. Ils voulaient parler de leurs déjeuners ; mais elle dormait, cette inconnue allongée sur le lit et qui ne les aimait pas.

— Vaut mieux la laisser toute seule.

Ils s'éloignaient en soupirant. Vers l'école. August et Federico y allaient ensemble, puis Arturo qui baissait le feu et faisait une dernière inspection avant de partir. Devait-il la réveiller ? Non, qu'elle dorme. Il remplissait un verre d'eau et le posait à son chevet. Ensuite, il sortait de la maison à pas de loup et se dirigeait vers l'école.

— Psssssssst. Gertie.

— Qu'est-ce tu veux ?

— T'as vu Rosa ?

— Non.

— Que lui est-il arrivé ?

— Je sais pas.

— Elle est malade ?

— Je pense pas.

— De toute façon, tu es incapable de penser. T'es trop bête pour ça.

— Alors arrête de me poser des questions.

A midi, il retourna sur le terrain de base-ball. Le soleil était toujours aussi furieux. La butte avait séché, les plaques de neige se raréfiaient. Il y avait un gros tas de neige contre le grillage nord, que le vent avait amassé là et couvert d'un linceul gris. Mais l'air était sec et le temps idéal pour l'entraînement. Il passa le restant de l'heure du déjeuner à sonder les membres de l'équipe. Et si on s'entraînait un peu ce soir ? — le terrain est impeccable. Ils l'écoutaient d'un air bizarre, même Rodriguez, le bloqueur, le seul môme de l'école à aimer le base-ball aussi fanatiquement que lui. Attends un peu, ils lui disaient. Attends le printemps, Bandini. Il essaya de les convaincre. Il réussit à les convaincre. Mais après les cours, il les attendit une heure, assis tout seul sous les peupliers au bord du terrain, il comprit qu'ils ne viendraient pas, et il rentra lentement chez lui, passa devant la maison de Rosa, s'avança jusqu'à la pelouse de la maison de Rosa. L'herbe était si verte et lumineuse qu'il en goûtait presque la saveur. Une femme sortit de la maison voisine, ramassa son journal, regarda les gros titres, puis observa Arturo d'un air méfiant. Je ne fais rien de spécial : je passe simplement dans le quartier. Sifflotant un cantique, il marcha jusqu'au bout de la rue.

Jours de tristesse, jours d'attente.

Ce jour-là, sa mère avait fait la lessive. Quand

il arriva dans l'allée de la maison, il vit le linge qui séchait sur la corde. La nuit était tombée brusquement, glacée. La lessive semblait gelée. En remontant l'allée, il toucha les vêtements raidis par le froid, frotta sa main contre les tissus craquants jusqu'au bout de la corde. Drôle de jour pour une lessive, car celle-ci avait toujours lieu le lundi. Aujourd'hui, c'était mercredi, peut-être jeudi ; en tout cas, certainement pas lundi. Drôle de lessive, aussi. Il s'arrêta sur le porche pour réfléchir à l'étrangeté de cette lessive et comprit soudain : tous les vêtements propres et raides étalés sur la corde appartenaient à son père. Pas un seul à lui-même ni à ses frères, non, même pas une paire de chaussettes.

Du poulet pour dîner. Debout à la porte, il huma l'odeur enivrante du poulet rôti. Du poulet, comment était-ce possible ? La seule volaille rescapée du poulailler était Tony, le gros coq. Sa mère n'aurait jamais tué Tony. Sa mère adorait Tony, sa fière crête crénelée, ses belles plumes bigarrées. Elle avait fixé deux bagues rouges de celluloïd à ses pattes et se moquait de sa démarche de matamore. Pourtant, c'était bel et bien Tony : sur l'évier, Arturo vit les deux bagues brisées comme deux gros ongles.

En quelques minutes et malgré sa chair coriace, ils le mirent en pièces. Mais Maria n'y toucha pas. Elle trempait des morceaux de pain dans son assiette, où elle avait versé une mince pellicule d'huile d'olive jaune. Souvenirs de Tony : un sacré coq ! Ils évoquèrent son long règne dans le poulailler : ils se rappelèrent ses exploits en une époque révolue. Maria plongeait son pain dans l'huile d'olive et regardait dans le vague.

— Quelque chose se passe, mais on ne peut en parler, dit-elle. Car quand on a foi en Dieu, on doit prier, pourtant je ne vais pas prêcher la bonne parole.

Leurs mâchoires se figèrent et ils la regardèrent. Silence.

— Qu'est-ce que t'as dit, maman ?

— Je n'ai rien dit du tout.

Federico et August se dévisagèrent en essayant de sourire. Puis August blêmit, se leva et quitta la table. Federico prit un bout de pain blanc et l'imita. Arturo mit ses mains sous la table et serra les poings jusqu'à ce que la douleur de ses paumes fût plus forte que son désir de crier.

— Quel poulet ! dit-il. Tu devrais y goûter, maman. Juste un petit bout.

— Quoi qu'il arrive, il faut que tu aies la foi, dit-elle. Je n'ai pas de jolies robes, je ne vais pas danser avec lui, mais j'ai la foi, et ils ne le savent pas. Mais Dieu le sait, et la Vierge Marie. Quoi qu'il arrive, ils le savent. Parfois, je reste assise ici toute la journée, et quoi qu'il arrive, ils le savent parce que Dieu est mort crucifié.

— Bien sûr qu'ils le savent, dit-il.

Il se leva, la prit dans ses bras et l'embrassa. Il vit sa poitrine : les seins blancs flasques, et il pensa aux nouveau-nés, à Federico bébé.

— Bien sûr qu'ils le savent, répéta-t-il.

Alors il sentit la vague déferler sur lui, prête à l'engloutir, et il ne put le supporter.

— Bien sûr qu'ils le savent, maman.

Bombant le torse, il sortit de la cuisine et alla se réfugier dans le placard à vêtements de sa chambre. Derrière la porte, il décrocha le sac de linge à moitié rempli et le pressa contre son visage. Puis il se laissa submerger, hurlant et pleurant jusqu'à ce que ses côtes fussent douloureuses. Quand il eut fini, qu'il se sentit propre et sec, sans autre souffrance que ses yeux à vif, il pénétra dans la lumière du salon et comprit qu'il devait trouver son père.

— Occupez-vous d'elle, dit-il à ses frères.

Elle s'était recouchée, ils l'apercevaient par la porte ouverte, le visage tourné vers le mur.

— Que devons-nous faire si elle fait des bêtises ? demanda August.

— Elle ne fera pas de bêtises. Restez tranquilles et soyez gentils.

Clair de lune. On voyait assez pour jouer au base-ball. Il prit le raccourci par le pont à chevalet. Sous le pont, à ses pieds, des migrants se blottissaient autour d'un feu rouge et jaune. A minuit, ils sauteraient dans le train express de marchandises à destination de Denver, trente milles plus loin. Il se surprit à scruter leurs visages, à chercher celui de son père. Mais Bandini ne pouvait être parmi eux ; Arturo devait chercher son père à la salle de jeu Imperial ou dans la chambre de Rocco Saccone. Son père était inscrit au Syndicat. Il ne pouvait pas être avec les migrants autour du feu.

Il n'était pas non plus à l'Imperial.

Jim le barman.

— Il est parti il y a environ deux heures avec le rital tailleur de pierres.

— Rocco Saccone ?

— Exactement — cet Italien qui joue les bellâtres.

Il trouva Rocco dans sa chambre, assis à côté de la radio près de la fenêtre, mangeant des noix, écoutant du jazz. Il avait étalé un journal à ses pieds, où il jetait les coquilles vides. Debout à la porte, il remarqua la sombre douceur des yeux de Rocco et comprit qu'il n'était pas le bienvenu. Mais son père ne se trouvait pas dans cette chambre, Arturo ne vit aucune trace de lui.

— Où est mon père, Rocco ?

— Comment je le saurais ? C'est ton pater. C'est pas le mien.

Pourtant, le garçon devinait la vérité.

— Je croyais qu'il habitait ici avec toi.

— Maintenant, il habite tout seul.

Arturo sentit aussitôt le mensonge.

— Où habite-t-il, Rocco ?

Rocco lança ses mains en l'air.

— Je sais pas. Je le vois plus du tout.

Autre mensonge.

— Jim le barman prétend que tu étais avec lui ce soir.

Rocco bondit sur ses pieds et agita son poing.

— Ce Jim, quel fieffé menteur ! Faut toujours qu'il mette son nez dans les affaires des autres. Ton pater, c'est un vrai homme. Il sait c' qu'il fait.

Maintenant lui aussi savait.

— Rocco, dit-il, connais-tu une certaine Effie Hildegarde ?

Rocco parut décontenancé.

— Effie Hildegarde ? — Ses yeux explorèrent le plafond. — Qui est cette femme ? Pourquoi me demandes-tu ça ?

— Pour rien.

Maintenant il en était sûr. Rocco se précipita derrière lui dans le couloir et hurla dans la cage d'escalier :

— Hé, le bambino ! Où vas-tu maintenant ?

— Chez moi.

— *Bene*, dit Rocco. La maison, les bambini ne devraient jamais sortir de la maison.

Il s'aventurait hors de son territoire. A mi-chemin du cottage de la veuve Hildegarde, il sentit qu'il n'oserait pas affronter son père. Il n'avait rien à faire là-bas. Sa présence serait celle d'un intrus, impudente. Comment oser demander à son père de rentrer à la maison ? Et si son père lui répondait : fous le camp d'ici ? D'ailleurs, il savait pertinemment que telle serait la réponse de son père. Il ferait mieux de rebrousser chemin et de rentrer à la maison, car il abordait un univers qu'il ignorait totalement. Là-haut, son père vivait avec une femme. Cela changeait tout. Il se souvint de quelque chose : un jour, quand il était plus jeune, il alla chercher son père à la salle de jeu. Son père quitta sa table et le suivit dehors. Puis ses doigts serrèrent ma gorge, pas vraiment fort, juste assez pour me faire sentir qu'il ne plaisantait pas, et il me dit : ne refais jamais ça.

Il redoutait son père, il avait une trouille bleue de son père. Dans toute son existence, il n'avait pris que trois corrections. Trois seulement, mais leur violence terrifiante restait gravée dans sa mémoire.

Il n'avait pas la moindre envie d'en subir une quatrième.

Il se cacha dans l'ombre profonde des pins, à la lisière de l'allée circulaire et de la pelouse qui le séparaient de la demeure en pierre. Les deux fenêtres de la façade étaient éclairées derrière les stores vénitiens qui dissimulaient l'intérieur des pièces aux regards indiscrets. Le spectacle du cottage baignant au clair de lune, la lueur des montagnes blanches qui se dressaient à l'ouest, la beauté du site, tout cela le rendit très fier de son père. Rien à dire : c'était rudement chouette. Son père était une vraie canaille, personne ne le contestait, mais n'empêche qu'en ce moment même il était dans ce cottage, et cela prouvait indubitablement quelque chose. Quand on pouvait emménager dans une baraque aussi somptueuse, on n'était pas le dernier des crétins. Papa, tu es un type formidable. Tu bousilles maman, mais tu es formidable. Toi et moi. Car un jour, moi aussi je ferai pareil, et la mienne s'appelle Rosa Pinelli.

Il s'avança à pas de loup sur le gravier de l'allée, jusqu'à une bande de pelouse détrempée, puis se dirigea vers le garage et le jardin situés derrière la maison. Un amoncellement de pierres taillées, de planches, d'auges à mortier, et un tamis à sable lui apprirent que son père travaillait dans le jardin. Sur la pointe des pieds, il rejoignit ce modeste chantier. L'objet énigmatique sur lequel il travaillait se dressait comme un monticule noir couvert de paille et de bâches pour empêcher le mortier de geler.

Soudain, il fut amèrement déçu. Après tout, son père ne vivait peut-être pas là. Il était peut-être un simple poseur de briques qui arrivait le matin pour repartir le soir. Il souleva une bâche. On aurait dit un banc de pierre. Aucune importance. Tout cela était une supercherie. Son père n'habitait pas avec la femme la plus riche de la ville. Bon Dieu, il travaillait simplement pour elle. Ecœuré, il retourna vers la route en empruntant l'allée couverte de gravier, trop désillusionné pour s'inquiéter du crissement de ses pas.

Alors qu'il atteignait l'orée des pins, il entendit le déclic d'un verrou. Aussitôt il s'aplatit sur une couche d'aiguilles humides ; un rai de lumière issu de la porte du cottage zébra la nuit silencieuse. La silhouette d'un homme s'encadra dans la porte ; il se campa au bord de l'étroite terrasse, l'extrémité incandescente d'un cigare dessinant une bille rouge sur sa bouche. C'était Bandini. Levant le visage vers le ciel, il aspira l'air froid à longues goulées. Arturo frissonna de plaisir. Nom d'un canard boiteux, il paraissait en pleine forme ! Il portait des chaussons rouge vif, un pyjama bleu et une robe de chambre rouge avec une ceinture à glands blancs. Nom d'un caneton boiteux, on aurait dit Helmer le banquier ou le président Roosevelt. On aurait dit le roi d'Angleterre. Bon Dieu, quel mec ! Quand son père fut rentré en refermant la porte derrière lui, ses doigts s'enfoncèrent avec délice dans la terre, et ses dents malaxèrent les aiguilles de pin acides. Dire qu'il était venu ici pour essayer de ramener son père à la maison ! Il avait donc perdu la tête. Pour rien au monde, il n'aurait profané l'image de son père rayonnant dans la splendeur de ce nouveau monde. Sa mère devrait souffrir ; ses frères et lui-même auraient faim. Mais leur sacrifice serait récompensé. Ah, quelle vision merveilleuse ! Comme il dégringolait au bas de la colline, bondissant sur la route et lançant parfois une pierre dans le ravin, son esprit se nourrissait voracement de la scène qu'il venait de contempler.

Mais un seul regard au visage émacié et ravagé de sa mère plongée dans un sommeil qui n'apportait aucun repos suffit à ranimer la haine qu'il éprouvait pour son père.

Il la secoua.

— Je l'ai vu, dit-il.

Elle ouvrit les yeux et humecta ses lèvres.

— Où est-il ?

— Il habite à l'hôtel Rocky Mountain. Il partage la chambre de Rocco. Juste lui et Rocco.

Elle ferma les yeux, se détourna de lui, écartant son épaule du léger contact de la main d'Arturo. Il se déshabilla, éteignit les lumières de la maison, puis se glissa dans le lit, se collant au dos brûlant d'August en attendant que les draps glacés se réchauffent.

A un moment de la nuit, on le réveilla. Il ouvrit ses yeux poisseux de sommeil et la vit assise à côté de lui, qui le secouait. Il distinguait à peine son visage car elle n'avait pas allumé la lumière.

— Qu'a-t-il dit ? chuchota-t-elle.

— Qui ? Mais aussitôt il se souvint et s'assit. Il a dit qu'il voulait revenir à la maison. Il a dit que tu l'en empêchais. Il a dit que tu le flanquerais dehors. Il avait peur de rentrer à la maison.

Elle se redressa fièrement.

— Il le mérite, dit-elle. Il n'a pas le droit de me faire subir ça.

— Il semblait terriblement abattu et triste. Je crois qu'il est malade.

— Bah ! fit-elle.

— Il veut rentrer à la maison. Il a honte.

— Tant mieux, dit-elle en cambrant les reins. Après ça, il aura peut-être compris ce qu'est un foyer. Qu'il moisisse donc là-bas encore quelques jours. Il reviendra ici à genoux. Je connais cet homme.

Il était si fatigué qu'il s'endormit pendant qu'elle parlait.

Jours de tristesse, jours d'attente.

Le lendemain matin, au réveil, il trouva August les yeux grands ouverts, et ils écoutèrent le bruit qui les avait réveillés. C'était maman dans la pièce de devant, qui balayait les tapis d'avant en arrière. Il y avait du pain et du café au petit déjeuner. Pendant qu'ils mangeaient, elle prépara leur déjeuner avec les restes du poulet de la veille. Ils étaient très contents : elle portait sa jolie robe d'intérieur bleue, ses cheveux étaient soigneusement coiffés — en fait, ils n'avaient jamais vu leur mère avec une coiffure aussi soignée ; le chignon enroulé au sommet du crâne découvrait ses oreilles qu'ils crurent voir pour la première fois. D'habitude, ses cheveux dénoués les cachaient. De jolies petites oreilles roses.

August parle :

— Aujourd'hui, c'est vendredi. Faut manger du poisson.

— Grenouille de bénitier ! lance Arturo.

— Je savais pas qu'on était vendredi, dit Federico. T'aurais mieux fait de te taire, August.

— C'est une grenouille de bénitier, insiste Arturo.

— Ce n'est pas un péché de manger du poulet le vendredi, intervient María, quand on n'est pas assez riche pour acheter du poisson.

Exact. Trois hourra pour maman. Ils ridiculisèrent August, lequel renifla de mépris. — Peu importe, je ne compte pas manger de poulet aujourd'hui.

— O.K., p'tit branleur.

Il resta intraitable. Maria lui prépara un morceau de pain trempé dans l'huile d'olive. Ses deux frères se partagèrent sa part de poulet.

Vendredi. Jour d'interrogation écrite. Pas de Rosa.

Pssssst, Gertie. Elle fit une bulle avec son chewing gum et regarda de son côté.

Non, elle n'avait pas vu Rosa.

Non, elle ne savait pas si Rosa était en ville.

Non, elle n'avait aucune nouvelle. Et même si elle en avait eu, elle ne lui dirait rien. Parce que, pour être vraiment honnête, elle préférait ne pas lui adresser la parole.

— Espèce de grosse vache, dit-il. T'es qu'une vache à lait bouffeuse de chewing gum.

— Métèque !

Il s'empourpra, se leva à moitié de sa chaise.

— Espèce de petite salope blondasse !

Elle poussa un léger cri et enfouit son visage entre ses mains.

Jour d'interrogation. Vers dix heures et demie, il sut qu'il avait loupé la géométrie. Quand la cloche de midi sonna, il se battait encore avec sa composition anglaise. Il restait deux élèves dans la classe : lui et Gertie Williams. Tout, plutôt que de sortir après Gertie. Il renonça à répondre aux trois dernières questions, ramassa ses feuilles et les rendit. A la porte des vestiaires, il regarda par-dessus son épaule et lança un ricanement triomphal à Gertie, ses cheveux blonds en bataille, ses dents menues mordillant fièvreusement l'extrémité de son stylo.

Elle lui retourna son regard avec une haine indicible, des yeux qui disaient : je vais te faire payer ça, Arturo Bandini, tu vas le payer.

A deux heures, le même jour, elle eut sa revanche. Pssssssst, Arturo.

Le message qu'elle lui destinait tomba sur le manuel d'histoire du garçon. Le sourire éclatant de Gertie, l'expression sauvage de ses yeux, ses mâchoires crispées avertirent Arturo de ne pas lire le message. Mais sa curiosité l'emporta.

Cher Arturo Bandini,
Certaines personnes se prennent trop au sérieux ; et certaines (parfois les mêmes) ne sont que de vulgaires étrangers. Tu te crois peut-être très malin, mais beaucoup d'élèves de cette école te détestent, Arturo Bandini. En tout cas, la personne qui te déteste le plus se nomme Rosa Pinelli. Elle te déteste plus que moi, car je sais que tu es un pauvre garçon italien et je me moque que tu sois tout le temps sale. J'ai appris que les gens démunis volent parfois, moyennant quoi je n'ai pas été surprise quand quelqu'un (devine qui) m'a dit que tu volais des bijoux pour les offrir à sa fille. Mais elle est trop honnête pour les garder, et je crois qu'elle a fait preuve de caractère en les rendant. S'il te plaît, Arturo Bandini, ne me pose plus de questions à propos de Rosa Pinelli, car elle ne peut pas te supporter. Hier soir, Rosa m'a dit que les horreurs dont tu étais capable la dégoûtaient. Il est vrai que tu es un étranger ; ceci explique peut-être cela.
DEVINE QUI ????

Il sentit son estomac se contracter, et un sourire faux sur ses lèvres tremblantes. Il se retourna lentement pour regarder Gertie, lui offrant le spectacle pitoyable d'un visage stupide au sourire figé. Dans les yeux de Gertie, une expression de plaisir, de regret, d'horreur. Il froissa le message entre ses mains, se tassa sur sa chaise et cacha son visage. N'eût été le rugissement de son cœur, il était mort, aveugle, aphone, sourd et insensible.

Soudain, il prit conscience de murmures autour de lui, d'une agitation nouvelle dans la classe. Il s'était passé quelque chose, l'air bruissait d'un événement inconnu. La Sœur Supérieure s'en alla, Sœur Celia remonta sur l'estrade et se campa derrière son bureau.

— Levez-vous et agenouillez-vous.

Ils se levèrent ; dans le léger brouhaha tous regardèrent les yeux calmes de la nonne. — Nous venons de recevoir des nouvelles tragiques de l'hôpital universitaire, dit-elle. Nous devons nous montrer courageux, nous devons prier. Notre bien-aimée camarade de classe, notre bien-aimée Rosa Pinelli, est morte de pneumonie cet après-midi, à deux heures.

Il y avait du poisson pour dîner, car grand-mère Donna avait envoyé cinq dollars dans une lettre. Dîner tardif : ils se mirent à table à huit heures seulement. Sans raison particulière. Le poisson était cuit depuis longtemps, mais Maria le garda au four. Quand ils se réunirent autour de la table, il régna d'abord une certaine confusion : August et Federico se battirent pour la même place. Puis ils comprirent pourquoi : maman avait de nouveau mis le couvert pour papa.

— Il va venir ? demanda August.

— Bien sûr qu'il va venir, dit Maria. Où crois-tu que ton père pourrait manger ?

Réponse insolite. August observa sa mère. Elle portait une autre robe d'intérieur propre, la verte, et elle dévorait. Federico but son lait et s'essuya la bouche.

— Hé, Arturo. Ta copine est morte. On nous a demandé de prier pour elle.

Il ne mangeait pas, il poussait son poisson dans son assiette avec le bout de sa fourchette. Depuis deux ans, il se vantait devant ses parents et ses frères d'être le petit ami de Rosa. Il devait trouver une échappatoire.

— C'était pas ma copine. Juste une amie.

Mais il inclina la tête pour éviter le regard de sa mère, la vague de sympathie qui émanait de Maria et menaçait de l'engloutir.

— Rosa Pinelli est morte ? demanda-t-elle. Quand ?

Tandis que ses frères répondaient, il sentit Maria déverser sur lui toute sa compassion, et il eut peur de lever les yeux. Il repoussa sa chaise pour se lever.

— Je n'ai pas très faim.

Il évita le regard de sa mère en entrant dans la cuisine pour aller dans l'arrière-cour. Il désirait être seul, se livrer totalement à l'étau qui enserrait sa poitrine, parce qu'elle me détestait et que je la dégoûtais, mais sa mère ne voulut pas l'abandonner, elle sortit de la salle à manger, il entendit ses pas, se leva pour traverser la cour en courant et rejoindre l'allée.

— Arturo !

Il descendit jusqu'au pâturage où ses chiens

233

étaient enterrés, où il pourrait se fondre dans l'obscurité, et là il s'effondra en larmes, adossé contre
le saule noir, parce qu'elle me détestait, parce que
je suis un voleur, mais bon Dieu, Rosa, je l'ai volé
à ma mère, ce n'est pas vraiment du vol, juste un
cadeau de Noël, d'ailleurs j'ai payé pour cela, je
suis allé me confesser et le prêtre m'a absous.

Il entendit sa mère l'appeler dans l'allée, le supplier de lui dire où il était. — J'arrive, répondit-il
en s'assurant que ses yeux étaient bien secs, léchant
le goût des larmes sur ses lèvres. Il enjamba le fil
de fer barbelé de la clôture à l'angle du pâturage,
elle s'avança vers lui au milieu de l'allée, serrant
un châle sur ses épaules et se retournant de temps
à autre vers la maison. D'une main vive, elle ouvrit
le poing fermé d'Arturo.

— Chuuuuuut. Pas un mot à Federico ni August.
Dans sa paume, il découvrit une pièce de cinquante *cents*.

— Va au cinéma, murmura-t-elle. Et achète-toi
une glace avec la monnaie. Chuuuuuuut. Pas un mot
de tout ça à tes frères.

Il se retourna avec indifférence, descendit l'allée
en sentant le poids absurde de la pièce dans sa main.
Quand il eut franchi quelques mètres, elle l'appela
et il se retourna.

— Chuuuut. Pas un mot à ton père. Et puis
tâche de rentrer avant lui.

Il descendit jusqu'au drugstore en face de la
station-service et but un milk-shake sans en sentir
le goût. Une bande d'étudiants entrèrent et s'assirent autour de la fontaine. Une grande fille d'une
vingtaine d'années s'assit à côté de lui. Elle dénoua
son écharpe et baissa le col de son blouson de cuir.

Il l'observa dans le miroir derrière la fontaine, ses joues rouges, son visage avivé par l'air froid de la nuit, ses grands yeux gris brillant d'excitation. Quand elle croisa son regard dans le miroir, elle se retourna et lui sourit, découvrant une rangée éblouissante de dents régulières.

— Salut ! lui lança-t-elle avec le sourire qu'elle réservait aux garçons plus jeunes qu'elle. Il lui dit bonsoir, elle ne lui adressa plus la parole, concentrant toute son attention sur l'étudiant assis à côté d'elle, un type banal portant sur sa poitrine un « C » en or et argent. La vigueur éclatante de la jeune fille lui fit oublier sa peine. Dominant l'odeur d'éther et de médicaments, il discerna le parfum du lilas. Il regarda les longs doigts effilés, les lèvres charnues et mobiles qui buvaient le Coca, la gorge rose qui palpitait chaque fois qu'elle avalait une gorgée. Il paya sa boisson et s'arracha de son tabouret. La fille se retourna pour le regarder partir, un sourire éblouissant en guise d'au revoir. Cela et rien de plus, mais quand il se retrouva devant le drugstore, il fut convaincu que Rosa Pinelli n'était pas morte, que la nouvelle résultait d'une confusion déplorable, qu'elle était bien vivante, riant et respirant comme l'étudiante qu'il venait de quitter, comme n'importe quelle fille du monde.

Cinq minutes plus tard, figé sous le lampadaire devant la maison obscure de Rosa, il découvrit avec horreur et désespoir le terrible objet blanc qui trouait la nuit, les longs rubans de soie qui se balançaient à la moindre brise : en signe de mort, la couronne mortuaire. Il crut que sa bouche s'emplissait de sciure. Il fit demi-tour et descendit la rue. Les arbres, même les arbres soupiraient ! Il accéléra le pas. Le vent, le vent froid et solitaire ! Il se mit à courir. Les morts, les morts horribles ! Ils l'assaillaient de toutes parts, tourbillonnaient hors du ciel nocturne, l'appelaient en gémissant, fondaient sur lui pour l'emporter dans les ténèbres. Il courait comme un fou, l'écho de ses pas précipités hurlait dans les rues désertes, il sentait une moiteur froide et terrifiante comme une main glacée dans son dos. Il prit le raccourci par le pont à chevalet. Il trébucha sur une traverse de chemin de fer, tomba, rampa sur les rails glacés. Il se remit à courir avant d'être complètement debout, trébucha de nouveau, retomba et repartit à toutes jambes. Quand il atteignit la rue où il habitait, il trotta ; quand il fut à quelques mètres seulement de sa maison, il ralentit et de la main brossa ses vêtements pour les nettoyer.

Sa maison.

Elle était là, et la fenêtre de devant était éclairée. Sa maison, où il ne se passait jamais rien, où il faisait chaud, où la mort ne rôdait pas.

— Arturo...

Sa mère se dressait à la porte. Passant devant elle, il entra dans la pièce chaude, huma son air, la dévora des yeux, rassasiant son esprit de cette présence rassurante. August et Federico étaient déjà au lit. Il se déshabilla vite, frénétiquement, dans la pénombre. Puis la lumière s'éteignit dans la pièce de devant et la maison fut plongée dans l'obscurité.

— Arturo ?

Il alla à son chevet.

— Oui ?

Elle repoussa les couvertures et saisit le bras de son fils.

— Viens au chaud, Arturo. Avec moi.

Ses propres doigts parurent fondre en larmes quand il se glissa à côté d'elle et qu'il se perdit dans la chaleur apaisante de ses bras.

Le rosaire pour Rosa.

Il était là en ce dimanche après-midi, agenouillé avec ses camarades de classe devant l'autel de la Vierge Marie. Loin devant, les parents de Rosa levaient leurs têtes sombres vers la madone de cire. Ils étaient si gros, une masse imposante malmenée et convulsée tandis que les sèches intonations du prêtre flottaient dans l'église froide comme un oiseau épuisé condamné à repartir une fois encore pour un voyage sans fin. Voilà ce qui arrivait quand on mourait. Un jour, lui aussi mourrait et quelque part sur terre tout cela recommencerait. Il ne serait plus là, sa présence serait superflue. Il serait mort, et pourtant les vivants ne lui seraient pas inconnus, car cela arriverait de nouveau, comme un souvenir se perpétuant sans le moindre support vivant.

Rosa, ma Rosa, je ne peux croire que tu me détestais, car là où tu es maintenant, il n'y a pas de haine, ici parmi nous et cependant si loin. Je suis seulement un garçon, Rosa, et le mystère du lieu que tu as rejoint n'en est plus un quand je pense à la beauté de ton visage ou au rire de tes couvre-chaussures quand tu entrais dans le hall. Parce que tu es si adorable, Rosa, tu étais une fille si gentille, je te désirais et un type ne peut pas être vraiment mauvais quand il aime une fille aussi bonne que toi. Mais si tu me détestes encore maintenant, Rosa, et je ne peux pas croire que tu continues à me détester, alors regarde ma peine et crois bien que j'aimerais te voir ici. Pourtant, je sais que tu ne peux pas revenir, Rosa mon seul amour, mais cet après-midi, dans cette église glacée, une bouffée de ta présence plane, le réconfort de ton pardon, la tristesse de ne pouvoir te toucher, parce que je t'aime et je t'aimerai toujours, et quand ils se réuniront demain pour moi, alors je saurai que tu fais irrémédiablement partie de mon avenir...

Après le service, ils se retrouvèrent brièvement dans le vestibule. Sœur Celia se moucha plusieurs fois dans un minuscule mouchoir, puis réclama le silence. Ils remarquèrent que son œil de verre s'était déplacé et qu'on voyait à peine la pupille.

— Les funérailles auront lieu demain matin à neuf heures, dit-elle. La classe de seconde sera en congé pour la journée.

— Ouais ! Super !

Le regard mort de l'œil de verre transperça le coupable. C'était Gonzalez, le cancre de la classe. Il recula jusqu'au mur et rentra la tête dans les épaules en souriant d'un air gêné.

— Vous ! dit la nonne. Je savais bien que c'était vous !

Il souriait bêtement.

— Les garçons de seconde sont priés de se rassembler dans la classe immédiatement après la sortie de l'église. Les filles peuvent rentrer chez elles.

Ils traversèrent en silence la cour de l'église, Rodriguez, Morgan, Kilroy, Heilman, Bandini, O'Brien, O'Leary, Harrington et tous les autres. Aucun ne parlait ; ils montèrent l'escalier, entrèrent dans la classe au premier étage et rejoignirent leurs tables. Ils regardèrent en silence la table de Rosa couverte de poussière, ses livres toujours dans son casier. Sœur Celia entra.

— Les parents de Rosa ont demandé que les garçons de sa classe portent demain son cercueil. Que les volontaires lèvent la main.

Sept mains se tendirent vers le plafond. La nonne considéra tous les volontaires, puis leur demanda d'avancer un à un. Harrington, Kilroy, O'Brien, O'Leary. Bandini. Arturo faisait partie des élus, entre Harrington et Kilroy. Elle réfléchit au cas d'Arturo Bandini.

— Non, Arturo, dit-elle. Je crains que vous ne soyez pas assez solide pour cette tâche.

— Mais si ! insista-t-il en dévisageant Kilroy, O'Brien, Heilman. Pas assez solide ! D'accord, ils avaient une tête de plus que lui, mais à un moment ou un autre, il les avait tous dérouillés. Et il aurait pu dérouiller simultanément deux d'entre eux, n'importe quand, n'importe où.

— Non, Arturo. Allez vous rasseoir. Morgan, avancez, je vous prie.

Il se rassit, goûtant l'amère ironie de la situation. Ah, Rosa ! Il aurait pu la porter dans ses bras pendant des heures, l'emmener dans cent tombes différentes pour la ramener à chaque fois, et pourtant Sœur Celia l'avait jugé trop faible. Ces nonnes ! Elles étaient si douces, si tendres — et tellement stupides ! Toutes ressemblaient à Sœur Celia : elles avaient un seul œil valide ; l'autre, inutile, ne voyait plus. A cette heure, il savait qu'il ne devait haïr personne, mais ce fut plus fort que lui : il haït Sœur Celia.

Cynique et dégoûté, il descendit les marches de

l'école et retrouva l'après-midi hivernal. L'air fraîchissait déjà. Tête baissée, mains fourrées dans les
poches, il se mit en route vers chez lui. Au croisement, il leva les yeux et aperçut Gertie Williams
sur l'autre trottoir, ses omoplates saillantes sous son
manteau de laine rouge. Elle marchait lentement,
les mains dans les poches de son manteau qui soulignait ses hanches maigres. Il grinça des dents en
repensant au message de Gertie. Rosa te déteste et
les horreurs dont tu es capable la dégoûtent. Brusquement, comme il montait sur le trottoir, Gertie
entendit son pas. Dès qu'elle le vit, elle accéléra.
Il ne désirait nullement lui parler ou la suivre,
mais dès qu'elle accéléra, il ne put s'empêcher de
lui emboîter le pas et d'accélérer lui aussi. Soudain,
quelque part entre les omoplates de Gertie, il vit
la vérité. Rosa n'avait jamais dit ça. Rosa *n'aurait
pas pu dire* une chose pareille. Sur personne. C'était
un mensonge. Gertie avait écrit qu'elle avait vu
Rosa hier ! Mais c'était impossible, car ce jour-là
Rosa était très malade ; d'ailleurs elle était morte
à l'hôpital l'après-midi suivant.

Quand il se mit à courir, Gertie l'imita, mais
elle n'était pas de taille à le distancer. Quand il la
rattrapa, et qu'il se planta devant elle en écartant
les bras pour l'empêcher de passer, elle se figea sur
place, mains sur les hanches, son pâle regard plein
de défi.

— Si tu oses porter la main sur moi, Arturo
Bandini, je hurle.

— Gertie, dit-il, si tu ne me dis pas la vérité à
propos de ton message, je vais te gifler.

— Oh, ça ! dit-elle d'un air hautain. Tu dois être
très fort pour ce genre de chose !

— Gertie, reprit-il, Rosa ne t'a jamais dit qu'elle me détestait, et tu le sais pertinemment.

Gertie écarta le bras du garçon, lança ses boucles blondes en arrière et dit : — En tout cas, même si elle ne l'a pas dit, j'ai dans l'idée qu'elle le pensait.

Immobile, il la regarda descendre la rue en se pavanant, balançant la tête comme un poney du Shetland. Puis il éclata de rire.

10

Les funérailles du lundi matin furent un épilogue. Il ne désirait nullement y assister ; il en avait assez de la tristesse. Quand August et Federico furent partis à l'école, il s'assit sur les marches du porche et offrit son torse au chaud soleil de janvier. Encore un peu de patience et ce serait le printemps ; dans deux ou trois semaines, les grands clubs du championnat descendraient vers le Sud pour l'entraînement de printemps. Il enleva sa chemise et s'allongea à plat-ventre sur l'herbe brune et sèche. Rien de tel qu'un bronzage précoce pour épater les autres gars de la ville.

Une belle journée, aussi belle qu'une fille. Il roula sur le dos et regarda les nuages filer vers le Sud. Tout là-haut le vent soufflait en tempête ; il avait entendu dire qu'il venait du fin fond de l'Alaska et de la Russie, mais les hautes montagnes protégeaient la ville. Il pensa aux livres de Rosa, à leurs couvertures de toile cirée aussi bleue que le ciel ce matin. Une journée paisible, deux chiens en balade, s'arrêtant brièvement au pied de chaque arbre. Il colla son oreille contre le sol. Là-bas, au nord de la ville, dans le cimetière des hautes terres, on descendait Rosa dans sa tombe. Il souffla doucement sur le sol, l'embrassa, mit un peu de terre sur le bout de sa langue. Un jour, il demanderait à son père de tailler une stèle pour la tombe de Rosa.

Le facteur descendit le porche des Gleason et traversa la rue vers la maison des Bandini. Arturo se leva et saisit la lettre qu'il lui tendit. Elle venait de grand-mère Toscana. Il rentra dans la maison et vit sa mère déchirer l'enveloppe. Elle contenait un bref message et cinq dollars. Elle fourra le billet de cinq dollars dans sa poche et brûla le message. Arturo retourna s'allonger sur l'herbe.

Peu après, Maria sortit de la maison avec le porte-monnaie des courses. Il ne décolla pas sa joue de l'herbe rase ni ne répondit quand elle l'avertit qu'elle serait de retour dans une heure. L'un des chiens traversa la pelouse et renifla ses cheveux. Il était marron et noir, avec d'énormes pattes blanches. Arturo sourit quand sa grosse langue chaude lécha ses oreilles. Il dessina un cercle avec son bras, et le chien passa la tête dedans. Bientôt la bête s'endormit. Arturo plaça son oreille contre son poitrail poilu et compta les battements de cœur. Le chien ouvrit alors un œil, bondit sur ses pattes et lécha le visage du garçon avec une affection débordante. Deux autres chiens apparurent, pressés, inspectant rapidement les arbres de la rue. Le chien brun et noir dressa les oreilles, se manifesta en aboyant prudemment et se lança à leur poursuite. Ils s'arrêtèrent et se mirent à grogner pour lui ordonner de les laisser tranquilles. Tristement, le chien brun et noir revint vers Arturo, qui sentit son cœur bondir vers l'animal.

243

— Reste ici avec moi, lui dit-il. Tu es mon chien. Tu t'appelleras Jumbo. Le bon gros Jumbo.

Jumbo bondit de joie et recommença à lécher son visage.

Il donnait un bain à Jumbo dans l'évier de la cuisine quand Maria rentra de la ville. Elle hurla, lâcha ses paquets et s'enfuit dans sa chambre en verrouillant la porte derrière elle.

— Fais-le sortir ! s'écria-t-elle. Fais-le sortir d'ici.

Jumbo, qui se débattait, réussit à se libérer et fila hors de la maison comme une flèche en répandant de l'eau et du savon partout. Arturo le poursuivit en le suppliant de revenir. Jumbo courait au ras du sol, décrivait des cercles à toute vitesse, se vautrait dans l'herbe, s'ébrouait pour se sécher. Il s'engouffra dans la cabane à charbon. Un nuage de poussière de charbon s'échappa par la porte. Sur le porche arrière, Arturo maugréait. Enfermée dans sa chambre, sa mère hurlait toujours. Il courut jusqu'à sa porte et tenta de la calmer, mais elle refusa de sortir tant que les portes de la maison ne seraient pas fermées à clef.

— C'est seulement Jumbo, dit-il pour l'apaiser. C'est juste mon chien, Jumbo.

Elle retourna dans la cuisine et jeta un coup d'œil par la fenêtre. Noir de poussière de charbon, Jumbo courait en tous sens, se roulait par terre avant de repartir comme une fusée.

— On dirait un loup, dit-elle.

— C'est vrai qu'il tient du loup, mais il est gentil.

— Je ne veux pas de lui ici, dit-elle.

Cela, il le sentit, marquait le début d'une controverse qui durerait au moins deux semaines. Ç'avait été la même chose avec tous ses chiens. Et comme ses prédécesseurs, Jumbo finirait par suivre Maria avec dévotion, sans plus accorder un seul regard aux autres membres de la famille.

Il la vit déballer ses emplettes.

Spaghetti, sauce tomate, parmesan. Pourtant, ils ne mangeaient jamais de spaghetti pendant la semaine. Ce plat était réservé au dimanche soir.

— Comment ça se fait ?

— C'est une petite surprise pour ton père.

— Il revient à la maison ?

— Il va revenir aujourd'hui.

— Comment le sais-tu ? Tu l'as vu ?

— Ne me pose pas de questions. Je suis certaine qu'il va revenir aujourd'hui.

Il coupa un morceau de fromage pour Jumbo, sortit et l'appela. Il découvrit que Jumbo savait faire le beau. Il fut ravi : ce n'était pas un simple chien errant, c'était un chien intelligent. Cela tenait sans doute à son héritage de chien-loup. En compagnie de Jumbo qui, nez à terre, reniflait et marquait tous les arbres des deux trottoirs, tantôt à un bloc devant lui, tantôt à un demi-bloc derrière, le rejoignant ventre à terre et aboyant joyeusement, il marcha vers l'ouest en direction des basses collines dominées par les pics blancs.

A la limite de la ville, là où la route de la veuve Hildegarde obliquait brusquement vers le sud, Jumbo gronda comme un loup, explora les sapins et les sous-bois de part et d'autre du chemin, puis disparut dans le ravin, son grondement menaçant avertissant les bêtes sauvages des environs. Un limier ! Arturo le regardait se faufiler dans les broussailles, le ventre collé au sol. Quel chien ! Un croisement entre le loup et le limier.

A une centaine de mètres du sommet de la colline, il entendit un bruit qui lui était familier depuis sa petite enfance : le bruit métallique du maillet de son père frappant le ciseau qui fendait la pierre. Il fut content : cela signifiait que son père porterait ses vêtements de travail, et il aimait son père ainsi, — il était plus facile à aborder en vêtements de travail.

Il y eut un bruit de broussailles écrasées sur sa gauche, et Jumbo bondit sur la route. Entre ses crocs, il tenait une charogne de lapin, mort depuis maintes semaines et puant la pourriture et la décomposition. Jumbo gambada sur la route pendant une dizaine de mètres, lâcha sa proie puis entreprit de l'examiner, la tête collée au sol, les pattes arrière en l'air, son regard faisant la navette entre Arturo et le lapin. Un grognement sauvage et profond monta de sa gorge quand Arturo approcha... La puanteur était insupportable. Arturo essaya de donner un coup de pied dans le lapin pour l'envoyer dans les fourrés, mais Jumbo le saisit vivement dans sa gueule et fila comme un trait en galopant triomphalement. Malgré l'odeur infecte, Arturo ne put s'empêcher de l'admirer. Bon Dieu, quel chien ! Il tenait du loup, du limier, et aussi du retriever.

Mais il oublia Jumbo, oublia tout, jusqu'aux paroles qu'il avait préparées, quand sa tête dépassa le sommet de la colline et qu'il vit son père qui le regardait venir, son marteau dans une main, son ciseau dans l'autre. Campé au sommet de la colline, il attendait, immobile. Une longue minute, Bandini le regarda droit dans les yeux. Puis il brandit son marteau, se concentra sur son ciseau et se remit à frapper la pierre. Arturo comprit alors que son arrivée ne dérangeait pas son père. Il traversa le gravier de l'allée jusqu'au lourd banc sur lequel Bandini travaillait. Il dut attendre longtemps, plissant les yeux pour éviter les éclats de pierre qui volaient en tous sens, avant que son père ne parle.

— Pourquoi n'es-tu pas à l'école ?

— Pas d'école aujourd'hui. Il y a eu un enterrement.

— Qui est mort ?

— Rosa Pinelli.

— La fille de Mike Pinelli ?

— Oui.

— C'est un sale type, ce Mike Pinelli. Il suit jamais les consignes de grève à la mine de charbon. Un salopard.

Il se remit à l'œuvre. Il préparait la pierre, la sculptait pour l'ajouter à un banc, tout près de l'endroit où il travaillait. Son visage portait encore les stigmates de la soirée de Noël, trois longues égratignures striant ses joues comme des coups de crayon marron.

— Comment va Federico ? demanda-t-il.

— Il va bien.

— Et August ?

— Ça va.

Le silence, seulement rompu par les coups de marteau.

— Federico s'en sort à l'école ?

— Oui, je crois.

— Et August ?

— Il s'en tire bien.

— Et toi, tu as de bonnes notes ?

— Ça peut aller.

Silence.

— Federico est un bon gars ?

— Bien sûr.

— Et August ?

— Pas de problème.

— Et toi ?

— J' crois que ça va.

Silence. Il vit les nuages se rassembler au nord, la brume monter à l'assaut des pics blancs. Il chercha Jumbo, mais ne vit pas la moindre trace du chien.

— Tout se passe bien à la maison ?

— Tout va bien.

— Personne n'est malade ?

— Non. Tout le monde va bien.

— Federico dort bien la nuit ?

— Bien sûr, toutes les nuits.

— Et August ?

— Oui.

— Et toi ?

— Pareil.

Enfin il se jeta à l'eau. Il dut d'abord tourner le dos à Arturo, lui tourner le dos pour ramasser une lourde pierre qui mobilisa toute la force de son cou, de son dos et de ses bras, et lui arracha un cri sourd.

— Comment va maman ?

— Elle veut que tu reviennes à la maison, dit-il. Elle a préparé des spaghetti. Elle veut que tu vives à la maison. Elle me l'a dit.

Il souleva une autre pierre, plus grosse encore. Un puissant coup de reins, son visage qui s'empourpre. Il resta penché au-dessus d'elle, le souffle court. Sa main monta vers ses yeux, un doigt enleva une trace humide sur l'aile de son nez.

— Quelque chose dans l'œil, dit-il. Un petit éclat de pierre.

— Je connais. Ça m'est aussi arrivé.

— Comment va maman ?

— Très bien. En pleine forme.

— Elle n'est plus furieuse ?

— Non. Elle veut que tu reviennes. Elle me l'a dit. Y a des spaghetti au dîner. C'est plutôt gentil, ça.

— Je ne veux plus d'ennuis, dit Bandini.

— Elle sait même pas que tu habites ici. Elle croit que tu loges avec Rocco Saccone.

Bandini scruta son visage.

— Mais j'habite *vraiment* avec Rocco, dit-il. J'ai tout le temps vécu là-bas, depuis qu'elle m'a mis à la porte.

Fieffé mensonge.

— Je sais bien, dit Arturo. D'ailleurs, je lui ai dit.

— Tu lui as dit ? — Bandini posa son marteau. — Comment le sais-tu ?

— C'est Rocco qui me l'a appris.

Bandini, méfiant :

— Je vois.

— Papa, quand reviens-tu à la maison ?

Il se mit à siffler d'un air absent, un air sans mélodie, un sifflotement dépourvu de sens.

— Je ne reviendrai peut-être jamais à la maison, dit-il enfin. Tu en penses quoi ?

— Maman veut que tu reviennes. Elle t'attend. Tu lui manques.

Il remonta sa ceinture.

— Alors comme ça, je lui manque ! Elle n'est pas mauvaise, celle-là !

Arturo haussa les épaules.

— Tout ce que je sais, c'est qu'elle veut que tu reviennes à la maison.

— Peut-être que je reviendrai — peut-être que non.

Soudain, son visage se crispa, ses narines frémirent. Arturo aussi sentit l'odeur. Derrière lui, Jumbo s'était couché, la charogne entre ses pattes de devant, un filet de salive dégoulinant de sa longue langue tandis qu'il regardait Bandini et Arturo en leur signifiant qu'il voulait recommencer à jouer.

— Va-t-en, Jumbo ! dit Arturo. Emmène ça plus loin !

Jumbo montra les dents, son grognement sourd sortit de sa gorge, et il posa le menton sur la charogne du lapin. C'était un geste de défi. Bandini se pinça le nez.

— A qui est ce chien ? demanda-t-il d'une voix nasillarde.

— Il est à moi. Il s'appelle Jumbo.

— Dis-lui de partir.

Mais Jumbo refusa de bouger. Il dénuda ses longs crocs acérés quand Arturo s'approcha de lui, et se dressa sur ses pattes arrière comme pour bondir, son grondement guttural et sauvage annonçant maintenant qu'il était prêt à tuer. Arturo le regardait avec un mélange d'admiration et de fascination.

— Tu vois, dit-il. Impossible de m'approcher de lui. Il me mettrait en pièces.

Jumbo parut comprendre les paroles de son nouveau maître. Le grondement de sa gorge s'enfla encore. Puis sa patte retourna le lapin, il le saisit entre ses mâchoires et s'éloigna d'un pas serein en remuant la queue... Il atteignait l'orée des pins quand la porte latérale de la maison s'ouvrit et que la veuve Hildegarde apparut, reniflant nerveusement.

— Seigneur ! Quelle est cette odeur infecte, Svevo ?

Jumbo se retourna et l'aperçut. Il regarda les pins, puis la femme. Il laissa tomber le lapin, le saisit plus fermement entre ses crocs, et trottina sensuellement sur la pelouse en direction de la veuve Hildegarde. Elle n'était pas d'humeur à tergiverser. Saisissant un balai, elle marcha à sa rencontre. Jumbo retroussa ses babines, ses énormes crocs blancs brillèrent au soleil, des filets de salive dégoulinèrent de ses mâchoires. Il lança un grognement sauvage, terrifiant, avertissement en forme de sifflement et de grondement. La veuve s'arrêta net, prit une contenance, observa la gueule du chien et secoua la tête pour signaler son agacement. Satisfait, Jumbo lâcha sa proie et laissa pendre sa longue langue. Il les avait tous soumis. Fermant les yeux, il fit semblant de dormir.

— Enlève cette saleté de chien d'ici ! dit Bandini.

— C'est votre chien ? demanda la veuve.

Arturo acquiesça avec fierté.

La veuve scruta le visage du garçon, puis celui de Bandini.

— Qui est ce jeune homme ? demanda-t-elle.

— Mon fils aîné, répondit Bandini.

La veuve dit alors :

— Faites disparaître cette horrible chose de ma pelouse.

Ho, elle était donc comme ça ! C'était donc ce genre de femme ! Immédiatement, il décida de ne pas intervenir entre elle et Jumbo, car il savait que le chien jouait. Pourtant, il aurait voulu croire Jumbo aussi féroce qu'il en avait l'air. Il s'avança vers le chien, marchant à pas lents. Bandini l'arrêta.

— Attends, dit-il. Laisse-moi m'en occuper.

Il saisit son marteau et marcha avec précaution vers Jumbo, qui remuait la queue et dont le corps tout entier semblait haleter. Bandini était à trois mètres de lui quand la bête se dressa sur ses pattes arrière, allongea le cou et se remit à grogner. L'expression du visage de son père, sa détermination à tuer par bravade et orgueil à cause de la veuve qui le regardait, tout cela fit qu'il bondit sur la pelouse, saisit à deux mains le court marteau et l'arracha du poing serré de son père. Aussitôt, Jumbo entra en action : il abandonna sa proie et s'avança vers Bandini, qui dut reculer. Arturo tomba à genoux et retint Jumbo. Le chien lécha son visage, grogna en fixant Bandini, puis lécha encore le visage de l'enfant. Le moindre geste de Bandini provoquait un grondement du chien. Jumbo ne jouait plus. Il était prêt à se battre.

— Jeune homme, dit la veuve, allez-vous enfin faire partir ce chien d'ici, ou bien dois-je appeler la police pour qu'elle l'abatte ?

Cela le rendit furieux.

— J' vous conseille pas d'essayer, bon Dieu !

Jumbo adressa un regard furieux à la veuve et montra les dents.

— Arturo ! le sermonna Bandini. On ne parle pas ainsi à Mme Hildegarde.

Jumbo se tourna vers Bandini et d'un grondement le réduisit au silence.

— Espèce de sale petit monstre, dit la veuve. Svevo Bandini, comptez-vous permettre à ce sale gamin de se conduire ainsi ?

— Arturo ! intima Bandini.

— Espèce de paysans ! explosa la veuve. Espèce de métèques ! Vous êtes tous pareils, vous, vos chiens et tous vos semblables.

Svevo traversa la pelouse en direction de la veuve Hildegarde. Il ouvrit la bouche. Ses mains étaient pliées devant lui.

— Madame Hildegarde, commença-t-il. C'est mon garçon. Vous ne pouvez pas lui parler ainsi. Il est américain. Ce n'est pas un étranger.

— Je parle aussi de vous ! lança la veuve.

— *Bruta animale !* dit-il. *Puttana !*

Alors il lui cracha au visage.

— C'est toi l'animal ! dit-il. *Animal !* Il se tourna vers Arturo.

— Viens, dit-il. Rentrons à la maison.

La veuve restait pétrifiée. Même Jumbo perçut sa fureur et battit en retraite, abandonnant son infect butin sur la pelouse, aux pieds de la veuve. Au bout du gravier de l'allée, là où l'orée des pins marquait le début de la route qui descendait la colline, Bandini s'arrêta pour se retourner. Son visage était cramoisi. Il brandit le poing.

— *Animal !* cria-t-il.

Arturo attendait un peu plus loin sur la route. Ensemble, ils descendirent le chemin rougeâtre. Ils ne disaient rien ; Bandini, fou furieux, haletait. Jumbo explorait le ravin en contrebas, le bruit des broussailles piétinées signalait sa présence. Les nuages s'étaient arrêtés contre les montagnes, et bien que le soleil brillât encore, on sentait que l'air fraîchissait.

— Et tes outils ? demanda Arturo.

— Ce ne sont pas mes outils. Mais ceux de Rocco. Qu'il finisse le boulot. D'ailleurs, c'est ce qu'il désire.

Jumbo bondit des fourrés. Il tenait un oiseau mort dans sa gueule, une charogne vieille de plusieurs jours.

— Saleté de chien ! tonna Bandini.

— C'est un bon chien, papa. Certainement un chien de chasse.

Bandini leva les yeux vers un pan de ciel bleu à l'est.

— Le printemps ne va pas tarder, dit-il.

— Et comment !

Alors qu'il parlait, un minuscule objet froid toucha le dos de sa main. Il le regarda fondre, car c'était un petit flocon de neige étoilé...

POSTFACE

« *Here, at last, was a man who was not afraid of emotion.* » C. Bukowski, préface à la réédition de *Ask The Dust*. Les deux meilleurs romans jamais écrits sur Los Angeles sont sortis la même année, en 1939. Typiquement, leurs auteurs n'étaient pas natifs de la ville; et, encore plus typiquement, les deux livres ne se vendirent pas du tout malgré des critiques élogieuses mais mal exploitées. *Ask The Dust* et *The Day of the Locust* ont dû avoir droit chacun à leur vitrine chez Stanley Rose, le libraire ami des écrivains, juste à côté de Musso-Frank's, sur Hollywood Blvd. John Fante et Nathanael West étaient tous deux des habitués et protégés de Stanley Rose, bien que West ait été plus intime avec lui. Ils allaient souvent chasser ensemble parfois avec Faulkner. Fante était connu, respecté, à cause de ses nouvelles publiées dans *Story Magazine*, et avant ça encore dans l'*Americain Mercury*, mais il était sans doute moins aimé, à cause de son sale caractère et du pli amer qu'il avait perpétuellement au coin des lèvres. On aimerait avoir pu passer devant ces vitrines : toute une cascade de rouge, pour *The Day of the Locust*, la jaquette voyante qu'avait concoctée Random House et que West détestait tant. Random House ne vendra que 1 700 exemplaires du meilleur roman de Nathanael West.

Je ne peux en revanche pas parler de la jaquette de *Ask The Dust*, ne l'ayant jamais vue. L'édition originale est encore plus rare, si possible, que celles des romans de West. L'éditeur de *Ask the Dust*, Stackpole, avait eu la riche idée de publier, la même année, une édition « critique » de *Mein Kampf* — ceci sans en aviser Adolf ni même ses éditeurs américains, Houghton Mifflin. Le procès avait coûté cher et le livre de Fante en avait souffert, sorti sans promotion aucune malgré les éloges critiques. Carey McWilliams, dans *The Nation*, avait qualifié le livre de « *classique* ». Mais en 1976 quand j'avais voulu le lire, le foutu classique ne se trouvait dans aucune collection, aucune librairie, sur aucune étagère de bibliothèque.

J'avais appris son existence simplement parce qu'à l'époque je traduisais les *Mémoires d'un vieux dégueulasse* et que Bukowski parlait souvent de Fante ; lui qui n'avait que fiel et fiente pour les « grands » auteurs américains et ne faisait d'exception que pour Knut Hamsun et Hemingway, il admettait tout de même avoir lu un grand bonhomme, un grand écrivain durant la période où il écumait les salles de lecture de la Los Angeles Public Library. Il était tombé sur *Ask the Dust*, par hasard, et l'auteur en était John Fante. « *Il devait avoir une influence sur ce que j'ai écrit, qui m'a duré toute ma vie.* » « *Les lignes roulaient facilement sur la page, ça coulait bien. Chaque phrase avait sa propre énergie et elle était suivie par une autre exactement pareille. La substance même de chaque ligne donnait sa forme à la page, on avait l'impression de quelque chose sculpté dessus.* » Bukowski avait une carte de bibli et avait pu emmener le bouquin avec lui pour le lire au lit, dans une de ses fameuses chambres d'hôtel. Mais en 1976 le volume — peut-être le même — se trouvait à la réserve de la bibliothèque municipale, et seulement « à consulter sur place ». Je l'avais lu en une séance, un après-midi, au milieu des clodos assoupis et sous le réconfortant vrombissement des antiques ventilateurs qu'ils ont là-bas downtown.

Moi non plus je n'avais jamais lu quelque chose de semblable; ou plutôt si. Je l'avais même traduit. Tous les livres de Fante, ou presque, racontent la saga d'Arturo Bandini, fils d'immigrant italien du Colorado et futur grand auteur, grande gueule et salopard. Bandini est bien sûr ce que Hank Chinaski est à Bukowski; mais c'est surtout par le style qu'on trouve dans *Wait Until Spring, Bandini* (1938), *Ask the Dust* (1939) et dans son recueil de nouvelles *Dago Red* (1940) qu'on voit exactement ce qui pouvait séduire Bokowski : la même drôlerie, la même méchanceté, le même amour, le même poids des mots sur la page (Buk ne tape pas ses histoires ou ses poèmes, il les *gaufre* sur le papier, utilisant une effrayante bouzine qui ressemble plus à un tank Sherman qu'à une machine à écrire).

Les histoires que raconte Fante sont toujours les mêmes, inlassablement ressassées; c'est son histoire.

Comme celui d'Arturo, son père était maçon, un bon maçon et un mauvais homme et un mauvais mari ; Fante n'arrête pas de parler de ses parents dans ses livres : un père buveur et coureur, souvent infect, parfois grand. Une mère victime-née, une sainte qu'on a envie de battre. Fante raconte des histoires hilarantes sur son enfance, la neige du Colorado qui réduisait son père à l'inactivité et au désespoir — et à des rages folles ; des histoires avec des titres comme *A Nun No More, Première Communion, Enfant de Chœur, La Route de l'Enfer, L'Odyssée d'un Rital* (The Odyssey of a Wop), *La Colère de Dieu, Une épouse pour Dino Rossi, Un kidnapping dans la famille* ou, ma préférée, *My Mother's Goofy Song*. Après 1940 Fante n'écrira que rarement, accaparé par des boulots plus lucratifs mais plus frustrants pour les studios hollywoodiens.

Il écrira tout de même *Full of Life*, son seul véritable grand succès (Reader's Digest, plus un film Columbia avec Richard Conte, Judy Holliday, signé Richard Quine et adapté par ses soins), un livre qui raconte ses péripéties de jeune marié, futur papa et scénariste débutant. Ironiquement, aussi drôle soit-il, c'est sans doute son livre le plus faible. En 1977 il en publiera la suite, *The Brotherhood of the Grape*. Coppola et Robert Towne l'aiment tellement qu'ils parlent de le filmer. Coppola le fera paraître en feuilleton dans son magazine d'alors, *City Magazine*. Le film ne se fera jamais.

Ce n'est qu'une des nombreuses frustrations et déceptions que Fante connaîtra à cause de Hollywood, même si ses travaux intermittents pour les studios lui ont assuré une sécurité relative, une maison à Malibu, et sans doute aussi une paix relative : Fante a toujours détesté devoir compter sur les autres pour sa subsistance, et toujours haï l'aide qu'il recevait, que ce soit de sa taulière en période de dèche noire, ou plus tard devoir compter sur l'argent de sa femme, Joyce, qu'il a épousée à Reno contre les souhaits de sa famille (à elle), en 1937.

Il l'avait connue à Roseville, un petit bled près de Sacramento, où il habitait alors avec ses parents (il avait une chronique dans le *Roseville Tribune*). Elle écrivait des poèmes et s'ennuyait dans son milieu bourgeois. Fante lui semblait appartenir à un monde plus coloré, plus excitant. Et de fait, il lui en fera voir de toutes les couleurs. Joyce Fante elle-même n'a jamais eu qu'amour et adoration pour son mari. C'est elle qui a écrit, sous dictée, le dernier roman de Fante publié en 1982 par Black Sparrow, *Dreams from Bunker Hill*, la fin de la saga d'Arturo Bandini. Fante était à cette époque diminué physiquement, littéralement : diabétique depuis 1955, il avait ensuite perdu la vue à la suite d'une opération. Ensuite on avait dû l'amputer d'une jambe à cause de la gangrène, puis de l'autre.

C'est parce que je le savais ainsi affligé que je n'ai jamais pu me résigner à aller le voir, alors que c'était tout à fait possible encore (d'autres n'ont pas eu les mêmes scrupules, et heureusement). C'est l'éditeur de Bukowski, John Martin (de Black Sparrow), qui a publié son dernier livre, et depuis réédité presque tous ses livres. L'ironie est encore plus grande quand on s'aperçoit qu'avec *Dreams of Bunker Hill* Fante renvoie l'ascenseur à Bukowski : il écrit désormais comme lui, plus cru, plus paillard que d'ordinaire. Voire salace.

John Fante est mort en mai dernier, juste au moment où les gens (les jeunes surtout) commençaient à redécouvrir son œuvre; au moment aussi où Bunker Hill lui offre non pas une mais deux douzaines de pierres tombales, sous forme de gratte-ciel et autres pyramides de verre (vous en avez un aperçu avec le film *Tonnerre de Feu*, avec les deux tours Arco, le Wells Fargo Building, le Security Pacific et toutes ces belles immondices qui ont poussé sur la colline depuis trois ans. Le seul bâtiment encore reconnaissable, est, ironiquement, le bel édifice art déco ‹ *early California* › qui abrite la bibliothèque municipale).

La ‹ *colline* ›, c'est celle que chante Fante dans son livre *Ask the Dust*; c'est Bunker Hill, une colline qui surplombe le centre-ville – le premier quartier résidentiel de Los Angeles, jadis parsemé de gigantesques villas au style inoubliable, néo-Kremlin, Victorien dérangé. Dans les années 40 et 50, la colline était tombée en désuétude, et ne faisait plus que le régal des seuls directeurs artistiques et metteurs en scène en quête de décors un peu intrigants : c'est là que furent tournés le *M* de Losey, et aussi *En Quatrième vitesse*. Dans ces films, on peut encore voir le fameux Angels Flight, le ‹ *funiculaire des anges* › dont parle Verne Chute dans son polar du même titre [1]. C'était un funiculaire pittoresque, qui faisait le tire-cul de Hill Street, où se trouve toujours le marché mexicain (Central Market), et le haut de la colline sur Olive.

Il y avait aussi une sorte de métro, lilliputien; et deux tunnels, qui existent toujours du reste, ceux des Seconde et Troisième Rues. A présent, tout le flanc de la colline, vu de Hill Street, est couvert de béton : des logements pour les vieux, et plus haut des « condominiums » et appartements de luxe. Downtown, et surtout Bunker Hill, jadis un véritable tas de planches blanchies par le soleil et infestées de rats, sont devenus *le* quartier chic où habiter. Mieux encore que Marina Del Rey! « *Si vous habitiez Downtown* », clame une banderole, « *vous seriez déjà chez vous* ».

Dans sa période de « formation » et de vaches maigres, Fante habitait un de ces hôtels sur Bunker Hill qui m'ont toujours fait rêver, un de ces établissements à flanc de colline où vous entriez par le haut, au cinquième, où se trouvait le hall; et vous preniez l'ascenseur pour descendre à votre chambre. Il se nourrissait d'oranges, et écrivait des lettres interminables à son héros H.L. Mencken, le Grand Manitou de Baltimore et directeur du tout-puissant *American Mercury*. Il l'appelle irrévérencieusement mais affectueusement J.C. Hackmuth dans ses livres. (« *Le grand Hackmuth!* »). Mencken avait pour habitude de dire à ses jeunes auteurs de jeter à la poubelle leurs trois premiers manuscrits, mais il finit tout de même par publier la première nouvelle de Fante, « Altar Boy », dans le *Mercury* en 1932.

Les romans de Fante sont largement autobiographiques, mais avec des enjolivures et des mensonges. N'empêche qu'on reconnaît l'homme derrière : ses rodomontades irrésistibles, ses colères hilarantes. Tout est excessif chez Fante : ses amours, ses engouements, sa fierté, son abjection, et sa mauvaiseté. Il est difficile de comprendre d'où viennent ce ton et cette verve si modernes, dans un roman de 1939 : Arturo Bandini est sujet à des crises de rage folle, et de sadisme, en particulier à l'égard de son grand amour du moment, une serveuse mexicaine nommée Camilla Lopez. Arturo n'est même pas au-dessus des remarques racistes si besoin est.

En fait, tout ceci était en grande partie compensatoire. *« Je ne l'ai même pas baisée, cette Camilla ; et c'était une lesbienne »*, a révélé Fante dans une interview, peu de temps avant sa mort. Il se trouvait bien à Long Beach lors du terrible tremblement de terre de 33 qui rasa une grande partie de la ville, mais ce n'était pas exactement dans la situation qu'il décrit dans *Ask The Dust* : il était avec une institutrice en train de commettre un péché mortel. *« Toute sa vie il a été terrorisé par les immeubles en brique ; dès qu'il se trouvait dans un immeuble en brique il se mettait à suer à grosses gouttes »* dit sa femme.

Parce que toute sa vie Fante a été en proie aux remords et à la répression, en bon rebelle catholique. S'il parvient à trouver en lui tant de violence et tant de méchanceté pour ses personnages, c'est que Fante était loin d'être un saint — en fait, au dire de certains de ses amis et connaissances, c'était un être particulièrement désagréable et teigneux, qui possédait un sens de l'humour très particulier, et à sens unique. Bezzerides raconte comment un jour à une réunion de la Writers Guild au Hilton il avait insulté ouvertement l'ami avec qui il était, qui se trouvait être un homosexuel. *« Salut, Al, comment ça marche avec ton pédé de copain ? »* Et comment, dans un ascenseur, alors que Bezzerides portait un manteau qu'il aimait particulièrement, couleur fauve, Fante s'était pointé, lui demandant immédiatement *« où il avait dégotté ce manteau couleur merde ? »* Fante lui avait auparavant emprunté 300 dollars le jour où Bezzerides avait touché l'avance sur son premier roman. Un an après il était toujours à lui réclamer l'argent; il a finalement dû aller trouver la femme de Fante, qui lui a avoué qu'elle avait donné la somme trois fois à Fante. Il l'avait sûrement jouée.

Il n'est que de noter le pli qu'il a au coin des lèvres sur à peu près toutes les photos connues de lui pour se persuader de la véracité de ces histoires. C'est aussi ce qui donne la force à ses bouquins.

C'est en 1935 que Fante s'est mis à cachetonner dans les studios. C'est Joel Sayre qui l'a d'abord mis sur un coup fumant chez Warner, une histoire de gangsters pour Edward G. Robinson. Sayre lui a dit de ne rien faire et d'attendre son chèque. Le film ne s'est jamais fait. (C'est ce même Joel Sayre qui devait deux ans plus tard écrire *The Road to Glory* avec Faulkner, une histoire de tranchées genre *Les Croix de bois* – pour Hawks et la Fox). Dans le métier, Fante est surtout connu pour *Full of Life*, qui reçut une nomination aux Oscars. Fante a aussi son nom au générique de films connus comme *Jeanne Eagels* (Kim Novak), *My Man and I*, et une adaptation particulièrement gratinée du *Walk On The Wild Side* de Nelson Algren.

Comme ses collègues scénaristes et romanciers Jo Pagano, Al Bezzerides et Bill Saroyan, Fante faisait partie de ce groupe disparate qui tirait matière de leurs origines ethniques respectives; italiennes dans le cas de Fante. Seul Saroyan a connu la célébrité. Les autres n'ont pas exactement été pourris par Hollywood; il n'est pas certain qu'ils auraient eu la force de continuer la littérature comme geste, le dos au mur, comme ils la pratiquaient dans les années trente, rien que pour avoir le plaisir de lire leur nom dans *Story* ou être publiés par le « *grand Hackmuth* ». Et rien ne dit qu'ils auraient pondu moult chefs-d'œuvre s'ils ne s'étaient laissés tenter par les salaires phénoménalement lucratifs offerts par les studios (parce qu'il ne faudrait tout de même pas l'oublier, seul West a eu la décence et la lucidité de le reconnaître, après l'échec commercial de *The Day of the Locust* : « *Thank God for the movies!* »). Simplement Hollywood a empêché ces hommes de continuer à se battre le dos au mur, sauvagement — et aussi, plus miséricordieusement peut-être, les a empêchés d'aller rejoindre les raclures de salons à New York et autres tapisseries de l'Algonquin.

Il y avait aussi, dans la même proportion des salaires, un colossal sentiment de culpabilité (c'était la Guerre, c'était la Dépression) qui poussait souvent ces hommes à des conduites aberrantes ou destructrices, en général le jeu ou l'alcoolisme — ou la méchanceté et le jeu, dans le cas de Fante.

N'empêche qu'il reste pour nous une œuvre vierge comme la nouvelle neige, un de ces petits lopins de *terra incognita* qui demeurent encore dans la littérature américaine et qu'on pourrait facilement réclamer, en homestead, pour le prix d'un dollar. Il se trouve que justement ce lopin se trouve sur Bunker Hill, à deux pas de chez moi, à deux livres de chez vous, pour peu qu'on s'aventure à les traduire dans toute leur verve et leur violence — ce style de Fante qui a fait des petits depuis, ce style qui fait péter les mots hors de leurs gonds et livre le bonhomme dans toute sa pétulance, ses ridicules et sa grandeur. « *Los Angeles, give me some of you!*

Los Angeles, come to me the way I came to you, my feet over your streets, you pretty town I loved you so much, you sad flower in the sand, you pretty town. ‹ Il faut en avoir sacrément dans la culotte pour s'abandonner de la sorte, donner libre cours aux miasmes de ses émotions — et appeler Los Angeles ‹ *pretty town* › Et ne trouvez pas drôle si ça vous rappelle un peu quelque chose, comme cet hôtel au début de ‹ The Way the Dead Love ›, dans *Au sud de nulle part* (Grasset) : vous savez bien, ‹ *it was a hotel near the top of a hill...* ›

Philippe GARNIER
Los Angeles, août 83.

---

1 *Série Noire*, 1609.

L'IMPRESSION ET LE BROCHAGE DE CE LIVRE
ONT ÉTÉ EFFECTUÉS PAR LA SOCIÉTÉ NOUVELLE FIRMIN-DIDOT
MESNIL-SUR-L'ESTRÉE
POUR LE COMPTE DES ÉDITIONS U.G.E.
LE 7 MARS 1988

Imprimé en France
Dépôt légal : mars 1986
N° d'édition : 1975 — N° d'impression : 1794

Imprimé en France
Dépôt légal : mars 1988
N° d'édition : 1820 – N° d'impression : 8294